Andrea Vitali

Die fabelhaften Hüte der Signora Montani

Andrea Vitali

*Die fabelhaften Hüte
der Signora Montani*

Roman

Aus dem Italienischen
von Christiane Landgrebe

Pendo München Zürich

Mehr über unsere Autoren und Bücher:
www.pendo.de

Die italienische Originalausgabe erschien 2008 unter dem Titel

Raoul Schrott: Gilgamesh. Hanser Verlag, München 2002.
»La modista« bei Garzanti Libri in Mailand.

Von Andrea Vitali liegen auf Deutsch außerdem vor:
Als der Signorina Tecla Manzi das Herz Jesu abhanden kam
Tante Rosina und das verräterische Mieder

ISBN 978-3-86612-247-5
© Garzanti Libri s.p.a., Milano 2008
© der deutschsprachigen Ausgabe:
Pendo Verlag in der Piper Verlag GmbH, München 2010
Satz: Filmsatz Schröter, München
Druck und Bindung: CPI – Clausen & Bosse, Leck
Printed in Germany

Dieser seltsame Typ Mädchen
Will Gesellschaft
Lautes Lachen und Freundschaft beim Essen
Freudlos liebt sie sich selbst.
Der Pianist in der Piano Bar
Verkauft an alle alles, ganz gleich, was er spielt.
Hoff nicht, dass du ihn zum Weinen bringst
Denn er kann nicht weinen.

Francesco De Gregori, Piano bar

Die Personen und die Ereignisse
in diesem Roman sind frei erfunden.
Die Handlungsorte dagegen existieren.

Rangfolge in der Hierarchie der Carabinieri:
Carabiniere (Stabsgefreiter)
Appuntato (Unteroffizier)
Maresciallo (Stabsfeldwebel)
Maresciallo maggiore (Hauptfeldwebel)
Tenente (Oberleutnant)
Capitano (Hauptmann)

I

Der Nachtwächter Firmato Bicicli betrat die Osteria del Ponte. Es war kurz vor Arbeitsbeginn, neun Uhr abends. Er stützte sich mit dem Ellbogen auf die Theke und bestellte den üblichen Espresso »mit einem Spritzer Cognac«.

Als er zahlen wollte, sagte der Wirt der Osteria, das sei nicht nötig. »Heute zahle ich«, sagte er.

Erst da fiel Bicicli wieder ein, dass heute, am 22. September, nicht nur er selbst, sondern auch der Gastwirt Geburtstag hatte.

Er nahm die Einladung an, wollte aber auch einen ausgeben. Sie tranken einen kleinen Cognac. Inzwischen waren zwei Gäste, die Karten gespielt hatten, an die Theke gekommen. Auch ihnen gab der Wirt einen aus. Bicicli trank einen zweiten Cognac und übernahm dann ebenfalls eine Runde.

Neun Uhr war schon eine Weile vorüber. Firmato sagte mit schwerer Zunge, nun müsse er gehen. Der Wirt lud ihn zu einer letzten Runde ein. Der Nachtwächter kippte schnell den vierten Cognac hinunter und wollte gerade aufbrechen, als am Eingang der Osteria drei Kerle mit Musikinstrumenten auftauchten, einer Trommel, einer kleinen Tuba, einem Horn und einer Posaune.

Sie blieben in der Tür stehen und spielten *Dein Geburtstag ist heut*. Der Wirt der Osteria dankte ihnen und gab einen aus. Dann verriet er ihnen, dass auch Bicicli Geburtstag hatte. Da spielten die drei das Stück noch einmal. Und dann tranken sie noch mehr Cognac.

Der Nachtwächter war nun richtig betrunken und hielt es für vernünftig, sich ein paar Minuten zu setzen.

Die drei Musikanten spielten ein unanständiges Lied, und

die Anwesenden sangen begeistert mit, während neue Gäste ins Lokal strömten.

Der Wirt war in der Küche verschwunden. Nach einer Weile kam er mit zwei Brettern voller Salamischeiben und Rostbratwürstchen zurück. Auf den Tischen standen plötzlich auch ein paar Flaschen Brachetto, die unter den Anwesenden die Runde machten.

Bicicli beschloss, etwas zu essen, um die Wirkung des Cognacs abzuschwächen. Als er dann den Halbliterkrug voll Schaumwein zu sehen bekam, ging er doch noch nicht. Er nahm einen kräftigen Schluck, weil der Wein süß und kühl war und ihm der Cognac noch in der Kehle brannte.

Jetzt aber los zur Arbeit, *ciao*!

Er aß und trank weiter, bis die Platten leer und die Flaschen ausgetrunken waren. Er ging mit den Letzten. Da war es ein paar Minuten nach Mitternacht. Der Wirt verabschiedete ihn mit seiner rauen Stimme, der Tubaspieler mit einem seufzenden tiefen C.

Als Bicicli die Via Cavour erreichte, ließen ihn seine Beine im Stich. Er überlegte, dass er am besten zu einer Bank an der Piazza Grossi ginge, um sich dort hinzulegen und die Getränke zu »verdauen«. Aber in seinem Zustand war das ein schwieriges Vorhaben, der Platz kam ihm endlos weit vor, und es standen mindestens drei, vier Dichterdenkmale darauf, die sich im Kreis drehten. Er beschloss, bis zur Mauer an der Via Cavour zu kriechen, so würde er wenigstens nicht hinfallen. Ein paar Mal rutschte er aber doch aus.

Schließlich gelangte er zur Straße, aber ihn überkam die Angst, jemand könnte ihn so sehen.

Am besten wäre es, weiterzugehen und sich dabei mit dem Rücken an der Mauer abzustützen, bis er zur Via Porta kam, dort würde er in die Via Manzoni einbiegen, in der er wohnte. Zu Hause würde er sich ausruhen, die Arbeit konnte warten, übermorgen würde er schon irgendeine Ausrede finden. Da überkam ihn heftige Übelkeit und hielt ihn am Boden fest: Verdammt, war er angeschlagen! Er hatte einen Bienenstock im Kopf und Pudding in den Beinen.

Eine Weile kämpfte er gegen Unwohlsein und Schlaf, dann gab er nach. Sein Kopf fiel auf die Seite, seine Arme erschlafften. Er schlief augenblicklich ein, einen Schritt von der Via Porta entfernt, wenige Meter neben dem Eingang zum Rathaus.

Hier fand ihn ein paar Stunden später Oreste von der städtischen Müllabfuhr.

2

Morgens um halb sieben kam Assunto Marinara, Appuntato bei den Carabinieri, nachdem er Oreste gründlich zugehört hatte, zu dem Schluss, dass die Sache gravierend war.

Er brauchte eine gute halbe Stunde, um zu diesem Ergebnis zu kommen, weil Oreste beim Erzählen der Ereignisse ziemlich weit ausgeholt hatte.

Zuerst berichtete er, wie er auf dem Weg zum Lagerraum den Bicicli entdeckt hatte, völlig benommen, unfähig, sich auf den Beinen zu halten, wie aus Gummi. Dann hatte er ihn auf seine Schultern geladen und …

»Aber warum erzählen Sie das alles mir?«, unterbrach Marinara ihn.

Eigentlich müsse er das dem Bürgermeister berichten. Der Nachtwächter gehöre zu dessen Leuten.

Oreste ließ ihn reden. Dann setzte er genau an der Stelle wieder an, an der er unterbrochen worden war.

Er hatte ihn sich auf die Schultern geladen und ihn vor seiner Haustür abgelegt.

Danach war er auf die Piazza zurückgekehrt und über die Via Parini am Eingang des Rathauses vorbeigegangen.

Und da hörte er das Geräusch.

»Welches Geräusch?«, fragte der Appuntato.

Er habe die Tür schlagen hören, erklärte Oreste, weil der Tivanello wehte.

Da war ein Verdacht in ihm aufgestiegen. Um diese Zeit war das Rathaus doch geschlossen. Er sah nach und stellte fest, dass die Eingangstür aufgebrochen worden war.

Da war er sofort losgelaufen, um den Carabinieri Bescheid zu geben.

3

Maresciallo Carmine Accadi wohnte in der Wohnung über den Büroräumen der Kaserne. Er war ein gut aussehender Mann, Sizilianer, Junggeselle, und er schlief gern. Als Marinara die Wohnung betrat, lag er noch im Bett.

Der Maresciallo bot ihm einen Stuhl an und ließ sich die ganze Geschichte erzählen.

»Weiß der Bürgermeister schon Bescheid?«, fragte er, als der Appuntato mit seinem Bericht fertig war.

»Nein«, antwortete Marinara. »Ich hielt es für besser, zuerst Sie zu informieren.«

»Das haben Sie gut gemacht«, sagte der Maresciallo zufrieden, setzte sich im Bett auf und reckte sich.

Da erst merkte der Appuntato, dass er ein Netz auf dem Kopf trug.

»Was ist?«, fragte der Maresciallo.

»Nichts.«

»Sehen Sie mich wegen des Haarnetzes so an?«, fragte der Maresciallo.

»Nein«, log der Appuntato, der den eitlen Maresciallo, der erst seit ein paar Monaten in Bellano war, nicht besonders mochte.

»Meine Haare kräuseln sich, wenn ich es nicht trage«, erklärte Accadi ungefragt.

Der Appuntato ließ erkennen, dass er verstanden hatte. »Wie soll ich jetzt weiter vorgehen?«, fragte er.

Accadi gab sich väterlich. »Gehen Sie nach unten und warten Sie dort auf mich«, sagte er. »Ich ziehe mich an und komme.«

Um halb acht stand der Maresciallo mit dem Appuntato vor der Rathaustür. Die Neuigkeit hatte sich schon herumgesprochen. Es hatte sich eine Schar Neugieriger versammelt, die über die Ereignisse sprachen und Vermutungen anstellten.

Accadi, der intensiv nach Aftershave roch, schaffte sich würdevoll Platz und sah sich das aufgebrochene Schloss an. »Zweifellos ein Einbruch«, bemerkte er.

»Von innen«, fügte der Appuntato hinzu.

»Wie bitte?«

»Ich will sagen, von innen aufgebrochen. Die von der Tür gefallenen Holzsplitter liegen alle innen in der Eingangshalle und nicht hier auf der Straße. Ein Zeichen dafür, dass die Tür von innen aufgebrochen wurde, nicht umgekehrt.«

Der Maresciallo fuhr mit der Hand durch die Luft. »Also gut«, sang er vor sich hin, »von innen oder von außen, eingebrochen wurde auf jeden Fall. Fahren wir mit der Inspektion fort?«

»Fahren wir fort«, antwortete der Appuntato.

Doch der Maresciallo blieb plötzlich stehen. »Einen Moment«, sagte er schroff.

Was hatte er gesehen?

Marinara dachte, der Bürgermeister wäre aufgetaucht.

Er blickte über die Köpfe der Neugierigen, um sich zu vergewissern.

Da sah er und begriff.

Etwas anderes als der Bürgermeister!

Mit Raubtierblick hatte Accadi die Hutmacherin Signora Anna Montani entdeckt, die auf die Gruppe der Neugierigen zukam.

Sie lief gegen den Wind.

Ihr leichtes Kleid aus Kattun, dicht anliegend wie eine zweite Haut, betonte ihre Körperfülle und Formen.

Dem Maresciallo lief das Wasser im Munde zusammen, und er murmelte ein unanständiges Wort.

Drei Tage zuvor hatte die Montani in der Kaserne angerufen und nach ihm gefragt. Sie wollte mit ihm sprechen.

Accadi hatte abgelehnt. »Ich bin kein Priester und nehme keine Beichte ab. Wenn es sich um ein Delikt handelt, erstatten Sie Anzeige«, hatte er erklärt.

Aber am nächsten Tag, als er im Café an der Anlegestelle seinen Aperitif trank, hörte er sie etwas rufen, und als er sah, aus welchem Körper die Stimme drang, die nach ihm gefragt hatte, wurden ihm die Knie weich. Sie sah aus wie Silvana Mangano, die Schauspielerin, die der Maresciallo in *Bitterer Reis* gesehen hatte. Vielleicht kleiner, aber bei ihren Kurven, Rundungen und Formen verging einem Hören und Sehen.

Zwei Tage lang fragte er sich, wie er sie ansprechen könnte.

Dies war die Gelegenheit, die er beim Schopf ergreifen musste. »Signora Montani«, rief er und hielt die Dame auf, bevor sie sich unter die Neugierigen mischte.

»Maresciallo!«, sagte sie.

Sie sprach mit einem weichen R, das sie ein wenig empfindsam wirken ließ.

Das einzig Weiche an diesem sonst so festen Körper, dachte der Maresciallo.

»Ich muss Sie um Entschuldigung bitten«, sagte Accadi.

Die Frau tat, als verstünde sie nicht.

»Es ist die Schuld dieses Dummkopfs von Wachposten«, erklärte der Maresciallo. »Er hat mir von Ihrem Anruf nichts gesagt. Erst gestern Abend ist es ihm wieder eingefallen.«

»Aber ich bitte Sie«, entgegnete die Frau, »das macht gar nichts. Ich hatte das Bedürfnis, mit Ihnen zu sprechen, Sie um Rat zu fragen.«

»Dann tun Sie es.«

»Jetzt?«

»Vielleicht bei einer netten Tasse Kaffee«, schlug Accadi vor.

»Einverstanden«, sagte die Frau.

»Appuntato«, befahl der Maresciallo und wandte sich an den Untergebenen, »fangen Sie schon mal mit der Untersuchung an.«

»Zu Befehl«, antwortete Marinara.

Eine Viertelstunde später war der Maresciallo Accadi noch nicht wieder da.

Der Appuntato aber war mit der Inspektion fertig: Er war auf einige interessante Hinweise gestoßen.

Der Bürgermeister von Bellano, Augusto Balbiani, überraschte ihn von hinten, als der Carabiniere in gebückter Haltung etwas vom Boden aufhob und es sogleich in seiner Hosentasche verschwinden ließ.

»Guten Tag, Appuntato!«, sagte der Bürgermeister mit dröhnender Stimme. »Was zum Teufel ist passiert? Ich habe bisher fast gar nichts erfahren. Wo ist der Maresciallo?«

Marinara rückte sein Käppi zurecht und grüßte. »Guten Tag, Herr Bürgermeister«, sagte er. »Es sieht so aus, als handele es sich um einen Einbruchsversuch.«

»Das weiß schon der ganze Ort«, sagte der Erste Bürger der Stadt scharf.

Marinara wurde rot. »Ich untersuche gerade den Tatort.«

»Das sehe ich.«

»Oben in den Büros war ich noch nicht.«

»Und worauf warten wir?«

»Auf den Signor Maresciallo.«

»Und wo ist der?«

Marinara machte den Mund auf.

»Hier!«, hörte er Accadis Stimme in seinem Rücken. »Wo soll er schon sein? Guten Morgen, Bürgermeister. Appuntato, sind Sie hier unten fertig?«

Der Appuntato nickte.

»Gut. Also, Bürgermeister, dann können wir nach oben gehen und die Büros inspizieren.«

»Das ist nicht nötig«, wollte der Appuntato gerade sagen. Aber er schwieg.

Der Maresciallo hatte den Arm des Bürgermeisters ergriffen und ging zur Freitreppe, die zu den Büros der Kommunalverwaltung führte. Als sie etwa in der Mitte der Treppe angekommen waren, blieb er stehen und wandte sich zur Eingangshalle um. »Appuntato, Sie gehen in die Kaserne und schreiben einen schönen Rapport. Klar?«

Idiot!, antwortete der Appuntato im Stillen.

4

Der Appuntato Marinara rechnete aus, dass er ungefähr eine Stunde Zeit hatte. So lange würde der Maresciallo Accadi brauchen, um die Büros der Kommunalverwaltung zu inspizieren.

Vor allem aber, um mit dem Bürgermeister über ein Problem zu sprechen, das ihm, seit er vor acht Monaten hergekommen war, auf der Seele lag. Die Toiletten in der Kaserne.

Nach Meinung des Installateurs Amedeo Florinelli, der auf Bitten des Maresciallo persönlich die Rohre zwischen der Toilette in der Wohnung des Maresciallo und denen der darunterliegenden Büros inspiziert hatte, handelte es sich hier um ein seltsames Phänomen, das er »Wasserdiebstahl« nannte.

Durch ein Rohr stieg offenbar, wenn sie in der Kaserne den Abzug betätigten, in die Kloschüssel im Bad des Maresciallo schwarzes Wasser hoch, das darin stehen blieb und die Wohnung verpestete.

Die Anlage war nicht neu, sie stammte aus den dreißiger Jahren. Der einzige Weg, Abhilfe zu schaffen, stellte Florinelli fest, sei es, die Wände aufzuschlagen, das Leitungssystem zu untersuchen und undichte Rohre zu ersetzen. Am besten aber wäre es, eine neue Anlage einzubauen.

Es war Sache der Kommunalverwaltung, für die Kosten aufzukommen, die Armee hatte damit nichts zu tun. Aber der Bürgermeister stellte sich seit Monaten taub, und je länger er die Entscheidung hinausschob, desto hartnäckiger ging ihm der Maresciallo damit auf die Nerven, dieses Problem endlich zu beseitigen.

Der Appuntato Marinara, der wusste, wie unangenehm

sein Vorgesetzter werden konnte, prüfte noch ein paar Dinge, bevor er wie befohlen in die Kaserne zurückkehrte.

Bei seiner kurz vorher in seliger Ruhe vorgenommenen Inspektion in der Eingangshalle des Gebäudes hatte er herausgefunden, dass die Diebe ohne Zweifel nicht die Gemeindebüros im Auge gehabt hatten, sondern den Tabakladen Onori, dessen eine Außenwand, in der sich ein kleines vergittertes Fenster befand, im Eingangsbereich des Rathauses lag.

Die Diebe hatten eine Leiter benutzt, vielleicht war auch einer auf die Schultern des andern gestiegen, und sie hatten versucht, an das Fenster zu kommen, um es auszuheben und in den Tabakladen zu gelangen.

Aber da war etwas passiert. Etwas, was ihren Einbruch vereitelte.

Da war sich Marinara sicher. Er schloss es aus ein paar kleinen Blutflecken, die er auf den Bodenplatten der Eingangshalle bemerkt hatte. Darin bestärkt hatte ihn auch jener Gegenstand am Boden, den er schnell unbemerkt in seiner Hosentasche hatte verschwinden lassen.

Er hatte eine genaue Vorstellung nicht nur von dem versuchten Diebstahl, sondern auch davon, wer die Gauner waren.

Drei Namen gingen ihm durch den Kopf: Fès, Ciliegia und Picchio. Die beiden ersten kannten die Carabinieri schon von früheren kleinen Diebstählen. Und Picchio ging seit ein paar Monaten nicht mehr ohne die Begleitung des einen oder des anderen vor die Tür.

Alle drei wohnten in den dicht beieinanderstehenden Häusern des alten Ortskerns von Bellano, und der Appuntato begann seine Überprüfung bei Andrea Costa, genannt Fès, dessen Wohnung am sogenannten Hof der Adamoli lag, einem Innenhof aus dem siebzehnten Jahrhundert. In dessen Mitte stand eine hohe Palme, die zur Zeit des Faschismus gepflanzt worden war, und die Gebäude drum herum waren durch Vernachlässigung und Feuchtigkeit baufällig geworden.

Er begegnete ihm, als er gerade aus dem Haus kam.

Der Junge hatte vom Schlaf verquollene Augen und zeigte sich nicht überrascht, als der Appuntato auf ihn zukam.

»Wo gehst du hin, so früh am Morgen?«, fragte Marinara.

»Zur Arbeit«, sagte Fès in schlechtem Italienisch.

»Sieh mich an«, sagte der Appuntato.

Mühsam löste Fès den Blick vom Boden.

»Los, nun lächle den Appuntato mal freundlich an!«

Ein leichtes Staunen erschien auf dem Gesicht des Jungen. »Warum?«, fragte er.

»Zeig mir mal die Zähne.«

Verwirrt öffnete Fès den Mund. »Was soll das sein«, fragte er dann, »eine Durchsuchung?«

»Na, dann geh schon«, sagte der Appuntato.

»Kann ich wirklich gehen?«

»Los, hau ab!«, schrie der Appuntato.

Ciliegia war auch nicht zu Hause. Die Mutter erzählte, er sei frühmorgens mit einem Händler weggefahren. In Morbegno sei heute Markt.

Der Appuntato bedankte sich. Er sagte, er werde gegen Abend gegebenenfalls wiederkommen.

Fès hatte er schon abgehakt, Ciliegia wartete er noch ab, so blieb noch Picchio übrig, Eraldo Pozzi, der mit seiner übergewichtigen Mutter in zwei Zimmern über dem Arbeiterverein wohnte.

Als Marinara durch die Tür des Arbeitervereins ging und die Treppe zur Wohnung von Picchio betrat, schlug ihm ein penetranter Geruch entgegen.

Essig, dachte er.

Vielleicht gab es eine Verletzung zu heilen?

Der Essiggeruch wurde immer stärker, je näher er der Tür der Pozzi kam.

Als Picchios Mutter öffnete, musste der Appuntato ein Taschentuch vor die Nase halten, um Luft zu bekommen.

Die Frau stand in der Türöffnung und füllte sie vollkommen aus. »Was gibt's?«, fragte sie mit einer von zu vielen »Nazionali«-Zigaretten rauen Stimme.

5

Sie war neununddreißig und wog bei einer Größe von einem Meter sechzig über hundert Kilo. Sie hatte ein Gesicht wie ein geprügelter Hund – mit zwei traurigen Augenringen, die ihren Blick düster erscheinen ließen, und zwei unbehaarten Muttermalen, eines auf der Oberlippe, das andere auf der linken Wange. Durch Ironie des Schicksals hieß Picchios Mutter Angelina.

Ihren Mann Gualtiero Pozzi hatte sie 1928 kennengelernt. Sie gehörte zur Putzkolonne des Bezirksgefängnisses von Bellano, in dem er damals einsaß.

Gualtiero war zu der Zeit fünfundzwanzig. Er verbüßte eine Strafe von sechs Monaten wegen Betrugs an der Elektrizitätsgesellschaft Orobica, an deren Stromkabel er sich angeschlossen hatte, ohne die geringste Mühe, da sie vor seinem Fenster vorbeiliefen und er so keinen Anschluss mit Zähler und Plombe zu beantragen brauchte.

Beim Prozess hatte ihn der Amtsrichter auf Anraten des Maresciallo der Carabinieri ziemlich hart angefasst.

18

Pozzi wurde nämlich verdächtigt, auch wenn es keine unwiderlegbaren Beweise gab, eine Unzahl von Diebstählen begangen zu haben, die in der letzten Zeit im Ort verübt worden waren. Ihn eine Weile aus dem Gefecht zu ziehen schien dem Maresciallo die richtige Vorbeugungsmaßnahme.

So ließ sich der Amtsrichter überzeugen und beantragte die Höchststrafe.

Im Gefängnis versuchte Pozzi die Zeit zu nutzen und machte Angelina den Hof, so gut er konnte. Damals war das Mädchen noch nicht so dick und verliebte sich in den kecken untersetzten Gualtiero, der dauernd sang und Scherze machte, als wäre er in Ferien. Gleichzeitig dachte er sich Gaunereien aus, für die Zeit, in der er wieder in Freiheit wäre. Eine davon setzte er sogar vom Gefängnis aus in die Tat um.

Das Haftgebäude ging auf die Piazza Santa Marta hinaus und lag neben der Kirche gleichen Namens.

Die Zelle von Gualtiero lag zu diesem Platz hin, und da er das Kommen und Gehen der Gläubigen beobachtete, rechnete er sich aus, dass an Tagen mit vielen Besuchern der Opferstock voller Kleingeld sein musste. Es wäre also lukrativ, ihn zu leeren.

Mithilfe Angelinas schickte er ein Kassiber an einen gewissen Vittorio Bellini, Brema genannt, einen Bauarbeiter mit Überbiss, der Pozzi bei seinen Gaunereien oft unterstützt hatte.

Den Anweisungen gemäß, ging Brema unter der Zelle des Spießgesellen vorbei. Wenn der ihm das Zeichen zum Handeln gab, den Hinweis, dass an diesem Tag viele Gläubige in der Kirche gewesen waren, sollte Brema den Opferstock leeren.

Im Lauf eines Monats hatte es drei Diebstähle gegeben.

Beim vierten Versuch wurde der Bauarbeiter mit den Händen im Opferstock von einem in der Nähe postierten Carabiniere geschnappt.

Sogleich gab er den Namen seines Kumpans Gualtiero Pozzi preis.

Der neue Prozess, bei dem Gualtiero in Ketten vorgeführt wurde, brachte ihm sechs weitere Monate Haft ein, aber auch die unvergängliche Bewunderung Angelinas.

Dem Amtsrichter war nicht klar, wie die beiden Täter in Verbindung gekommen waren, und er vermutete einen Vermittler. Gualtiero aber leugnete dies hartnäckig. Außer ihm und Brema sei niemand in die Diebstähle verwickelt.

Pozzi verbüßte seine Strafe bis zum letzten Tag und wurde im März 1930 entlassen.

Angelina war die Einzige, die draußen auf ihn wartete. Sie rechnete mit einem Heiratsantrag und bekam ihn auch.

Am 10. Mai 1930 heirateten die beiden, und genau zwei Monate später starb Gualtiero, aufgespießt auf einer Spitze des Parkgitters der Villa Pensa, als er nachts einen seiner üblichen Einbrüche verübte.

Angelina hatte Eraldo schon im Bauch und blieb allein zurück.

Sie musste doppelte Energie aufbringen, um sich und das Kind, das sie erwartete, zu ernähren. Sie arbeitete als Küchenhilfe, Büglerin und Wäscherin. Aber dies wurde durch die Schwangerschaft immer beschwerlicher, und es war nicht leicht, sich entsprechend zu ernähren.

So kam es, dass eine Nachbarin ihr eines Abends, als sie von Fenster zu Fenster vertraulich miteinander plauderten, von der Möglichkeit einer Rente für Übergewichtige erzählte.

Ja, sie hieße »Rente für Übergewichtige«, sagte die Nach-

barin. Und nur Leute, die über hundert Kilo wögen, be-
kämen sie.

Angelina fand diesen Hinweis großartig. Sie kam nicht
auf die Idee nachzuprüfen, ob diese Neuigkeit auch stimmte,
sondern war überzeugt, endlich den richtigen Weg gefunden
zu haben, ihren Lebensunterhalt zu bestreiten, und bei dem
Gedanken, dass ihr nur zwanzig Kilo bis zum Doppelzentner
fehlten, begann sie zu essen, und zwar alles, rund um die Uhr.

Alles, was sie verdiente, steckte sie in Nahrungsmittel.

Vor allem in Süßigkeiten.

Und in kurzer Zeit erreichte sie, nicht zuletzt mithilfe der
Schwangerschaft, hundert Kilo.

Mit diesem Kaliber hatte sie eine schwere Geburt. Aber
auch danach aß sie weiter, bis sie beruhigende hundertzwan-
zig Kilo erreicht hatte.

Jetzt, so dachte sie, können sie mir die Rente nicht verweigern. Hier geht es nicht um ein Kilo mehr oder weniger, es
sind sogar zwanzig mehr!

Triumphierend und voluminös ging sie zum Bürgermeister ins Rathaus und beantragte die Rente.

Der Bürgermeister wusste von nichts und rief den Gemeindesekretär, der, als er von dem Antrag hörte, in Gelächter ausbrach.

»Wo haben Sie denn diesen Unsinn her?«, fragte er.

Angelina blieb nichts anderes übrig, als ihre Leibesfülle
wieder nach Hause zu schleppen; ihre Zukunft sah düster
aus.

Der Bürgermeister ließ sie auf die Armenliste setzen, weil
die Lebensumstände der Frau ihn rührten und weil er wegen
ihrer Dummheit Mitleid mit ihr hatte. Auch die karitativen
Damen von San Vicenzo nahmen sich ihrer an, unterstützten
sie und besorgten ihr kleine Arbeiten.

Trotzdem lebte Angelina im Elend, sie bekam Diabetes, und außerdem stellte sich immer deutlicher heraus, dass ihr Sohn Eraldo ganz ähnliche Eigenschaften hatte wie sein Vater Gualtiero.

6

»*Wer ist da?*«, fragte Angelina.

»Warum stinkt's hier so?«, fragte der Appuntato.

Die dicke Frau zuckte nicht mit der Wimper. »Das ist Essig«, sagte sie.

»Danke, das habe ich schon erkannt. Die ganze Gegend wird davon verpestet!«

Die Augen auf der Höhe von Marinaras Oberkörper, antwortete Angelina, während sie auf einen der Silberknöpfe der Uniformjacke blickte: »Mein Sohn hat Kopfschmerzen. Nichts hilft besser dagegen als ein Umschlag mit warmem Essig.«

»Ach«, sagte der Appuntato, »dann ist der junge Mann also zu Hause!«

»Warum?«

»Ich muss ihm ein paar Dinge sagen.«

Angelina rührte sich nicht von der Stelle. »Aber wenn er doch Kopfschmerzen hat«, erwiderte sie.

»Armes Kerlchen«, spottete Marinara und ging einen halben Schritt auf die Frau zu.

Angelina ließ nicht erkennen, begriffen zu haben, dass der Carabiniere in die Wohnung kommen wollte.

»Lassen Sie mich vorbei«, befahl der Appuntato.

Langsam bewegte Picchios Mutter ihre Fleischmassen.

Sie rückte ein Stückchen zur Seite, lehnte sich gegen den Türrahmen und hielt gut drei Viertel der Schwelle besetzt.

»Darf ich?«, fragte Marinara und quetschte sich zwischen Türrahmen und dem weichen Fleisch der Frau hindurch. »Wo ist er?«, erkundigte er sich, nachdem er in die Wohnung gelangt war.

»In seinem Zimmer«, antwortete Angelina und meinte damit, dass sich Eraldo statt hier in der Küche in dem einzigen anderen Zimmer der Wohnung aufhalte.

Picchios Zimmer hatte keine Tür. Stattdessen hing dort ein Vorhang von fragwürdiger Sauberkeit.

Die Einrichtung, so stellte der Appuntato schnell fest, bestand aus verschiedenen aufeinandergestapelten Kartons, einer Art Schrank, in dem jegliche Kleidung lag: Unterhosen, Jacken, Hosen, Strümpfe und anderer Plunder.

An den Wänden hingen ein paar aus Sportzeitschriften ausgeschnittene vergilbte Fotos. Marinara erkannte Adolfo Consolini, kurz bevor er einen Diskus warf, ferner die Mannschaft des AC Turin während der Meisterschaft von 1948/49, daneben sah man die Titelseite der *Domenica del Corriere*, auf der Walter Molino die Tragödie von Superga schilderte, den Flugzeugabsturz, der die Mannschaft beinahe komplett auslöschte. Sogar an der Wand klebt Unglück, dachte der Carabiniere, der den Blick von den Zeitungsausschnitten zu dem Jungen schweifen ließ.

Picchio lag auf einem eisernen Feldbett. Es war dunkel, und er hatte einen Lappen auf der Stirn.

»Picchio?«, rief der Carabiniere.

»Was ist los?«, fragte der Junge.

»Mach das Licht an.«

»Hier gibt es keins.«

»Wir haben nur in der Küche elektrisches Licht«, erklärte die Mutter.

»Und wenn man sich ins Gesicht sehen will?«

»Dann muss man das Fenster öffnen«, erklärte Angelina wieder.

»Also, machen wir es auf«, sagte der Appuntato.

»Nein!«, protestierte Eraldo.

»Ich habe Ihnen doch gesagt, dass er Kopfschmerzen hat. Das Licht würde ihn stören«, mischte sich Angelina wieder ein.

»Schon gut, bemühen Sie sich nicht, ich kümmere mich darum«, sagte Marinara entschieden und öffnete ein Fensterchen, das auf das Dach des Vorderhauses hinausging.

Ein dünner Lichtstrahl erhellte das Zimmer, und die Unordnung wurde sichtbar.

Marinara sprach weiter mit dem Jungen, der sich inzwischen auf die Seite gedreht hatte und ihm den Rücken zukehrte.

Da fuhr der Appuntato mit einer Hand in die Tasche und nahm den Gegenstand heraus, den er dort versteckt hatte. »Ich wette, das ist deiner«, sagte er.

»Was ist das?«, fragte Angelina.

Der Appuntato zeigte ihn ihr.

»Aber was ist das?«

»Ich glaube«, erklärte Marinara, »es ist ein Stück Zahn Ihres Sohnes. Genauer gesagt«, fügte er hinzu, »ein Stück Schneidezahn, stimmt's, Picchio?«

Der Junge lag immer noch auf der Seite und zuckte mit den Schultern.

»Dreh dich mal um«, sagte der Appuntato, »und lächle mich an!«

7

Der Maresciallo Accadi war in zehn Minuten mit der Inspektion der Gemeindeverwaltung fertig. »Nichts«, schloss er.

Es war nichts angerührt worden.

Der Bürgermeister Balbiani hätte sich eine etwas genauere Ortsbesichtigung durch den Carabiniere gewünscht.

Aber der trug Sicherheit zur Schau. »Bürgermeister«, sagte er, »hier ist niemand hereingekommen.«

»Und wie erklären Sie sich das?«, wagte sich Balbiani vor. »Warum kommen sie hierher, um zu stehlen, und stehlen nichts?«

Der Maresciallo hatte diesen Aspekt der Sache noch nicht weiter bedacht und hatte es eilig, die Sprache auf die Toiletten zu bringen. »Keine Ahnung«, antwortete er. »Vielleicht sind sie durch irgendwas gestört worden.«

»Ach ja?«, fragte der Bürgermeister.

»Oder von irgendjemandem.«

»Und von wem?«

»Ich weiß es nicht. Ach ja«, sagte Accadi plötzlich, »vielleicht ist der Nachtwächter vorbeigekommen und hat sie in Alarmstimmung versetzt.«

Diese Bemerkung des Maresciallo brachte den Bürgermeister ins Grübeln. »Daran habe ich nicht gedacht«, brummte er.

Der Maresciallo grinste überlegen.

»Das könnte sein«, fuhr der Bürgermeister fort, »aber das muss man erst mal nachprüfen.«

»Aber gewiss, gewiss«, beteuerte der Maresciallo gütig. »Das machen wir.«

Dann nahm er sein Käppi ab. »Im Übrigen«, begann er, »wenn Sie, Herr Bürgermeister, zehn Minuten Zeit für mich hätten. Ich habe eine recht wichtige Sache zu besprechen.«

Jetzt kam der Augenblick, den Balbiano gefürchtet hatte. Was konnte er jetzt tun? Ihn zum Teufel schicken?

Das hätte er liebend gern getan. Doch das war unmöglich.

»Ich höre, Maresciallo.«

»Sehen Sie«, sagte dieser, »die Toiletten in der Kaserne sind immer noch in dem Zustand, den ich Ihnen vor Monaten geschildert habe.«

»Was Sie nicht sagen!«, antwortete der Bürgermeister, tat erstaunt und gab seinem Gesicht einen enttäuschten, teilnahmsvollen Ausdruck.

»Aber es ist tatsächlich so«, beteuerte der Maresciallo. »Bisher hat keiner auch nur einen Finger gerührt.«

Balbiani schwieg, er war der Angeklagte.

»Darf ich?«, fragte Accadi und zeigte auf einen Stuhl.

»Bitte«, sagte der Bürgermeister fügsam.

Er wusste, dass der Maresciallo, wenn er erst einmal saß, wieder genau schildern würde, was in seiner Wohnung geschah, sobald auf der unteren Etage jemand den Abzug betätigte.

8

Der Appuntato Marinara ging zurück zur Kaserne.

In aller Ruhe. Er hatte es nicht eilig.

An der Kirche Sankt Nazarro und Celso hatte es gerade erst halb neun geschlagen, die meisten Läden waren schon offen, und in der Via Manzoni liefen die Frauen mit ihren Einkaufstaschen herum.

Als er durch die Via Cavour ging, strömte dem Carabiniere ein warmer, nach frischem Brot duftender Windzug entgegen. Er kam aus der Bäckerei der Gebrüder Scaccola. Marinara blieb stehen, um den Duft zu genießen, und hörte, wie sein Magen knurrte. »Hunger ist Hunger«, brummte er und wiederholte, was ihm kurz zuvor an der Türschwelle Angelina gesagt hatte. »Und er will es nicht einsehen.«

Als Marinara die Wohnung von Picchio verlassen hatte, steckte er in der Klemme.

Der Junge hatte nichts zugegeben, aber es war sonnenklar, dass er in der Nacht mit von der Partie gewesen war. Hätte er ihn in die Kaserne geschafft, dann hätte er in weniger als einer halben Stunde ein Geständnis aus ihm herausgeholt.

Aber das Elend in der Wohnung hatte seinen Ermittlerhochmut gebremst.

Angelina, die an der Türschwelle stand, sagte er, sie müsse aufpassen, früher oder später würde Picchio, wenn er so weitermachte, ernsthafte Probleme kriegen.

»Ja«, sagte da die Frau zu ihm, »aber Hunger ist Hunger, und er will es nicht einsehen.«

Der Appuntato dachte an den Bericht, den er zu schreiben hatte. Musste er alles hineinschreiben, was er gesehen und welche Schlüsse er daraus gezogen hatte?

Der Brotduft half ihm, wieder einen klaren Gedanken zu fassen. Er griff in seine Tasche, nahm das Stückchen Zahn von Picchio und ließ es aufs Pflaster der Via Cavour fallen. »Beweisstück Nummer eins«, sagte er zu sich, »schreiten wir zur Tat!«

Dann schlug er den Weg zur Kaserne ein.

Der diensthabende Carabiniere öffnete ihm, ein junger Sarde mit Namen Flachis.

»Ist der Signor Maresciallo schon zurück?«, fragte Marinara.

»Nein.«

»Gut«, sagte der Appuntato. »Ich gehe ins Büro und schreibe den Bericht.«

Bevor er sich jedoch an den Schreibtisch setzte, ging er kurz auf die Toilette. Es war eigentlich nicht nötig. Er ging nur hin, um am Abzug zu ziehen und die Räume seines Vorgesetzten mit gutem Duft zu versehen.

Der verließ genau in diesem Moment mit einem zufriedenen Grinsen das Rathaus. Ein Zeichen dafür, dass der Bürgermeister, um ihn loszuwerden, sein Versprechen erneuert hatte, sich so schnell wie möglich um seine Toilette zu kümmern und das Problem dem Gemeinderat vorzulegen.

Accadi verschwand augenblicklich in der Via Porta, die zum Laden der Montani führte. Mit ihr hatte er zuvor bei einem schönen Kaffce ein Stelldichein verabredet.

Um ein Haar wäre er dem Gemeindesekretär Aurelio Bianchi begegnet, der noch nicht gefrühstückt hatte und ins Amt gestürzt war, sobald er die Neuigkeit erfahren hatte.

Keuchend betrat er die Büroetage, während Balbiani die Angestellten anwies, mit größter Sorgfalt nachzuprüfen, ob in ihren Schreibtischen etwas fehlte.

»Herr Bürgermeister, ich bin hier«, schrie der Sekretär.

»Guten Tag, Herr Buchhalter«, antwortete Balbiani. »Haben Sie die Neuigkeit schon gehört?«

Bianchi teilte die Fröhlichkeit in der Stimme des Ersten Bürgers der Stadt nicht. »Das ist unerhört«, bemerkte er.

»Nicht so schlimm, anscheinend haben sie nichts gestohlen.«

»Anscheinend!«, gab der Sekretär zurück.

»Wir prüfen es noch nach.«

Bianchi nickte zustimmend. »Und der Präfekt?«, fragte er dann.

»Der Präfekt? Was hat der denn damit zu tun?«, entfuhr es Balbiani.

Bianchi richtete die Augen zum Himmel. »Er ist der erste Amtsträger, der in solchen Fällen informiert werden muss. Hat das denn keiner getan?«

Der Bürgermeister breitete die Arme aus. »Wie soll ich das wissen. Wenn mir keiner etwas sagt –«

»Ich kümmere mich darum, und zwar sofort«, versicherte der Sekretär.

Dann rannte er los, lief die Treppe hinunter und stürzte zur Post, um ein Telegramm an die Präfektur von Como zu schicken.

9

Die Luft im Laden der Montani war warm. Und sie war drückend, weil es überall nach Stoff roch.

Coupons von Baumwolle, Batist, Leinen, Hanf und Seide waren in zwei großen offenen Schränken verstaut, die an der hinteren und der rechten Wand standen.

An der dritten Wand, wenn man hereinkam auf der linken Seite, war für die Kunden ein mannshoher Spiegel angebracht, in dem die Damen sehen konnten, wie ihnen dieser oder jener Stoff stand.

In eine Ecke hatte die Montani ein Tischchen und drei Sessel gestellt. »Zum Schwatzen«, pflegte sie zu sagen.

Denn, so erklärte sie, in jedem Modehaus, das auf sich halte, müsse man Gelegenheit haben, auf angenehme Weise zu plaudern. So rechtfertigte sie ihre Gewohnheit, ihr Geschäft mit den Stoffresten als Atelier zu bezeichnen und sich Modistin oder Hutmacherin zu nennen.

Als der Maresciallo Accadi zum ersten Mal das Atelier betrat, roch er die Luft und ihm wurde auf der Stelle schwindlig.

Dieser Geruch nach guter Stube erinnerte ihn an seine Jugend in Sizilien.

Der Gedanke, dass hier, wo er jetzt war, Frauen endlos schwatzten, Intrigen spannen und Techtelmechtel besprachen, erregte ihn. Er hätte am liebsten keine Uniform angehabt, sondern einen der Anzüge, die er bei feierlichen Anlässen mit Eleganz und Gewandtheit zu tragen wusste.

Da er nichts Besseres tun konnte, nahm er seine Mütze ab, strich sich Haar und Schnäuzer glatt und gab sich leger und leicht müde wie ein Libertin. So lud ihn die Montani gleich ein, sich in die Plauderecke zu setzen.

Mit einem Seufzer nahm Accadi die Aufforderung an.

Wer weiß, welcher kleine Hintern zuletzt auf diesem Sitz gesessen hat, dachte er.

»Wie kann ich Ihnen zu Diensten sein?«, fragte er dann etwas distanziert.

»Es geht um meinen Mann«, begann die Montani.

Der Maresciallo stutzte.

Dieser Marinara hatte sie doch Witwe Montani genannt. Und jetzt tauchte plötzlich ein Ehemann auf.

Das hat dieser Schuft bestimmt extra gemacht, dachte er.

10

Gegen neun Uhr morgens rief die Präfektur in Como, genauer gesagt der Vizepräfekt Doktor Aurelio Aragonesi, in der Kommune an, um über den Diebstahl informiert zu werden.

Der Sekretär Bianchi nahm das Gespräch in seinem Büro entgegen, und als er begriff, dass die Präfektur am Apparat war, zitterte er.

Aragonesi wollte genaue Hinweise. Der Sekretär aber antwortete nur mit Wenn und Aber.

Irgendwann rief der Vizepräfekt wütend: »Dies ist also der erste Diebstahl in einer Kommune unserer Provinz seit Bestehen der Republik, und Sie können mir nichts dazu sagen!«

Bianchi fuhr sich mit der Hand über die Stirn, auf der Schweißperlen standen. »Wir prüfen die Dinge noch«, murmelte er.

»Großartig. Und wie lange wollen Sie sie noch prüfen?«

»Anscheinend haben sie nichts gestohlen«, kreischte Bianchi.

»Anscheinend? Was heißt hier anscheinend? Haben sie etwas gestohlen oder nicht?«

Der Sekretär zwinkerte. »Soll ich Ihnen den Bürgermeister geben?«, fragte er vorsichtig.

»Geben Sie ihn mir«, seufzte der Vizepräfekt ins Telefon. »Vielleicht kommen wir dann auf einen grünen Zweig.«

Zehn Minuten stand der Bürgermeister Balbiani da und telefonierte im Büro des Sekretärs, während der von einem Schreibtisch zum nächsten lief, um das Personal nach den Auskünften zu fragen, die er Aragonesi nicht hatte geben können.

31

»Hören Sie, Buchhalter«, sagte nach einer Weile der sechzigjährige Gemeindediener mit Nachdruck, »hier ist kein Fitzelchen gestohlen worden!«

»Aber wie ist das möglich?«

Der Bürgermeister kam aus dem Büro des Sekretärs, schlug die Tür zu und beendete die Diskussion. »Buchhalter«, befahl er, »lassen Sie den Nachtwächter Bicicli herbringen.«

»Um diese Zeit schläft er noch«, bemerkte der Sekretär.

»Dann wecken Sie ihn«, befahl der Bürgermeister.

»Ist etwas passiert?«

Balbiani gab dem Sekretär ein Zeichen, zu ihm zu kommen. »Passiert ist, dass dieser verfluchte Vizepräfekt einen Bericht über die Ereignisse haben will. Bis elf Uhr will er über alles unterrichtet sein. Dieser Aragonesi ist ein Dummkopf. Er hat mir geraten, wenn wir in Verlegenheit kommen, die Diebe gleich direkt zu befragen.«

Der Sekretär wurde weiß im Gesicht. Eine halbe Minute stand er da und mahlte mit den Kiefern. »So eine Blamage!«, seufzte er dann.

»Buchhalter, beruhigen Sie sich«, entgegnete der Bürgermeister, unfähig, sich ein Grinsen zu verkneifen. »Die Todesstrafe ist abgeschafft.«

Der Sekretär sah in erschrocken an. »Was?«

»Nichts«, schloss der Bürgermeister. »Unternehmen wir lieber etwas. Rufen Sie mir den Bicicli. Dann erfahren wir, ob er etwas gesehen hat. Und dann sprechen wir noch einmal mit dem Maresciallo.«

II

Der einunddreißigjährige Nachtwächter Firmato Bicicli war ein Schützling von Bürgermeister Balbiani. Der hatte am Totenbett von Firmatos Mutter Bertilla Idelli, verwitwete Bicicli, feierlich geschworen, sich um ihren Sohn zu kümmern.

Dies geschah im Frühjahr 1947, als Bertilla, seit zehn Jahren Witwe, krank wurde. Die Familien Balbiani und Bicicli wohnten auf derselben Etage eines Hauses am Eingang der Straße zur Valsassina. Der spätere Bürgermeister und seine Ehefrau mussten sich um die Kranke kümmern, da Firmato nicht ein noch aus wusste.

Eines Abends, als die Witwe spürte, dass ihr Stündlein geschlagen hatte, rief sie die Balbianis zu sich und vertraute ihnen das Schicksal ihres Sohnes an.

Nur in dem Wissen, dass sich jemand nach ihrem Tod um ihn kümmere, könne sie in seligem Frieden die Augen schließen. Keiner wisse besser als sie, wie sehr der Junge einen Betreuer brauche.

Er ist ganz der Vater, seufzte sie.

»Böse ist er nicht!«

»Dem fehlt was hier oben«, sagte sie und tippte sich mit dem Finger an die Stirn. Man müsse ihm immer sagen, was er zu tun und wohin er zu gehen habe. Es sei ein wahres Unglück, ihn allein auf der Welt zurückzulassen. Beim ersten Windhauch würde er weggetragen, wer weiß, wohin.

Man müsse nur bedenken, was 1944 passiert sei, als der Junge in den Reihen der Guardia Nazionale Repubblicana gekämpft hatte. Im Frühjahr 1945, als von Deutschen und Faschisten keine Spur mehr im Land war, hatte Bertilla eingreifen müssen, um seine Haut zu retten. Sie nahm Kontakt zum Partisanenchef Beretta von der Brigade Garibaldi auf und erregte sein Mitleid so sehr, dass er Firmato in seine Gruppe aufnahm. Als dann die Befreiung kam, gab er die Erklärung ab, Bicicli habe die Uniform der Faschisten nur in seiner Rolle als Spion des Partisanenkommandos in den Bergen der Valsassina getragen.

Dies hatte genügt, um ihn zu retten, und niemand hielt dem entgegen, dass Bicicli schon lange in den Reihen der GNR aktiv gewesen war, bevor es überhaupt ein Widerstandskommando in der Valsassina gab.

Jedenfalls hatte Firmato nie etwas Böses getan, weder im schwarzen Hemd noch mit dem roten Halstuch. Er hatte nur mit seiner Uniform geprahlt. Gleich nach der Befreiung arbeitete er dann als Faktotum für die provisorische Kommunalverwaltung und trug eine Partisanenjacke, eine amerikanische Hose und eine Mütze der Milizia Volontaria Sicurezza Nazionale, von der er das Mäanderband, aber nicht den Adler entfernt hatte.

Balbiani war damals Treuhänder der Alliierten für die Administration des Fonds der Nothilfe- und Wiederaufbauverwaltung der Vereinten Nationen. Er schnappte sich Bicicli und ließ ihn alle möglichen Arbeiten und Besorgungen machen. Der stand ihm immer zur Verfügung, war folgsam und treu, und das wusste er zu schätzen.

An jenem Abend nun, als die Witwe Bicicli ihn ans Sterbebett gerufen hatte, ließ er sich das Versprechen abringen, sich um den Jungen zu kümmern. Wenn er erst Bürgermeister wäre, was er vorhatte, dann könnte er ihn zum Gemeindediener machen und ihm eine Lebensstellung verschaffen. Da schloss Bertilla selig die Augen.

Doch Balbiani hatte zu viel versprochen. Bei der ersten Wahl fiel er durch.

Er konnte sich gedulden.

Aber was sollte aus Firmato werden?

Ohne die Rente der Mutter, die im Familienhaushalt der größte Posten gewesen war, musste er zuallererst aus der Wohnung ausziehen, in der er geboren und aufgewachsen war. Balbiani fand für ihn ein Loch in einem der feuchten und dunklen Häuschen der Altstadt, und seine Frau richtete es ein, so gut es ging. Und auch danach teilten sich die beiden die Aufgabe: Er besorgte Firmato kleine Arbeiten, mit denen er sich über Wasser halten konnte, sie achtete darauf, dass der Junge aß und sich wusch, damit er nicht auf der Straße landete und nicht die Geduld verlor. Das war notwendig bis zu den nächsten Kommunalwahlen 1948.

Allerdings war es Balbiani auch dann nicht gelungen, das Versprechen einzulösen, das er Bertilla auf dem Totenbett gegeben hatte. Denn inzwischen waren genug Leute in der Kommunalverwaltung angestellt, und es gab keine freien Stellen mehr.

Und so kam es, dass der Bürgermeister, zum einen, um den Wünschen von einigen Geschäftsleuten in Bellano entgegenzukommen, zum anderen, um seinem Versprechen irgendwie doch noch gerecht zu werden, den Posten des Nachtwächters einrichtete. Und das war nicht einfach gewesen.

Balbiani musste zwischen den Geschäftsleuten und dem Chef der Ortsvertretung »Pro Loco« vermitteln und alle überzeugen, einen Fonds einzurichten, aus dem neben anderem die Kosten für den Nachtwächter bezahlt werden konnten.

Da er für die Sache geradestand, musste er die Verantwortung für und die Aufsicht über den Nachtwächter übernehmen, gegen dessen Ernennung niemand etwas einzuwenden hatte.

So bekam Firmato den Posten – und vor allem eine neue Uniform.

Im April 1949 begann er durch Bellano zu streifen, von neun Uhr abends bis sechs Uhr morgens, und er hinterließ kleine Zettel an den Türen und unter den Fallgittern der Geschäfte, zum Beweis, dass er sie bewachte.

Sich zu betrinken wie an seinem Geburtstag, das tat er üblicherweise nicht.

Auch deshalb hatte ihn der Rausch dermaßen umgehauen.

12

Nachdem Oreste ihn vor seiner Haustür abgeladen hatte, war es Bicicli gelungen, bis in die Küche zu kriechen, wo er gleich wieder in Tiefschlaf fiel.

Der Gemeindebote, der geschickt worden war, um ihn zu holen, musste eine Viertelstunde klopfen, bis eine Nachbarin aufmerksam wurde.

»Schläft der immer so fest?«, fragte er.

Die Nachbarin breitete die Arme aus. »Vielleicht ist er ja gar nicht da«, sagte sie.

»Sollen wir reingehen?«, fragte der Bote.

»Wenn offen ist.«

Die Tür war nicht verschlossen.

»Gehen wir rein und sehen nach«, sagte der Bote mit Entschiedenheit.

Bicicli war da. Er lag über einer Art Sessel, die Beine am Boden. Er hatte sich nicht mal die Uniform ausgezogen.

Der Bote stieß einen überraschten Pfiff aus. »Ich habe

nicht gedacht, dass Nachtwächter sein so anstrengend ist«, bemerkte er.

»Er sieht aus wie tot«, meinte die Nachbarin.

Diese Bemerkung alarmierte den Mann, der sich Firmato vorsichtig näherte. »Er atmet«, teilte er der Frau mit.

»Aber vielleicht geht es ihm schlecht«, gab sie zurück.

Der Bote legte zwei Finger auf den Rücken des Nachtwächters und drückte leicht. »Bicicli!«, rief er.

»Oh«, antwortete der aus weiter Ferne.

»Der Bürgermeister hat nach dir gefragt.«

»Was?«

»Der Bürgermeister«, wiederholte der Bote. »Er braucht dich. Sofort.«

Langsam wandte Firmato dem Boten das Gesicht zu, öffnete die Augen und sah ihn verloren an.

»Geht es dir gut?«

Bicicli überlegte, was er sagen sollte. Aber ihm fiel nichts ein.

»Vielleicht braucht er Tonocalcina«, sagte die Frau.

»Was für ein Zeug?«

»Tonocalcina«, wiederholte die Frau. Der Name sage es schon: Das gäbe Spannung, und da seien Vitamine und Calcium drin.

»Eine Ampulle und man ist wie neu«, versicherte sie.

»Wird das gespritzt?«

»Klar!«, sagte die Frau.

Mit Spritzen ginge es am schnellsten, piek, piek, und schon sei Tonocalcina im Kreislauf.

»Gut, aber wer kann ihm die geben?«

»Ich. Wer sonst«, sagte die Frau. Sie ging los, um Nadel und Spritze auszukochen. Aber der Bote müsse das Wundermittel erst holen, sie habe keins zu Hause.

»Und wo hole ich das?«, fragte der Bote.

»Beim Metzger!«, entfuhr es der Frau.

Natürlich in der Apotheke, wo sonst!

Es sei Mittwoch, da habe die Apotheke vormittags geschlossen, entgegnete der Mann.

Aber dies sei ein Notfall, meinte die Frau.

»Aber ich ...«, sagte der Bote.

Wenn er wolle, dass sie den Bicicli wieder auf Vordermann bringe, müsse er Tonocalcina besorgen. Sonst solle er sehen, wie er klarkäme, und alles mit dem Bürgermeister regeln.

13

Der Bürgermeister und der Sekretär saßen in ihren Büros, als es zehn Uhr schlug.

Bianchi wurde aus seinen Gedanken gerissen. Ängstlich stellte er fest, dass schon eine Stunde vergangen war, seit er mit dem Vizepräfekten gesprochen hatte, und nichts war geschehen.

Der Bürgermeister trommelte mit den Fingern auf dem Schreibtisch, wartete auf Bicicli und wünschte nichts sehnlicher, als endlich diesen Ärger hinter sich zu bringen und nach Hause zu gehen, sich umzuziehen und in die Berge zu fahren, in die Nähe von Noceno, wo er ein Häuschen hatte. In diesen Tagen zogen die Drosseln vorbei, und der Gedanke, dieses köstliche Federvieh könne wegfliegen, ohne von seinem Gewehr bedroht zu werden, machte ihn nervös. Er dachte gerade an die Menge von Drosseln, mit denen seine Jagdgefährten aus den Bergen kommen würden, als der Sekretär Bianchi anklopfte und bat, eintreten zu dürfen.

»Kommen Sie herein«, sagte der Bürgermeister brüsk.

Der Sekretär trat ein, sagte aber kein Wort.

»Was gibt's?«, fragte Balbiani.

Bianchi hatte einen kleinen Spitzbart, der seine Kinnlinie verlängerte. Wenn er in Schwierigkeiten war, und das war bei diesem ängstlichen, unsicheren Mann sehr oft der Fall, schob er den Unterkiefer vor, was durch das Bärtchen noch betont wurde.

Als der Bürgermeister nun sein Mäusegesicht sah, gingen die Pferde mit ihm durch. »Sagen Sie schon, was los ist!«

Bianchi schreckte auf. »Wenn ich störe …«

»Sie stören nicht«, rief der Bürgermeister erregt. »Aber sagen Sie, Buchhalter, was ist denn? Entschuldigung, aber Sie kommen hierher – und dann stehen Sie da, stumm wie eine Statue!«

Der Sekretär reckte das Kinn vor, es bildete einen spitzen Winkel mit der Nasenspitze. »Es geht um …«, begann er.

Er schwieg einen Moment und fuhr dann fort: »Es könnte sein, dass der Vizepräfekt in weniger als einer Stunde anruft.«

Balbiani begriff, worauf der Sekretär hinauswollte. Er weigerte sich jedoch, ihm die Hand zu reichen, ihm zu helfen, das Unsägliche auszusprechen. »Ja natürlich, das weiß ich. Auch ich habe eine Uhr, na und?«

Bianchi riss die Augen auf. »Was sollen wir ihm sagen?«

Der Bürgermeister fuhr mit dem linken Zeigefinger durch die Luft. »Wir sagen ihm, dass die Räuber sich der Gemeinde noch nicht vorgestellt haben. Er ist ein Dummkopf, das werden Sie schon sehen.«

Der Sekretär war hart getroffen und senkte den Kopf.

Der Bürgermeister achtete nicht darauf. »Ich habe keine

Ahnung, was wir Seiner Exzellenz sagen sollen. Zuerst müssen wir herausfinden, ob jemand etwas weiß. Zum Beispiel Bicicli!«

Doch der ließ auf sich warten.

Hatte er sich unterwegs verirrt?

14

Nein.

Er flegelte sich noch auf dem Sessel herum. Er stieß einen unheilvollen Seufzer aus und wurde von der Nachbarin beäugt, die auf dem Küchentisch ordentlich Nadel und Spritze, Watte und Alkohol vorbereitet hatte und ungeduldig auf die Rückkehr des Boten mit dem Wundermittel Tonocalcina wartete.

15

Der Sekretär blickte auf. Die Ironie des Bürgermeisters verletzte ihn.

»Ich bin Ihrem Vorschlag gefolgt und habe den Boten Milico hingeschickt, um Bicicli zu holen …«

Aber Balbiani war nicht zufriedenzustellen: »Auch der Bote könnte sich verirrt haben«, erklärte er.

16

So war es nicht.

Der Bote läutete an der Klingel der Apotheke Sturm.

Er hatte schon dreimal geläutet.

Beim ersten Mal ohne Ergebnis.

Beim zweiten Klingeln hörte er Geräusche von innen.

Bei dritten Mal hörte er vom oberen Stockwerk ein Knarren. Langsam öffnete sich eine Jalousie, gerade genug, dass das Gesicht von Austera Petracchi zum Vorschein kam. Dann wurde die Jalousie wieder geschlossen.

Und wieder läutete der Bote Sturm.

17

»Ich weiß nicht, was ich sagen soll«, flüsterte der Sekretär.

»Herrgott!«, fluchte Balbiani.

Bianchi senkte wieder den Kopf. »Wenn ich es könnte, dann …«

Der Bürgermeister sah den kleinen Mann mit blitzenden Augen an: »Wenn Sie was könnten?«

»Ihm vorschlagen –«

»Los, weiter, bei der Madonna, weiter, beenden Sie den Satz!«

»Na ja, vielleicht könnten wir in der Zwischenzeit versuchen, mit den Carabinieri zu sprechen … Nur damit wir Seiner Exzellenz etwas zu sagen haben, wenn er gleich anruft.«

Das war keine besonders gute Idee, aber immerhin war es eine.

»Also gut«, sagte der Bürgermeister, »ich rufe in der

Kaserne an, und Sie versuchen herauszufinden, was aus Bicicli und dem Boten geworden ist.«

Der Sekretär war besänftigt, dankte und ging leisen Schrittes hinaus.

18

Das war nicht sein Tag, dachte der Bürgermeister.

War vielleicht auch der Maresciallo verschwunden? Der war nämlich nicht in der Kaserne, das hatte ihm soeben Carabiniere Flachis gesagt.

»Und wo ist er?«, hatte der Bürgermeister gefragt.

Der Carabiniere Flachis, den Hörer in der Hand, war einen Moment verwirrt. »Ich weiß es nicht«, antwortete er.

»Mit wem kann ich dann sprechen?«

»Mit mir. Ich kann es ausrichten.«

»Nein«, unterbrach ihn der Bürgermeister.

Geh doch dahin, wo der Pfeffer wächst, dachte der Carabiniere. »Wäre Ihnen der Appuntato Marinara recht?«, fragte er dann.

»Geben Sie ihn mir«, sagte Balbiani zufrieden.

Der Appuntato Marinara war gerade mit seinem Bericht fertig geworden, was gar nicht so einfach gewesen war.

Jetzt saß er da, die Ellbogen auf den Schreibtisch gestützt, die Hände an den Kopf gelegt, und las den Bericht auf Tippfehler durch, hinter denen der Maresciallo immer besonders her war. Oft zwang er ihn, in mühsamer Kleinarbeit neu zu tippen, bis es perfekt war.

Er hatte gerade drei Fehler gefunden, als Flachis ihm sagte, der Bürgermeister wolle ihn sprechen.

»Mich?«, fragte der Appuntato.

»Ja«, sagte der Carabiniere.

»Gib ihm doch den Maresciallo.«

»Wenn er da wäre, aber da das nicht so ist –«

»Und wo ist er?«

»Das fragen Sie mich, Appuntato?«

Marinara schnaufte.

Wer hatte bloß diesen eitlen Sizilianer in den Polizeidienst aufgenommen? Warum war er nicht zur Finanzaufsicht gegangen?

Er schnaufte erneut. »Ich komme gleich«, sagte er, stand auf und sah aus dem Augenwinkel noch einen vierten Tippfehler.

19

Als die Nachbarin von Bicicli den Boten mit leeren Händen zurückkommen sah, machte sie ein enttäuschtes Gesicht.

»Sie haben mir nicht mal die Tür aufgemacht«, beklagte sich Milico.

»Das heißt, dass Gerbera unterwegs ist und Besorgungen macht«, bemerkte die Frau und meinte die Schwester von Austera, die Mitinhaberin der Apotheke.

»Ach tatsächlich?«, fragte der Mann.

»Jawohl!«, erklärte die Frau. »Wenn Austera allein zu Hause ist, dann macht sie nicht mal dem Herrgott auf, wenn er anklopft.«

»Es ist sowieso egal«, sagte der Bote.

Denn es gab kein Tonocalcina.

»Ach nein?«

Nein, keine einzige Ampulle. Nichts mehr da. Er solle morgen wiederkommen.

Das hatte ihm der Intraken gesagt, als er sah, wie der Bote an der Apotheke Sturm läutete, und stehen blieb, um zu fragen, was er wolle.

»Wenn der Intraken das sagt«, seufzte die Frau, der der Gedanke, dem Bicicli nicht in die Hinterbacke zu stechen, wenig gefiel.

Aber wenn der es gesagt hatte, dann musste es stimmen. Der Intraken nämlich, oder Menaken, wie andere ihn nannten, mit bürgerlichem Namen Alessio Mattoni, war das Faktotum der Apotheke Petracchi. Bürgermeister Balbiani hatte ihn Gerbera selbst empfohlen, als sie Ende 1949 nach Bellano kam und ihn bat, ihm einen Mann zu nennen, der ihnen bei den vielen Obliegenheiten eines Umzugs behilflich sein konnte. Als alles fertig war, dachte Gerbera nicht daran, ihn zu entlassen: Einen Mann, der sich um die groben Arbeiten kümmerte, die Beete im Innenhof pflegte, den Laden sauber machte und in Ordnung hielt, konnte man gut gebrauchen. Mit der Zeit hatten sich die Tätigkeiten des Intraken so ausgeweitet, dass er die Apotheke morgens öffnete und abends abschloss und sogar die Buchhaltung machte. Wirklich ein vertrauenswürdiger Mann. So hörte Gerbera sogar auf, den Spitznamen zu benutzen, den Mattoni sich als junger Mann eingehandelt hatte, weil er nur einen geringen Wortschatz hatte und immer nur die beiden Begriffe »Intraken« und »Menaken« verwendete, um die verschiedensten Dinge zu bezeichnen.

»Ich kann doch nicht zum Bürgermeister gehen und ihm etwas vom Pferd erzählen«, meinte Milico und machte deutlich, dass er auf Befehl des Ersten Bürgers der Stadt hier war.

Sie mussten den Bicicli auf die Beine kriegen und hintragen.

»Gegen den Schluckauf kann ich ihm eine heiße Zitrone machen«, schlug die Frau vor.

»Kümmern Sie sich um die Zitrone, ich versuche inzwischen, ihn hochzuziehen«, sagte Milico.

20

»*Ich bin nicht sicher*, dass ich das kann«, sagte der Appuntato Marinara.

Er stand, weil der Bürgermeister vergessen hatte, ihn zum Sitzen aufzufordern.

Kurz vorher hatte Marinara sich am Telefon dazu hinreißen lassen, etwas über seine Theorie vom mutmaßlichen Diebstahl in der Kommune zu verraten. Halbe Sätze, ein paar Anspielungen. Der Bürgermeister, der plötzlich aufhorchte, versuchte, mehr aus ihm herauszubekommen. Aber das gelang ihm nicht. Er hakte nach, nichts zu machen. So hatte er ihn aufgefordert, zu ihm zu kommen, um eine Weile unter vier Augen zu reden.

Wann?, hatte der Appuntato gefragt.

Sofort, in meinem Büro, schlug Balbiani vor. Je früher die Sache geklärt war, desto eher konnte er zu seinem Häuschen fahren.

»Entschuldigung, Appuntato«, sagte der Bürgermeister nun. »Wobei sind Sie sich nicht sicher?«

»Dass ich den Inhalt meines Berichts weitergeben darf. Das könnte allenfalls der Maresciallo tun, der ihn aber noch nicht gelesen hat.«

Balbiani fuhr mit der Hand durch die Luft. Noch ganz dicht?, hätte er am liebsten gesagt. »Appuntato, machen Sie sich deswegen keine Sorgen. Mit dem Maresciallo regle ich das schon. Ich erkläre es ihm, und er wird es verstehen. In weniger als einer Viertelstunde nämlich ruft der Präfekt an, um Genaueres zu erfahren, und wir haben ihm nichts zu berichten, verstehen Sie? Wir müssen einen guten Eindruck machen, und Sie könnten uns dabei behilflich sein.«

Der Appuntato senkte den Kopf und betrachtete das Parkett des Büros. Als er den Kopf wieder hob, war zu erkennen, dass er eine Entscheidung getroffen hatte.

»Alles klar?«, fragte der Bürgermeister.

»Darf ich?«, fragte Marinara und wies auf den Stuhl.

»Aber bitte sehr.«

»Zunächst können Sie dem Präfekten sagen, er kann unbesorgt sein, da kein Diebstahl stattgefunden hat.«

Der Bürgermeister, der mit irgendeiner Enthüllung gerechnet hatte, schnaufte. »Das wussten wir doch schon, Appuntato! Sie haben nichts gestohlen, gut, aber einen Einbruchsversuch hat es trotzdem gegeben.«

Marinara schüttelte den Kopf.

»Nein?«, fragte der Bürgermeister.

»Nein.«

»Und weiter?«

»Das Ziel der Einbrecher war nicht das Rathaus«, behauptete Marinara.

»Das verstehe ich nicht.«

»Das ist ganz einfach. Es war der Tabakladen Onori«, erklärte der Appuntato.

»Ach nein!«, rief Balbiani. »Und woher wissen Sie das?«

Marinara wollte sich gerade an die Stirn tippen, ließ es aber noch rechtzeitig. Er neigte sich zu Balbiani vor. »An diesem Punkt muss ich Ihnen wohl alles erzählen.«

Der Bürgermeister verzog das Gesicht. »Und zwar?«

»Wie soll ich sagen … Was ich Ihnen jetzt anvertraue, muss unter uns bleiben. Es ist eine private, vertrauliche Mitteilung von Ehrenmann zu Ehrenmann. Stellen Sie sich vor, diese Dinge stehen nicht einmal im Protokoll. Und dieses Gespräch hier hat nie stattgefunden.«

Der Bürgermeister nickte zum Zeichen seines Einverständnisses, und um es ganz deutlich zu machen, legte er sich eine Hand über den Mund. »Sie können vollkommen beruhigt sein, Appuntato«, schwor er dann.

Verschwiegen wie ein Grab.

21

Die Montani hingegen hatte alle Schleusen geöffnet, sie redete und redete. Ausschweifend, eigensinnig, mit ständigen Wiederholungen.

Trotz ihres Versprechens: »Ich möchte es ganz deutlich machen«, begriff der Maresciallo Accadi nicht die Bohne und fand das alles ziemlich ermüdend.

Wesentlich besser war da schon, dass die Frau von Zeit zu Zeit die Stellung ihrer Beine wechselte und sie übereinanderschlug. Dabei war ein runder Oberschenkel zu sehen, hinauf bis zum Strumpfband. Während der Maresciallo zuhörte und so tat, als begriffe er etwas, tarierte er sie aus und kam zu dem Schluss: zarte Fesseln, festes Fleisch, füllige Schenkel, ein runder und fester Hintern. Die Brust konnte er nicht einschätzen, denn sie war unter einem weiten Pullover verborgen, den die Hutmacherin angezogen hatte, als er gerade in den Laden kam.

In dieser Gegend, hatte sie gesagt, wehe immer ein Lüftchen …

Als sie mit Erzählen fertig war, seufzte die Frau und sank in ihrem Sessel zurück. Da konnte der Maresciallo, wenn er sich aufrichtete, unter dem Pullover zwei Kugeln von diskreter Größe erkennen, hoch, parallel, halbmondförmig. Die Montani hatte durch das Reden Farbe bekommen, und zwei schimmernde Tränen standen ihr in den Augen.

Es war für den Maresciallo nicht schwierig, sich vorzustellen, wie sie bei anderen Anstrengungen in Glut geriet. Bei diesem Gedanken kam er in Verlegenheit, und er fürchtete, seine eng anliegende Uniform könnte ihn verraten.

Da tat er, als äußerte er einen ersten allgemeinen Gedanken zu dem, was die Hutmacherin ihm erzählt hatte. Er rutschte auf seinem Sessel nach hinten und schlug die Beine übereinander. »Die Sache sieht ziemlich kompliziert aus«, sagte er.

»Finden Sie?«

»Doch, ziemlich.«

»Aber …«

Der Maresciallo hob eine Hand in die Luft. »Ich habe gesagt kompliziert, aber nicht unlösbar«, beteuerte er.

Die Frau lächelte. Entzückend, zuckersüß.

»Ich werde sehen, was ich tun kann«, fuhr Accadi fort.

»Ich werde Ihnen sehr dankbar sein«, murmelte sie.

Accadi hörte das »Ich werde«.

Er lächelte. »Zweifellos«, sagte er.

22

Bicicli schien zu schielen.

Das rechte Auge, das stundenlang auf der Sessellehne gelegen hatte, war geschwollen und nur noch ein Spalt. Das linke war richtig ramponiert. Die Pupille schwamm in einem Netz aufgeplatzter Äderchen. Sein Gesicht war müde, seine Miene gequält. Durch die heiße Zitrone der Nachbarin war sein Schluckauf weggegangen, aber nichts half gegen die Verzweiflung auf seinem Gesicht. Der Bote stützte ihn auf dem Weg ins Rathaus, brachte ihn bis zum Eingang und ließ ihn erst allein, nachdem er ihn gefragt hatte, ob er in der Lage sei, ohne Hilfe die Treppe hinaufzugehen.

Als der Bürgermeister ihn sah, war er beeindruckt. »Es wurde Zeit«, sagte er.

Firmato ließ den Kopf hängen, schließlich hatte er Vorwürfe verdient.

»Ich möchte wissen, was heute Nacht passiert ist«, sagte Balbiani fordernd.

Der Moment war gekommen. Eine kräftige Schimpfkanonade erwartete ihn. Warum hätte ihn der Bürgermeister sonst in sein Büro gerufen?

Bicicli koordinierte seine Gedanken und seine Zunge. »Ich schwöre«, sagte er, »dass das nie wieder passiert.«

Der Bürgermeister wurde rot. »Was willst du damit sagen?«, fuhr er ihn an. »Was soll das bedeuten? Sind wir hier in der Irrenanstalt?«

Bicicli senkte den Blick. »Ich hatte Geburtstag …«

»Sehr schön, herzlichen Glückwunsch. Und dann?«

Dem Nachtwächter wurde wieder übel. Mit größter Anstrengung und unter erneutem Schluckauf erzählte er von dem Missgeschick der letzten Nacht.

Der Bürgermeister hatte mit einem ganz anderen Bericht gerechnet. Er hörte sich Biciclis Beichte mit Mühe an, und auf seinem Gesicht wechselten Erstaunen, Zorn und Verwirrung ab wie in einer Komödie.

»So, das war alles«, schloss Bicicli.

Das war alles!

»Das war alles?«, brüllte Balbiani.

Er lachte vor Wut. »Was erzählst du mir denn da bloß, Firmato! Was zum Teufel!«

Bicicli erschrak. So hatte er seinen Beschützer noch nie erlebt.

»Weißt du nichts von dem, was passiert ist?«, fragte Balbiani und fuhr mit der Hand durch die Luft wie mit einem Säbel.

Firmato versuchte, die Augen offen zu halten, und sah aus wie ein Ochse.

Dieses andauernde Stehen und die Wärme im Büro des Ersten Bürgers des Ortes machten ihm zu schaffen. Ihm brummte der Kopf, er war nass von kaltem Schweiß. »Was ist passiert?«, fragte er mit krächzender Stimme.

Balbiani hatte kein Mitleid. »Hier in der Kommune wurde eingebrochen, das ist passiert!«

Firmato reagierte nicht.

»Hast du verstanden? Während der Nachtwächter gesoffen hat wie ein Loch, sind drei dreiste junge Männer hier eingebrochen und haben es sich gut gehen lassen«, sagte er und zeigte mit melodramatischer Geste auf sein Zimmer.

Bicicli schluckte nur. Da war eine Luftblase, die nach oben stieg, und beinahe hätte er gerülpst. Er schluckte sie hinunter. »Wer war es?«, fragte er.

»Wer?«

»Die drei Diebe.«

»Und wer hat dir gesagt, dass es drei waren?«

»Sie«, antwortete Bicicli nachdenklich. »Gerade eben.«

»Wirklich?«, fragte der Bürgermeister leise. »Also gut«, fuhr er fort. »es waren drei. Und wenn das noch einmal passiert, werden dich die Leute, die dich bezahlen, rauswerfen. Schreib dir das hinter die Ohren.«

»Klar«, sagte Bicicli und bekam einen Hustenanfall.

Dabei war gar nichts klar. Die Kommunalverwaltung trug zu diesem Lohn nämlich gar nichts bei.

Der Bürgermeister schien diesen Gedanken hinter seiner Stirn zu lesen. »Und weißt du, warum?«

»Nein.«

»Weil der Einbruchsversuch im Tabakladen Onori verübt worden ist und nicht in der Kommune«, erklärte er, jedes Wort betonend.

»Aber vorhin haben Sie doch gesagt, dass …«

Der Bürgermeister ließ den Nachtwächter nicht zu Ende reden. »Vorhin war vorhin, und jetzt ist jetzt«, sagte er.

Der Nachtwächter war verwirrt: »Ich –«

»Hör zu und basta. Du musst nicht alles verstehen. Onori gehört jedenfalls zu denen, die zahlen, damit du Geld bekommst. Wenn er erfährt, dass du, statt zu arbeiten, in die Osteria gehst, wie soll ich dich dann schützen? Haben wir uns verstanden? Behalt diese Leute im Auge!«

»Aber wenn ich doch gar nicht weiß, wer sie sind«, erwiderte Firmato.

Da hatte er recht, überlegte der Bürgermeister.

Er redete leiser und winkte Bicicli zu sich heran. »Ich sage dir, wer sie sind«, flüsterte er.

»Danke«, sagte Firmato.

»Aber …«, erklärte der Bürgermeister in noch leiserem Ton, »achte darauf, es keinem weiterzusagen. Ich schwöre dir, Bicicli, ich schwöre dir, wenn herauskommt, dass ich dir nur einen halben Namen verraten habe, dann werf ich dich höchstpersönlich in den See. Haben wir uns verstanden? Du überwachst sie. Und dann ertappst du sie auf frischer Tat. Ist das klar?«

»Ja.« Firmato nickte.

Und während ihm der Bürgermeister die Namen der drei verriet, ließ er endlich den Rülpser raus, der seit einer Weile wieder nach oben wollte.

23

Silvana Mangano, aber auch ein wenig Lucia Bosé. Der Maresciallo Accadi kehrte in die Kaserne zurück und dachte auf dem Weg an das Strumpfband und die beiden halbmondförmigen Kugeln. Er hatte die Hände in den Taschen und pfiff *La vie en rose*. Erst als er vor dem Tor stand, nahm er Haltung an und läutete.

»Wer ist da?«, fragte der Carabiniere Flachis.

»Dieser Idiot!«, antwortete Accadi leise, aber nicht zu leise, da der Carabiniere zuerst grüßte und dann öffnete.

»Wo ist der Appuntato Marinara?«, fragte der Maresciallo sofort, wobei seine Stimme im Treppenhaus widerhallte.

Marinara hörte es. Er verfluchte den Tag, an dem er Carabiniere geworden war.

»Wo ich bin, fragt dieser Hornochse«, brummte er. »Dabei ist er es, der sich rumtreibt.«

»Ich bin hier«, rief er wütend. »Ich korrigiere den Bericht.«

»Was für einen blöden Bericht denn?«, brüllte Accadi

zurück und lugte durch den Türspalt ins Büro des Appuntato.

Marinara warf seinem Vorgesetzten einen ironischen Blick zu. »Den Bericht über den mutmaßlichen Einbruch in die Kommune«, sagte er.

Accadi ging auf das spitzfindige »mutmaßlich« nicht ein. Er fuhr mit einer Hand durch die Luft. »Verschieben Sie das verdammte Zeug auf später, Appuntato«, sagte er. »Und kommen Sie jetzt in mein Büro, ich brauche Sie nämlich.«

Was der Maresciallo Accadi brauchte, war ein Rat.

Die Geschichte, die ihm die Montani erzählt hatte, war verworren, und der Maresciallo hatte den Eindruck, dass es eher eine Sache für Anwälte als für die Carabinieri war. Doch aus Zuneigung zu den beiden Vorsprüngen, die er unter dem Pullover vermutete, hatte er es sich zur Aufgabe gemacht, ihr zu helfen. Den Preis hatte er schon festgesetzt, und im richtigen Augenblick würde er die Rechnung vorlegen.

»Ich bin ganz Ohr, Maresciallo«, sagte der Appuntato Marinara.

»Könnten Sie mir die Akte über den Ehemann der Signora Montani geben?«

Oje, dachte Marinara, und ein leichtes Grinsen erschien auf seinem Gesicht.

»Finden Sie meine Frage albern?«, fragte Accadi sofort.

»Nein«, antwortete Marinara.

»Ich hatte aber den Eindruck.«

»Ich meine nur –«

Er kannte die Geschichte schon auswendig. Er hätte sie ihm von Anfang bis Ende erzählen können, auf der Stelle. Mit einer Warnung: Dies war ein Wespennest, in das man besser nicht stechen sollte. Und nicht nur das. Als die Montani zuletzt mit dem Problem gekommen war …

»...dass es zu anstrengend wäre, der Anweisung eines Vorgesetzten zu entsprechen?«, fragte der Maresciallo und unterbrach Marinara in seinen Gedanken.

»Nein, Signore«, antwortete er. Du kannst mich mal, fügte er im Stillen hinzu. »Ich bringe sie Ihnen sofort«, sagte er dann.

»Das ist ja großartig«, sagte der Maresciallo grinsend. »Danach lassen Sie mich in Ruhe, denn ich habe zu tun.«

»Und der Bericht?«, erkundigte sich der Appuntato.

Der Maresciallo wirkte äußerst angewidert. »Appuntato, ich habe doch gesagt ›später‹«, seufzte er, »oder nicht?«

24

Als der Vizepräfekt Aragonesi anrief, war der Sekretär Bianchi gerade auf dem Klo. Das Herannahen des fatalen Augenblicks hatte seinen Darm angegriffen.

Als er herauskam, hatte der Bürgermeister Balbiani die Präfektur in Como nicht nur beruhigt (»Falscher Alarm«, hatte er lachend gesagt), sondern er war auch schon fort, und bevor er ging, hatte er gesagt, dass er am nächsten Tag nicht erreichbar wäre.

Nach zwölf Uhr verließ der Maresciallo Accadi sein Büro.

Der Appuntato Marinara saß an seinem Schreibtisch und dachte nach. Er sah Accadi über den Flur gehen. Der Maresciallo hatte die Stirn in Falten gelegt, sein Mund war verkniffen. Ein Zeichen dafür, dass er von der Situation des Ehemanns der Montani nicht das Geringste begriffen hatte.

Ein Klugscheißer, sagte er sich. Geschieht ihm recht.

»Ich gehe einen Moment nach unten«, sagte der Maresciallo.

»Und der Bericht?«, warf der Appuntato ein.

»Legen Sie ihn auf meinen Tisch«, antwortete Accadi zerstreut.

»Zu Befehl!«

Der Appuntato tat es, und vom Bürofenster seines Vorgesetzten aus beobachtete er, wie dieser die Straße überquerte und zum Café an der Anlegestelle ging, um den unverzichtbaren Aperitif zu trinken.

Als der Maresciallo in der Bar verschwunden war, ging der Appuntato in sein Büro zurück.

Deshalb bekam er nicht mit, dass gleich nach Accadi der Bellaneser Korrespondent der Tageszeitung *La Provincia*, Eugenio Pochezza, das Café betrat.

25

Eugenio Pochezza ging es gut, und er hatte genügend Zeit. Er war, wie man so sagt, ein Glückspilz.

Mit achtzehn wurde er Halbwaise, als sein Vater Raimondo Pochezza 1939 von einem Herzinfarkt dahingerafft wurde, und so konzentrierte sich die Fürsorge seiner Mutter Eutrice Denti ganz auf ihn. Eutrice war zehn Jahre älter als ihr verstorbener Ehemann, sie hatte spät geheiratet und auch Eugenio spät zur Welt gebracht. Sie pflegte zu sagen, dass sie mit ihrer Heirat nicht nur ihr Leben mit dem von Raimondo verbunden hatte, sondern auch zwei solide Vermögen.

Und das stimmte tatsächlich.

Das von Pochezza stammte aus einer gut gehenden Schreinerei, und die hatte Eutrice, als ihr Mann starb, sogleich verkauft und damit eine Menge Geld gemacht. Ihr Geld stammte aus einer Drogerie, deren Alleinerbin Eutrice, ein Einzelkind, war. Die hatte sie Ende 1946, als sie fünfundsechzig wurde, ebenfalls für einen hohen Preis verkauft.

Danach hatte sich die Denti ins Privatleben zurückgezogen, in eine Achtzimmerwohnung oberhalb der Drogerie, in der zwei Hausangestellte beschäftigt waren, eine Köchin und ein Dienstmädchen, das mit Eutrice nachmittags endlose ermüdende Kartenspiele absolvieren musste.

Diese Wohnung war eine Art Heiligtum, vollgestopft mit Erinnerungen an beide Familien. Hier hatte Eutrice die Möbel ihres Mannes und ihre eigenen hineingestellt, und so gab es alles zweimal, wenn nicht viermal: Schuhschränke, Betten, Frisiertische, Kommoden, Schränkchen, Tische.

Neben den Möbeln fand sich dort alles, was den beiden Familien sonst noch gehört hatte: Bilder, Spazierstöcke, Teeservice, Waschschüsseln, Hüte und Uhren. Dazu Bücher, Zeitschriften, Nippes, Spielzeug, Deckchen, Teppiche, Reisesouvenirs, Bilder von Taufen, Hochzeiten, Firmungen und Kommunionen, bis hin zu Fotos Verstorbener mit Trauerbändchen.

Nichts war ungeordnet oder staubig.

Alles glänzte wie neu, denn die Köchin oder das Dienstmädchen verbrachten die Zeit, die sie nicht am Herd standen oder Karten spielten, damit, alle diese Dinge zu polieren, zu bürsten oder abzustauben.

In diesem Museum bewegte sich Eutrice mit Wohlbehagen, wie eine Vestalin. Immer wieder betonte sie die Vorteile dieser zum Bersten vollgestellten Wohnung, in der man sich im Winter gemütlich seinen Erinnerungen hingeben konnte und in deren vier Zimmern, die nicht nach Süden lagen, es im Sommer angenehm kühl war.

Eugenio war in dieser Devotionalienhandlungsatmosphäre aufgewachsen, und so hatte er den Charakter eines heiligen Joseph ohne Ehrgeiz entwickelt. Es hätte gar nicht anders sein können, denn in seiner Kindheit und Jugend wurde ihm das Essen ans Bett gebracht, jeden Morgen wurde ihm ein warmes Bad bereitet, das Fleisch auf dem Teller wurde für ihn geschnitten. Seine Mutter betete mit ihm zum Jesuskind, bis er fünfzehn war.

1941 war Eugenio zwanzig Jahre alt, hatte Buchhalter gelernt und fragte sich, was er nun tun sollte.

Er sprach mit seiner Mutter darüber. Und die hatte genaue Vorstellungen. »Wenn du arbeiten willst, so tu das ruhig«, sagte sie, »du weißt ja, solange du bei deiner Mutter bleibst, wirst du es immer gut haben.«

Die Wohnung und seine Mutter zu verlassen war für den Jungen ein schrecklicher Gedanke.

Er rahmte sein Diplom ein, und es wurde Teil der Familiensammlung. Dann wurde er dienstbarer Kavalier seiner Mutter, die sich von ihm alle zwei Wochen zum Friseur begleiten ließ, einmal im Monat zur Fußpflegerin, einmal im Monat zur Masseurin und, wenn notwendig, am ersten Freitag zur Beichte und hin und wieder auch zum Arzt.

Irgendwann kam der Moment, in dem die Köchin in dieses tägliche Einerlei einbezogen wurde. Sie ließ sich bereitwillig von Eugenio in der Küche betatschen und ließ ihn auch in tiefere Regionen vor, wozu sich die beiden in das entlegenste Zimmer begaben, während Eutrice und das Hausmädchen zwischen zwei und vier Uhr nachmittags Karten spielten. Die Köchin war zehn Jahre älter als Eugenio und genoss den späten Frühling in den Armen ihres Verehrers; und während er sie auf ein Rokokosofa von Opa Denti legte, fühlte sie sich wie eine Pionierin. Sie hatte nämlich eine hübsche Tochter, auf dem Sprung, eine Signora zu werden, und der junge Mann würde sicher über kurz oder lang heiraten.

In der freien Zeit, die seine Mutter und die Köchin ihm ließen, entschloss sich Pochezza zu lesen. Ab und zu ein Buch, aber meistens Zeitungen, und ganz besonders die vermischten Nachrichten.

Eugenios Begeisterung für solche Neuigkeiten machte Eutrice nachdenklich. Während des Mittag- oder Abendessens berichtete er ihr über den neuesten Stand von Ermittlungen bei diesem oder jenem Verbrechen und erzählte ihr Einzelheiten. Dabei waren ihm die blutigsten, grausamsten Verbrechen am liebsten. Durch sein eifriges Lesen von Horrornachrichten war der Junge mit dem Journalistenjargon bestens vertraut. Wenn er erzählte, war es, als sagte er einen Zeitungsartikel auswendig auf.

Im Lauf der Zeit redete er über nichts anderes mehr als Verbrechen. Er war davon so besessen, dass er in der Einsamkeit seines Schlafzimmers, ohne jemandem etwas zu sagen, selbst Artikel über erfundene Delikte verfasste.

1946 beschäftigte er sich mit den Untaten von Ezio Barbieri, einer öffentlichen Gefahr ersten Ranges, und mit dem Fall von Caterina Fort, die die Frau ihres Liebhabers Franca Pappalardo und deren drei Kinder umgebracht hatte. Seitdem unterhielt er ein Archiv mit Sensationsartikeln.

Das war eine langweilige Arbeit, und auf Dauer wäre Eugenio ihrer überdrüssig geworden und hätte sie aufgegeben, wenn nicht das Schicksal ihm Gelegenheit gegeben hätte, seine journalistischen Fähigkeiten unter Beweis zu stellen.

Am Morgen des 3. März 1948 hatte der Kapitän des Schiffes *Castore* wegen dichten Nebels, der über der Region lag, die Orientierung verloren, den Kai verfehlt und die Mauer der Anlegestelle gerammt. Zehn der zwanzig Passagiere waren leicht verletzt worden, einer hatte sich den Oberschenkel gebrochen, während der Kapitän einen Nasenbeinbruch erlitt.

Pochezza eilte zur Unglücksstelle, schrieb sogleich einen Bericht über das Unheil, schickte ihn in seiner Begeisterung an die Redaktion der Tageszeitung *La Provincia* und wartete ungeduldig auf die Veröffentlichung seines Textes, doch nichts geschah.

Dafür erhielt er vier Tage später einen Brief der Zeitung. Der Absender, der Chefredakteur des Blattes, gratulierte Eugenio zu seinem guten Stil und erklärte, der Text sei nur deshalb nicht gedruckt worden, weil er die Redaktion zu spät erreicht habe. Er bot ihm an, weiterhin zu schreiben, und ernannte ihn zum Korrespondenten in Bellano und den Gemeinden der Umgebung.

Eugenio las den Brief immer wieder.

Er erzählte seiner Mutter davon, die nicht sonderlich begeistert war.

Sie fürchtete, die Arbeit würde sie ihres ständigen Begleiters berauben.

Eugenio beruhigte sie. Nichts würde sich ändern.

Er rahmte auch den Brief des Chefredakteurs ein, und es entging ihm kein einziges Ereignis mehr, da er wie ein Spürhund allem nachging, was auch nur von fern aussah wie ein Vergehen.

26

Pochezza und der Maresciallo Accadi kannten sich kaum.

Sie waren sich bei der Amtsübergabe von Maresciallo Coppi, dem Vorgänger des Sizilianers, begegnet: ein Händedruck, ein paar für solche Anlässe übliche Worte, mehr nicht.

In den acht Monaten, die Accadi in Bellano war, hatte sich nichts ereignet, das die Zeitung interessierte. Deshalb hatte Eugenio ihn nicht mehr getroffen.

Aber jetzt ließ es sich nicht mehr vermeiden.

Bevor Pochezza das Haus verließ, beriet er sich per Telefon mit der Redaktion und erzählte von Gerüchten über einen versuchten Diebstahl im Rathaus.

»Das ist ein schlimmes Vergehen«, erklärte der Chefredakteur Bentipenso, als er davon erfuhr. »Wenn ich mich nicht irre, ist das der erste Diebstahl in einer Gemeinde der Provinz Como seit Bestehen der Republik. Gehen Sie sofort los, und liefern Sie uns einen schönen Artikel!«

Eugenio ging los.

Er interviewte den Bürgermeister, der noch nichts wusste.

Der Sekretär weigerte sich, etwas zu erzählen, solange die Ermittlungen liefen.

Die Angestellten der Kommune hatten gesagt, er solle sich an den Bürgermeister oder den Sekretär wenden. Der Carabiniere Flachis riet ihm, er solle den Appuntato befragen.

Der Appuntato Marinara antwortete ihm, er könne den Inhalt seines Berichts nicht preisgeben.

So blieb als einzige Hoffnung, einen schönen Artikel verfassen zu können und sich nicht bei der Zeitung zu blamieren, der Maresciallo Accadi übrig.

Er nahm ihn aufs Korn, beobachtete ihn durchs Fenster

seines Schlafzimmers, in dem auch sein Schreibtisch stand und von dem aus man das Café an der Anlegestelle gut überblicken konnte.

Als er Accadi hineingehen sah, machte er sich auf den Weg zur Arbeit.

Der Maresciallo stand an der Theke, trank genüsslich einen Campari und sah sich um. Er erkundete das zu dieser Stunde überfüllte Lokal und suchte die Montani, doch die war nicht da.

Eugenio wartete, bis er seinen Aperitif halb ausgetrunken hatte, dann trat er zu ihm. »Maresciallo, darf ich Sie einen Moment stören?«

Accadi sah ihn an, ohne zu antworten.

»Erinnern Sie sich an mich?«, fragte Pochezza.

»Nein«, antwortete der Maresciallo abweisend.

Da stellte sich Eugenio vor.

»Jetzt erkenne ich Sie«, sagte Accadi.

»Gut«, erwiderte Pochezza. »Würden Sie so freundlich sein und mir etwas über den Diebstahl in der Kommune erzählen? Es ist für die Zeitung.«

Der Maresciallo runzelte die Stirn. Er begann mit seinem Glas zu spielen, in dem noch ein Rest Campari schwappte.

»Nur für eine kleine Meldung, Sie wissen ja, wie das ist«, fuhr Pochezza fort. »Und am Ende, wenn die Ermittlungen abgeschlossen sind, schreiben wir einen schönen Artikel. Mit Foto!«

Als würde er gerade fotografiert, schob der Maresciallo seinen Hut zurecht und stellte sich in Positur. »Es ist schon alles erledigt«, sagte er.

»Jetzt schon?«, rief Pochezza, aber ohne ihm schmeicheln zu wollen.

Doch der Maresciallo fasste es so auf. Er verzog den Mund zu einem breiten Grinsen.

Ein schönes Foto in der Zeitung, das war genau, was er brauchte, um die Montani dahin zu bringen, wo er sie haben wollte.

Er erzählte Pochezza von der Inspektion am Vormittag, bei der nichts herausgekommen war.

»Machen Sie sich denn gar keine Notizen?«, fragte er mittendrin.

Eugenio legte einen Finger an die Stirn, hier drin, wollte er damit sagen, werde alles gespeichert.

Nach dem Ende seines Berichts bestellte der Maresciallo einen zweiten Campari.

»Gut gemacht«, sagte Pochezza.

Accadi verbeugte sich leicht.

»Und das Foto?«, fragte er.

»Das Foto?«, fragte Pochezza zurück.

»Ja. Wollen Sie es in Zivil oder in Uniform?«

»Ach«, sagte Eugenio, »wenn möglich, dann wäre es besser in Uniform.«

»Wäre dieses hier recht?«, antwortete der Maresciallo, fuhr mit einer Hand in die Tasche seines Sakkos und zog ein Porträt heraus, das am Tag seiner Beförderung zum Maresciallo aufgenommen worden war.

27

Seit ungefähr einem Stündchen versuchte Marinara, dem ein reich gefüllter Teller Pasta mit Oliven im Magen lag, in der angenehmen Stille der Kaserne die geeignete Stellung für ein Schläfchen zu finden. Er hielt den Kopf zwischen den Händen, hatte die Knie an den Schreibtisch gestützt und ein Blatt Papier vor dem Gesicht, damit es aussah, als läse er.

»Entschuldigung, Appuntato, aber jetzt halte ich es nicht mehr aus«, sagte der Carabiniere Flachis, während er das Büro betrat.

Marinara fuhr erschrocken hoch. »Was ist los?«, fragte er.

»Ich muss aufs Klo«, erklärte der Carabiniere.

»Dann geh doch, seit wann musst du dazu um Erlaubnis bitten?«

»Das nicht, aber Sie wissen ja, wie der Maresciallo ist. Jedes Mal, wenn er die Wasserspülung hört, wird er wütend.«

»Dann mach doch in die Hose.«

Sobald der Carabiniere die Toilette abgezogen hatte, sprang die Bürotür des Maresciallo auf. »Appuntato!«, brüllte Accadi.

»Worum geht's?«, antwortete Marinara, ebenfalls brüllend.

»Kommen Sie in mein Büro!«

Er hat wohl den Bericht gelesen, sagte sich Marinara.

Bevor er den Mund öffnete, ließ der Maresciallo ein paar Minuten vergehen und trommelte mit den Fingern auf seinen Schreibtisch. »Ist auf diesem Posten je in einem mutmaßlichen Todesfall ermittelt worden?«, fragte er.

Nein, er hat den Bericht nicht gelesen, verbesserte sich der Appuntato.

Er hatte nur den anderen Fall im Kopf, die Geschichte

von der Montani. Und immer redete er um den heißen Brei herum.

Marinara beschloss, den Maresciallo auf die Folter zu spannen, das hatte er verdient.

Er kratzte sich an der Stirn, kratzte sich am Kinn, tat, als dächte er angestrengt über seine sieben Dienstjahre in Bellano nach.

Nach einer Weile sagte er dann: »Der Maresciallo Coppi hat sich, wenn ich mich recht erinnere, eine Zeit lang mit Raimondi, dem Mann der Signora Montani, beschäftigt.«

Accadi nickte. »Und wissen Sie was darüber?«

Marinara verzog das Gesicht und stieß einen langen Seufzer aus. »Nur sehr wenig, das, was hier steht«, antwortete er.

Dann zeigte er auf die Akte, die ausgebreitet auf dem Schreibtisch des Maresciallo lag.

»Können Sie mir sagen, warum die Ermittlungen nicht zu Ende geführt worden sind?«

Marinara blickte zur Decke. »Es war eine Frage der Zuständigkeit, glaube ich.«

»Eine schöne Antwort«, sagte der Maresciallo ironisch.

»Was meinen Sie?«

»Wer ist denn Ihrer Meinung nach für diese Sache zuständig?«

Du, Dummkopf, bist zuständig, antwortete der Appuntato im Stillen. »Wer Lust hat, sich damit zu beschäftigen«, sagte er dann.

»Es geht um Kompetenz, Appuntato«, erklärte der Maresciallo, »Kompetenz!«, wiederholte er.

»Wie Sie meinen.«

Accadi schlug mit einer Hand auf den Tisch. »Diese Frau wird wieder ruhig schlafen können«, sagte er bestimmt.

»Gewiss«, entgegnete der Appuntato und dachte an die

Worte von Maresciallo Coppi, als der beschlossen hatte, die Sache Montani zu den Akten zu legen, und erklärte, die Carabinieri seien dafür nicht zuständig.

»Die Carabinieri sind keine Heiratsvermittlung«, hatte er gesagt. »Und ich glaube nicht, dass jemand für das Versprechen zweier schöner Titten seine Stelle riskiert.«

Oder vielleicht doch?, dachte der Appuntato.

28

Im Juni 1946, als der Krieg mehr als ein Jahr zurücklag, hatte Anna Montani jede Hoffnung verloren, dass ihr Mann Ezio wieder nach Hause käme. Er war mit der Division Vicenza 1942 nach Russland geschickt worden, einer Infanteriedivision, die für Nachschub sorgen sollte, keine Artillerie besaß und am Ende in den vorderen Linien verheizt wurde. Weil ihre Soldaten schlechter ausgestattet waren als die anderen, wurde die Division ironisch nach dem berühmten Militärarzt »Brambilla« genannt.

O Gott, diese unangenehme Sache raubte ihr den Schlaf, doch es kam ihr nicht in den Sinn, sich Gewissheit zu verschaffen. Schon lange bevor Ezio nach Russland ging, hatte sie diese Heirat bereut.

Es war in erster Linie eine Kurzschlusshandlung gewesen. Eine überstürzte Entscheidung, als sie erst ein Jahr in Bellano gewesen war, als Dienstmädchen im Hause des Ingenieurs Cavacani. Es war ein schrecklicher Beruf, scheußlich und demütigend. Das hatte sie schnell begriffen.

Aber was sollte sie sonst tun?

Zurückkehren nach San Primo ins Bauernhaus der Eltern?

Sich eine Stelle in der Baumwollfabrik oder der Spinnerei suchen?

Die Antwort auf ihre Fragen fand sie jeden Morgen und jeden Abend, wenn sie in den Spiegel sah. Sie hatte ein gutes Kapital, Mutter Natur hatte bei ihr nicht gespart. Sie musste nur richtig damit umgehen.

Mit Ezio, einem Mechaniker, der Eisenbahner werden wollte, hatte sie angefangen, es zu verschwenden. Das war ihr nach zwei Jahren ihres bescheidenen Lebens mit Ezio klar geworden, als die Leidenschaft eingeschlummert und die Freude darüber verblasst war, ihre Arbeit als Dienstmädchen aufgeben zu können. Letzteres hatte sie nicht getan, ohne ein Nachtgeschirr in einen Geranientopf geleert zu haben, den die Signora Cavacani besonders gern hatte.

Zwei Jahre.

Als diese vergangen waren, kam Anna Montani auf den Gedanken, dass es vorher besser gewesen war. Mit ihrer Schönheit hätte sie, wäre sie im Haus Cavacani geblieben, einen begüterten Verehrer an Land ziehen können, einen von den Jünglingen, die im Haus ihrer Herrschaften regelmäßig zu Gast waren.

Doch was hatten solche Überlegungen noch für einen Sinn? Als Italien in den Krieg eintrat, verschlechterte sich die Lage: drohender Kriegsdienst, Einberufungsbefehle, Abschiede.

Wenn auch Ezio eingezogen würde, wovon sollte sie dann leben?

So war es ein Glück, jedenfalls erschien es beiden am Anfang so, dass Raimondi Ende 1940 beim Reparieren eines Wagens einen Finger verlor, den Zeigefinger der rechten Hand. Mit dieser Behinderung, so glaubte der Mechaniker, würde er vom Krieg freigestellt. Aber der Parteisekretär verdächtigte ihn der Selbstverstümmelung und schwor ihm, so käme er nicht davon.

1942 wurde er in eine Division von Invaliden gesteckt, die nach Russland geschickt wurde.

Da war die Montani übel dran. Um ihr Leben zu fristen, musste sie wieder als Dienstmädchen arbeiten und als Näherin, Letzteres dank der Schwestern von der heiligen Maria Hilf, bei denen sie als Mädchen einen Nähkurs absolviert hatte.

Als ihr Mann fort war, tauchten ein paar Verehrer auf.

Eine Frau, die allein war, außerdem schön und ihr Mann an der Front …

Schwer zu sagen, was schwieriger war: den Nachstellungen zu entkommen oder etwas zu essen aufzutreiben, aber sie hielt sich zurück, und keiner konnte sich rühmen, sie auch nur berührt zu haben.

Nicht mal mit dem Zeigefinger.

Ohne Mann im Bett konnte sie schon auskommen. Aber ohne zu essen und zu trinken, das ging nicht. Das musste sie irgendwie allein beschaffen, bis Ezio, von dem sie von Monat zu Monat immer weniger hörte, aus Russland zurückgekehrt war.

29

Am Nachmittag gab es in der Via Manzoni zwei Fälle mit rasenden Kopfschmerzen: Der eine war Picchio, der sich in der letzten Nacht gestoßen hatte, der zweite Bicicli wegen seines Vollrauschs.

Der Appuntato Marinara hatte recht gehabt, auch wenn er

keine Beweise hatte, aber seine Rekonstruktion der Fakten stimmte haargenau.

Am Vorabend hatte sich Fès im Rathaus einschließen lassen. Als es dunkel war, brach er das Eingangsschloss auf und ließ Picchio und Ciliegia herein.

Die drei hatten tatsächlich den Tabakladen Onori im Auge, und Picchio, der Kleinste und Leichteste von ihnen, kletterte auf die Schultern von Fès, um das Gitter aus dem Fensterchen zu entfernen.

Ciliegia war schuld, dass alles schiefgegangen war, denn er war während des Einbruchs sturzbetrunken, und als sich Picchio am Gitter zu schaffen machte, fing er an, Fès zu kitzeln. Der wollte ihm, um ihn loszuwerden, einen Hieb versetzen und geriet aus dem Gleichgewicht. Da rutschte einer von Picchios Füßen ab, und er schlug mit dem Gesicht gegen die Wand, dass es blutete und ihm ein Zahn abbrach.

Als die drei sahen, was sie angerichtet hatten, ließen sie alles stehen und liegen, und jeder ging seiner Wege.

Picchio hatte den ganzen Nachmittag über das Geschehen nachgedacht. Denn der Appuntato hatte genau begriffen, was passiert war, obwohl er ihm gar nichts erzählt hatte.

Warum?

Darauf wusste der Junge keine Antwort. Er musste aber den anderen Bescheid geben, dass sie sich eine Zeit lang zurückhalten sollten, um die Geduld von Marinara nicht übermäßig zu strapazieren.

Gegen sechs Uhr abends stand Picchio von seinem Feldbett auf und sagte seiner Mutter, er gehe aus.

»Was willst du machen?«, fragte Angelina.

»Etwas«, antwortete er.

Die Frau schien zufrieden. »Kommst du spät?«

»Nein.«

Bicicli hatte hämmernde Schmerzen im Kopf. Als sie ihren Höhepunkt erreichten, glaubte er, tief im Innern die Stimme von Bürgermeister Balbiani zu hören, der ihn beschimpfte.

Er nahm keinen Essig, aber zwei Chinintabletten und trank einen Liter Zitronenwasser, um den Organismus zu reinigen.

Als gegen sechs die Kopfschmerzen nachließen, war Firmato in der Lage, in Ruhe über die Ereignisse der letzten vierundzwanzig Stunden nachzudenken. Da erst wurde ihm klar, wie sehr er sich schämte. Und wie groß seine Angst um die Zukunft war.

Ausgerechnet in der Kommune hatten diese drei Idioten einbrechen müssen! Auch wenn sie letzten Endes nicht ihr eigentliches Ziel gewesen war.

Aber in jedem Fall, auch wenn sie es zu nichts gebracht hatten, hatten die drei doch gehandelt, ohne sich an ihm zu stören, als könnte man ihn einfach so übergehen.

Vielleicht hatten sie ihn sogar ausspioniert und gesehen, wie er in der Osteria ein Glas nach dem anderen getrunken hatte.

Wer weiß, wie sie sich hinter seinem Rücken amüsiert hatten!

Während Firmato im Spiegel sein immer noch bleiches Gesicht betrachtete, schwor er sich, nie mehr auch nur einen Tropfen Wein oder Cognac anzurühren. Als er fertig angezogen war, blickte er wieder in den Spiegel. Der Anblick seiner Uniform half ihm, langsam die Fassung wiederzugewinnen.

»Und jetzt zu uns!«, entfuhr es ihm, und er dachte an die drei. Die musste er, wie der Bürgermeister gesagt hatte, auf frischer Tat ertappen.

»Darauf kannst du dich verlassen«, murmelte er, als wäre Balbiani soeben im Spiegel erschienen.

Draußen auf der Via Manzoni fiel sein Blick auf Picchio, der gerade nach Hause ging. Ihm blieb die Luft weg. Er konnte nicht anders und rief ihn an.

Picchio blieb stehen und sagte nichts.

»Pass ja auf!«, sagte der Nachtwächter.

Picchio sah ihn ungerührt an. »Was zum Teufel willst du, Bicicli?«

»Das weißt du genau.«

»Nichts weiß ich, verflucht.«

Der Nachtwächter zog seine Hosen hoch. »Pass ja auf!«, wiederholte er.

»Du kannst mich mal am Arsch lecken!«, sagte Picchio und ging.

30

Gegen acht Uhr abends stellte der Appuntato Marinara das Fahrrad im Keller der Kaserne unter. Wenn es das Wetter erlaubte, fuhr er damit zum Dienst. Er hatte gelernt, es nicht mehr draußen stehen zu lassen, wenn er wie in dieser Nacht Dienst hatte. Einmal war es ihm gestohlen worden, und bei dem Hungerlohn, den er verdiente, hatte er sechs Monate sparen müssen, um sich wieder eins zu kaufen, ein gebrauchtes, ohne Licht.

Normalerweise hatte er nichts gegen gelegentlichen Nachtdienst, er konnte sich dabei gut ausruhen, denn es passierte fast nie etwas. Er nutzte die Zeit, um zu lesen, an seine Eltern zu schreiben oder ein bisschen zu schlafen.

Doch an diesem Abend hätte er gern mit dem Carabiniere Flachis getauscht. Er hätte dem Jungen sogar angeboten, dafür einen Sonntagsdienst zu übernehmen. Er hatte ihn nur deshalb nicht gefragt, weil der Kleine schon drei Nachtdienste hintereinander gehabt hatte und etwas Erholung brauchte.

Der Maresciallo schien nämlich keine Lust zu haben, nach oben in seine Wohnung zu gehen. Die Tür zu seinem Büro war geschlossen. Durch den unteren Spalt drang ein Lichtschimmer, und ab und zu war ein Fluch zu hören.

Marinara wusste genau, dass sich der Vorgesetzte von Stunde zu Stunde tiefer in die Machenschaften der Montani hineinziehen ließ. Er fürchtete, er würde ihn, weil er wusste, dass er Dienst hatte, früher oder später rufen, um mit ihm zusammen einen roten Faden in der Sache zu entdecken, einen Hinweis, wie er weiter vorgehen könnte.

In diesem Fall müsste er sich die ganze Nacht um die Ohren schlagen!

Er seufzte, ging auf Flachis zu, der aus dem Fenster im Treppenhaus auf die menschenleere Piazza Grossi blickte, und fragte: »Hast du schon gegessen?«

»Appuntato«, antwortete er, »ich möchte nur noch schlafen.«

»Ich habe dir von zu Hause Pasta mit Auberginen mitgebracht«, sagte Marinara. »Die solltest du dir nicht entgehen lassen. Dann schläfst du auch besser.«

Da ging die Bürotür des Maresciallo auf. »Appuntato!«

Marinara fuhr hoch. »Zur Stelle«, sagte er. »Worum geht es, Maresciallo?«

»Ich verschwinde jetzt hier.«

Der Appuntato wandte sich um und sah den Vorgesetzten an. Er konnte es kaum glauben. »Gehen Sie nach Hause, Maresciallo?«

»Ich empfehle mich«, sagte der Maresciallo.

»Seien Sie unbesorgt«, entgegnete der Appuntato.

»Seien Sie vorsichtig mit der Spülung«, rief Accadi noch, während er die Stufen zu seiner Wohnung hinaufging.

»Ganz gewiss«, seufzte Marinara. »Und grüßen Sie mir den Romeo Gargassa, wenn Sie ihn treffen«, fügte er so leise hinzu, dass er es selbst kaum hörte.

31

Romeo Gargassa hatte die Band organisiert, die am Abend des 30. Juli 1947 in Bellano zum ersten Geburtstag der Ortsvertretung Pro Loco gespielt hatte. Die Feier fand in der Nähe des Sportplatzes in Puncia statt, und die Organisatoren hatten sich wegen der Musik an ihn gewandt, in der festen Überzeugung, dass er ihre Erwartungen nicht enttäuschen würde.

Gargassa hatte tatsächlich überall seine Finger drin, keine Anfrage traf ihn unvorbereitet.

Während des Krieges hatte Romeo Schwarzhandel betrieben und war mit einem kleinen Lieferwagen durch alle Dörfer am See gefahren, beladen mit Schrott, unter dem er die verschiedensten Lebensmittel versteckte und in Lecco, Monza und Mailand verkaufte. Mit dem damit verdienten Geld wollte er halb zerstörte oder aus Not veräußerte Gebäude kaufen und damit in der Zukunft, so behauptete er, ein Vermögen machen.

Am liebsten redete er über Geld. Auch am Abend der Feier prahlte er wie ein Weltmeister. Um vor den Leuten gut dazustehen, verkündete er lauthals, er werde die Kosten für die Kapelle übernehmen.

Auch die Montani war da. Sie sah diesen faszinierenden und selbstsicheren Mann zum ersten Mal. Und sie hatte das Gefühl, dass er mit Millionen um sich warf. Augenblicklich dachte sie, das Schicksal biete ihr eine Gelegenheit, die sie sich nicht entgehen lassen durfte. Seit ein paar Monaten arbeitete sie nicht mehr als Dienstmädchen oder Küchenhilfe. Sie war einfache Arbeiterin in der Baumwollspinnerei. Die Stelle hatte sie auf Empfehlung des Pfarrers bekommen, denn Direktor Protervi, der Leiter der Spinnerei, war eines seiner gläubigsten Schäfchen. Durch die Anstellung ging es ihr finanziell besser, aber ihr Leben war hart. Die Arbeit war schwer und langweilig. Damit würde sie nie auf einen grünen Zweig kommen.

Solange sie trotz ihrer Armut noch einen schönen Körper hatte, lohnte es sich, das auszunutzen. Und so stürzte sie sich auf die Tanzfläche.

Nach dem ersten Tanz wollte Gargassa nur noch mit ihr tanzen. Er glaubte, wenn das Fest vorbei wäre, würde es ein Leichtes sein, sie herumzukriegen. Aber die Montani hatte andere Pläne. Sie gestattete ihm, seine Hände an ihren Hintern zu pressen wie Saugnäpfe und sich an sie zu schmiegen, damit er spürte, welches Arsenal ihr zur Verfügung stand. Das war alles andere als unangenehm, aber als Gargassa versuchte, sie in die Grünanlage am Rand des Sportplatzes zu drängen, um sie zu verführen, ließ sie ihn stehen und ergriff die Flucht wie Aschenputtel. Am nächsten Morgen musste sie zur Arbeit, und Direktor Protervi duldete keine Verspätung.

Drei Abende später tat Gargassa, als käme er zufällig nach Bellano, und er wartete vor dem Ausgang der Spinnerei auf sie. Die Montani zuckte nicht mit der Wimper. Aber sie war bereit, mit ihm essen zu gehen, und bat ihn, von seinen Geschäften zu erzählen, was Romeo mit großer Freude tat.

Wenn nur die Hälfte der Dinge stimmte, die er aufs Tapet brachte, konnte man sich damit für die Ewigkeit einrichten.

Nach dem Abendessen gingen sie auf der Seepromenade spazieren. Eine seiner Hände landete wie zufällig in ihrem Ausschnitt und fasste nach ihrer Brust. Die Montani ließ es geschehen, aber nur eine Weile. Ein kurzes Feuer, damit dieser Fisch angebraten wurde, aber nicht gleich verbrannte.

Zwei Abende später war Romeo immer noch da und wartete. Er war heiterer Stimmung, trotz eines blauen Auges. Woher es kam, verriet er der Montani nicht.

Von einem Stelldichein zum nächsten war es Mitte August geworden. Bisher war es der Montani gelungen, ihn jedes Mal etwas näher heranzulassen, Stück für Stück bis zum Kostbarsten.

Gargassa war nicht dumm, er hatte genau begriffen, worauf die Frau hinauswollte. Wenn er sie haben wollte, dann musste er sie nach allen Regeln der Kunst verführen.

Früher oder später verfingen sich alle in diesem Netz. Er wollte der Montani eine Liebeserklärung machen und sie um ihre Hand bitten, als etwas passierte.

Protervi, der Direktor, hatte in der Kirche eine Familienbank. Mit Frau und den drei Söhnen, nach Größe geordnet, betrat er als Erster die Kirche und verließ sie als Letzter. Er war davon überzeugt – obwohl der Pfarrer ihn beruhigt hatte –, dass ein guter Christ nicht zur Wahl gehen sollte. Er betrachtete die Spinnerei als Teil seiner Familie und führte dort ein strenges Regiment, inspiriert von eisernen Moralprinzipien.

Als die Aufseherin Parigina Ducci ihm berichtete, dass jemand am Ausgang eine seiner Arbeiterinnen abzuholen pflegte, an manchen Abenden und an anderen nicht, und dass über diesen Kerl jede Menge Gerüchte kursierten, was unter den Arbeiterinnen zu Getuschel und Geschwätz führte und böses Blut gebe, verdüsterte sich Protervis Gesicht.

»Das ist sehr bedauerlich«, entgegnete er.

Aber was konnte man da tun? So weit, dass er andere Leute zu Hause ohrfeigen konnte, reichten seine Arme nicht.

»Auch nicht, wenn diese Arbeiterin verheiratet ist?«, fragte die Parigina.

O nein!

Damit sah alles anders aus.

Ob sie wirklich verheiratet wäre, fragte er.

Gewiss war sie es.

Auch wenn –

»Das interessiert mich nicht«, unterbrach der Direktor.

Russland oder nicht, er sei nicht bereit, von seinen Beschäftigten eine solche Leichtfertigkeit hinzunehmen. Umso mehr da er, wenn er sich recht erinnere, diese Frau auf ausdrückliche Empfehlung des Pfarrers eingestellt habe.

Dem vertraute er die Sache am folgenden Sonntag an und bat ihn, die Sünderin wieder auf den richtigen Weg zu bringen, wenn sie nicht ihre Arbeit verlieren wollte.

Das machte der Montani schwer zu schaffen. Sie konnte den Pfarrer, nachdem er seine Irritation und auch die von Direktor Protervi zum Ausdruck gebracht hatte, unmöglich um ein paar Tage Bedenkzeit bitten, bevor sie ihm eine Antwort gab.

Sie musste sofort etwas sagen.

Blitzschnell musste sie das Pro und Kontra abwägen.

Sollte sie gehorchen und Gargassa Adieu sagen?

Oder nicht gehorchen und ihre Arbeit verlieren?

Weder das eine noch das andere, und so kam ihr spontan in den Sinn, am besten zu lügen. Und das tat sie auch. »Aber ich bin doch gar nicht mehr verheiratet«, sagte sie.

Der Pfarrer fuhr auf. »Seit wann?«, fragte er.

Seit ihr, so antwortete sie unschuldig, das Kriegsministerium mitgeteilt habe, dass der arme Ezio in einer Schlacht gefallen sei, an einem Ort … einem Ort, an dessen Namen sie sich nicht erinnere, ein russischer Name, lang und schwer auszusprechen –

»Aber davon wusste ich ja gar nichts«, unterbrach der Pfarrer.

Da machte die Montani ein trauriges Gesicht. Sie trage ihren Schmerz in aller Stille, so wie die anderen Kriegswitwen.

»Ist schon gut«, sagte der Pfarrer.

Er freue sich für sie, fügte er dann schnell hinzu. Natürlich tue es ihm für den armen Jungen leid … Aber sie … Es sei nicht immer einfach, einem Wink des Himmels zu folgen … Aber da es nun einmal so sei, könne sie daran denken, ja, er meine, sie könne sich jetzt ein neues Leben aufbauen.

»Aber vorsichtig«, sagte er in mahnendem Ton, »mit Vorsicht!«

Die gleiche Vorsicht empfahl der Direktor Protervi der Aufseherin Parigina Ducci, damit sie nicht noch einmal ankam und ihm Dinge hinterbrachte, die jeder Grundlage entbehrten und seinen Ruf eines rechtschaffenen Mannes in Gefahr brachten.

»Die Montani ist Witwe«, sagte er in ernstem Ton, »also kann sie tun, was sie will.«

Ach, wie schön!, dachte die Ducci, der es nichts ausmachte, sich beim Direktor blamiert zu haben, die süffige Neuigkeit machte das wieder wett, und im Handumdrehen hatte sie sie überall in der Fabrik verbreitet, indem sie sie mehreren Mädchen ins Ohr flüsterte mit der Maßgabe, es niemandem weiterzusagen.

In drei Tagen wusste es die ganze Fabrik, und die Montani erntete überall mitleidige Blicke, die sie nicht verstand, bis sie eine Arbeitskollegin beiseitenahm und sie fragte, warum sie alle mit so einem Hundeblick ansahen.

Da erzählte ihr die Kollegin, dass nun alle von ihrem Witwendasein wüssten.

»Ach so«, entfuhr es der Montani.

»Mein Beileid«, erwiderte die andere.

Beileid.

Das kommt doch wie gerufen, dachte die Montani.

Aber der neue Mann war auch weg.

Vier Tage hatte sich Gargassa nicht sehen lassen, und sie machte sich schon Sorgen. Vielleicht wäre es besser gewesen, großzügiger zu sein und sich nicht so an die Kandare zu nehmen …

Am Abend des sechsten Tages seines Verschwindens tauchte Romeo wieder auf.

Geschäfte hätten ihn eine Weile aufgehalten. Doch er habe die Zeit genutzt, um sich über sie beide klar zu werden.

Dann trug er ihr die Verlobung an.

Die Augen der Montani glänzten. An diesem Abend konnte sie sich ihm nicht entziehen. Sie ließ sich auf alles ein, und zwar mit Wonne. Sie ließ Gargassa zum ersten Mal in ihre kleinen Zimmer. Und dafür wurde sie reichlich belohnt.

Denn nachdem er seine Lust ausführlich befriedigt hatte, hielt Romeo ihr eine kleine Rede.

Er wisse, dass der Bräutigam zur Feier einer Verlobung ein Geschenk zu machen habe, und er könne schließlich nicht einen halben Käse, ein Kilo Butter oder eine Salami mitbringen wie bisher. Sie solle ihm sagen, erklärte er dann, ob sie einen besonderen Wunsch habe, etwas, was ihr besonders am Herzen liege.

Da lief der Frau das Wasser im Munde zusammen. »Nichts«, sagte sie zuerst, »du bist mir genug.«

Doch sie agierte geschickt mit den Händen, während Gargassa auf einem Geschenk bestand, einem schönen Geschenk, das er ihr machen wolle. Nachdem sie ihn mit Küssen und Zärtlichkeiten eingewickelt hatte, gab die Montani nach.

Wenn er es wirklich wissen wolle, sagte sie, hier in Bellano gebe es in der Via Manzoni einen kleinen Laden, dessen Besitzerin ins Altersheim gekommen sei. Er stehe seit ein paar Jahren leer, und darüber lägen noch zwei Zimmerchen, die man in ein herrliches Liebesnest verwandeln könne. Wenn er das Geschäft machen wolle, käme er lächerlich billig weg.

Immobilienhandel sei sein täglich Brot, entgegnete Romeo. Sie habe sich in die richtigen Hände begeben.

Der Kauf ging schnell über die Bühne. Mit der Geste eines Grandseigneurs überschrieb Gargassa der Montani den Laden und bezahlte die Renovierung. Auch die ersten Stoffe, die die Montani verkaufte, schaffte er über undurchsichtige Kanäle an. Ende 1947 gab Anna Montani ihre Arbeit in der Spinnerei auf und wurde, wie sie es nannte, Hutmacherin. Sie rechnete damit, dass Gargassa sie über kurz oder lang heiraten würde. An einem Frühlingsabend 1948 schien es so weit zu sein.

Romeo erschien mit tief nachdenklichem Gesicht im Liebesnest. »Ich muss mit dir sprechen«, sagte er in ernstem Ton.

Die Montani lächelte. Sie stellte sich vor, welche Verwirrung im Kopf des Mannes herrschte, wollte ihm helfen, mit der Sprache rauszurücken, und näherte sich ihm wie ein Kätzchen.

Er schob sie jedoch von sich. »Hör mir gut zu«, begann er.

Gargassa war der Justiz in die Fänge geraten: Schmuggelei, Betrug, Anstiftung Minderjähriger. Eine solche Latte von Anschuldigungen, dass man Bauchschmerzen bekam. In einer Woche war sein Prozess. Er musste damit rechnen, sich mindestens sechs Monate einzufangen, obwohl er den besten Anwalt zwischen Lecco und Monza gefunden hatte.

In dem unangenehmen Fall, dass er für eine Weile hinter schwedische Gardinen müsse, solle sie bloß nicht auf die Idee kommen, sich ein schönes Leben zu machen. Sie solle sich gedulden und auf ihn warten, und dann könnten sie heiraten.

Sechs Monate dauerten ja nicht ewig, meinte die Montani.

Ein Jahr und acht Monate jedoch, wie sie der Richter dem Gargassa aufbrummte, stellten jegliche Geduld auf eine harte Probe. Aber kein Problem für Anna Montani. Die Motten, die sie wieder zu umschwirren begannen, erhielten alle die gleiche Abfuhr. Und ebenso behandelte die Hutmacherin ein Subjekt, das im Abstand von vierzehn Tagen in ihren Laden kam und ihr Grüße von dem Gefangenen ausrichtete. Vier, fünf Mal.

Nach dem vierten oder fünften Mal warf die Montani, die kapierte, woher der Wind wehte, den Kerl hinaus. »Wenn ich dich noch einmal hier sehe, rufe ich die Carabinieri wegen Belästigung«, sagte sie.

Er reagierte mit Lachen.

Als Antwort zerriss sich die Frau einen Ärmel ihrer Bluse. »Soll ich sofort losschreien?«, fragte sie.

Da trat der Mann den Rückzug an und ließ sich nie wieder blicken.

Mitte 1949 wurde Romeo aus dem Gefängnis San Vittore entlassen. Am Ende des Jahres trug er ihr die Ehe an.

Und jetzt musste sie ihm etwas gestehen.

Sie war verheiratet.

»Das heißt … nicht so ganz, aber doch …«

»Was ist denn das für eine Geschichte?«, erwiderte Romeo.

Wenige Tage später nahm sie Kontakt zum Maresciallo Coppi auf.

32

Um Mitternacht brannte bei Maresciallo Accadi noch Licht. Schon zweimal hatte er gehört, dass der Appuntato Marinara auf dem Klo gewesen war, und wieder war dieser unangenehme Geruch in seine Räume gedrungen.

Trotz des Gestanks las er und dachte über die Situation der Montani nach.

In den Phasen, in denen er nachdachte, gab er sich, phantasievoll, wie er war, der Vorstellung hin, sie liege jetzt bei ihm auf der freien Seite des Bettes.

Nackt, ruhig, parfümiert, auf dem Bauch, auf dem Rücken, mit ihm in den waghalsigsten Stellungen. Bei diesen Gedanken brach ihm der Schweiß aus. So stand er auf, spülte sich die Stirn und den Schritt mit kaltem Wasser ab und dachte dann wieder an den Moment, in dem die ganze Sache kompliziert wurde, an den Augenblick nämlich, in dem die Montani die ersten Schritte unternommen hatte, um ihre Situation zu dem Mann zu klären, der nicht aus Russland zurückgekommen war.

Da hatte sich die Montani an den Maresciallo Coppi gewandt.

Coppi sagte ihr gleich, dies sei keine Sache für die Carabinieri, aber Anwälte würden sich um so etwas reißen.

»Das weiß ich«, gab die Frau zurück.

Sie wisse es, aber dennoch habe sie sich an ihn gewandt. Sie befinde sich aus eigener Schuld in dieser Lage.

Sie habe den Pfarrer angelogen, und aus dieser Ursünde hatten sich alle anderen ergeben. Sie müsse nun die Rolle der Witwe vor ihren früheren Kolleginnen in der Fabrik spielen, vor Direktor Protervi und dieser Verräterin Parigina Ducci. Und so ging es immer weiter.

»Glauben Sie nicht, Maresciallo, dass ich das Recht habe, ein neues Leben zu beginnen?«, fragte sie.

»Gewiss«, brummte Coppi. »Aber ausgerechnet mit dem?«, fügte er schnell hinzu.

Die Montani seufzte und lächelte ihn an wie eine kleine Nonne.

Sie tat nicht, als wüsste sie nicht, aus welchem Holz Gargassa geschnitzt war. Aber jetzt, da er seine Schuld verbüßt und beschlossen hätte, ein ordentliches Leben zu führen und zu heiraten, sähe schließlich alles anders aus.

Das spüre man.

»Allerdings muss diese Heirat auch möglich sein«, erklärte sie.

Im Grunde habe sie sich außer einer kleinen Notlüge nichts zuschulden kommen lassen.

Jetzt sei das Kind in den Brunnen gefallen, und Klagen hätten keinen Sinn. Aber sie brauche zu ihrer Unterstützung eine gute Seele, wirklich gut, diskret und uneigennützig.

Ob der Maresciallo das sein könne?

Ja, das könne er, antwortete Coppi, allerdings liege das eigentlich nicht in seiner Zuständigkeit. Er tat es nur, weil er die Frau bedauerte, und nicht wegen der beiden Brüste, die ihm die Montani einladend entgegenstreckte.

Das Wichtigste war für ihn, die Nachforschungen auf eine sachliche Grundlage zu stellen, und so bat er die Hutmacherin, ihm eine Liste mit im Krieg Vermissten zu besorgen, auf der auch der Name von Raimondi stand, damit er die entsprechende Schlacht herausfinden und die Untersuchung in Gang bringen konnte.

Bei dieser Bitte fiel die Montani aus allen Wolken. Sie hatte nichts in der Hand.

»Entschuldigen Sie«, sagte da der Maresciallo, »aber hat Ihnen denn niemand etwas mitgeteilt?«

»Maresciallo«, antwortete die Montani, »ich weiß nur, dass ich ihn seit 1942 nicht mehr gesehen und seit 1944 nichts mehr von ihm gehört habe.«

Coppi räumte ein, dass da vielleicht ein Versäumnis vorlag. Der gescheiterte Russlandfeldzug habe viel anderes Unheil, ganz andere Probleme mit sich gebracht.

Wenn aber ein Fehler vorliege, dann würde die Sache schwieriger, denn man müsse beim zuständigen Militärdistrikt nachfragen, um herauszufinden, welche Rolle Ezio Raimondi im Krieg gespielt habe. Man müsse also Geduld haben. Man müsse durchhalten und würde bestimmt zum Ziel kommen.

Die Montani antwortete, Geduld habe sie.

Etwas weniger Geduld hatte Gargassa. Als er erfuhr, wie die Dinge standen, sah er sich jedoch gezwungen, demütig zu sein und das Hochzeitsdatum hinauszuschieben.

33

Gegen ein Uhr nachts befand der Maresciallo Accadi, dass er genug hatte.

Er betrachtete die auf dem Bett verstreuten Seiten der Akte; hier würde früher oder später die Frau mit dem prächtigen Körper liegen.

Dieser Gedanke elektrisierte ihn erneut, doch er hatte keine Lust mehr, aufzustehen und sich mit Wasser abzukühlen.

Er nahm ein weiteres Blatt und sagte: »Noch ein bisschen und dann ist Schluss!«

Er las zwei Zeilen und erstarrte. »Verflucht!«, knurrte er.

Eine gute Minute lang starrte er wie betäubt auf seine Zimmertür. Dann fasste er sich wieder und las vier weitere Zeilen.

»Verflucht!«, knurrte er erneut und setzte sich aufs Bett.

Er las den Text zu Ende und besiegelte die Operation, indem er seinen Flüchen freien Lauf ließ.

Statt einer Seite aus Raimondis Akte hielt er den Bericht des Appuntato Marinara über den mutmaßlichen Diebstahl in der Kommune in Händen.

Er hatte ihn, ohne es zu merken, mit den Papieren der Montani zusammengelegt, bevor er nach Hause ging.

Und so erfuhr er jetzt, um ein Uhr morgens, die Meinung des Appuntato zu dem Ereignis.

Traf das zu?

Und wenn es so war, was zum Teufel konnte er tun?

Nach unten zu Marinara gehen und sich lächerlich machen?

Oder zu Pochezza, der um diese Zeit seinen Artikel sicher schon an die Redaktion geschickt hatte?

Und dann noch das Foto, das er ihm gegeben hatte …

»Du blöde Kuh!«, sagte er, zu der anderen Bettseite gewandt, als läge die Montani dort und wäre allein an dieser Misere schuld.

34

Um fünf Uhr morgens erwachte der Bürgermeister Balbiani, allein und in froher Stimmung.

Er hatte in seiner Hütte übernachtet und Panìga, dem Mann, der hier oben nach dem Rechten sah, einen Tag freigegeben.

Langsam öffnete er das kleine Fenster der Küche, in der er auf einer Pritsche ungeduldig auf den Morgen gewartet hatte.

Er suchte den Himmel ab, es war noch dunkel, nur ein kleiner, aber klarer Lichtstreifen war über der Bucht von Menaggio zu sehen.

Er lauschte.

In dem Schweigen der Berge hörte man nur das Zwitschern der Drosseln, die kurz vor Morgengrauen auf Futtersuche waren.

Er trank seinen Kaffee. Und unter den hundert eingesperrten Vögeln suchte er sich sechs Drosseln, zwei Amseln, vier Finken und zwei Kirschkernbeißer aus. Er hängte die Käfige an den Stamm zweier riesiger Vogelbeerbäume, sein ganzer Stolz bei der kleinen Hütte. Es gefiel ihm, dies allein zu machen, er genoss es geradezu.

Als er sich setzte, wurde der Himmel hell. Er lauschte, blickte durch eine Schießscharte.

In dem Licht konnte er jetzt die Zweige erkennen. Mit langsamen Bewegungen lud er sein Gewehr und eröffnete den Tanz.

Hunderte Drosseln, vielleicht Tausende. Sie ließen sich durch die Schüsse nicht erschrecken, flogen zu den Vogelbeerbäumen und wieder fort, zusammen mit Wolken von Finken, Bergfinken, Zeisigen und Wiesenpiepern, die auf den Zweigen der Vogelbeerbäume und der Pflanzen der Umgebung Platz genommen hatten. Der Bürgermeister beschloss, nicht auf die kleinen Vögel zu schießen, solange die Drosseln da waren. Erst danach, wenn diese satt waren und sich verzogen, wollte er auch auf die anderen zielen, um einen außergewöhnlichen Tag ruhmvoll abzuschließen.

Es war beinahe acht Uhr, als sich vor seinen Augen ein wahres Wunder vollzog.

Eine Schar Misteldrosseln, den Drosseln im Gefieder ähnliche Vögel, aber doppelt so groß, ließ sich auf einem Ast eines der Vogelbeerbäume nieder und bedeckte ihn, ohne auch nur einen Zentimeter frei zu lassen.

Es waren zwei- oder dreihundert.

Balbiani zitterte vor Erregung, rechnete den besten Schusswinkel aus, um mit einem Schuss möglichst viele zu erledigen. Er schnaufte, so aufgeregt war er.

Er probierte und probierte.

Schließlich glaubte er, den richtigen Winkel gefunden zu haben.

Er zielte. Wenn alles gut ging, würde er dreißig schaffen, es war kaum zu glauben!

Als er gerade den Abzug drücken wollte, hörte er eine Stimme aus ziemlicher Nähe: »Herr Bürgermeister!«

Es dauerte nur einen Moment.

Der Ast leerte sich. Mit einem Riesenlärm flog die Schar Misteldrosseln auf und davon. Über der Hütte lag plötzlich eine unnatürliche Stille und Reglosigkeit.

»Herr Bürgermeister!«

Balbiano erkannte die Stimme.

Er nahm die Patronen aus der Waffe und legte sie auf den Boden, um nicht der Versuchung nachzugeben, sie mit Schrot zu laden und diesem Idioten, der ihn um eine unwiederbringliche Chance gebracht hatte, in den Hintern zu schießen.

35

»Herr Bürgermeister«, sagte Bicicli.

Seine Augen glänzten, seine Wangen waren rot, und er schnaufte.

Er war mit dem Moped von Bellano über die Lastwagenstraße nach Vendrogno heraufgekommen. Aber kurz vor dem Unterstand von San Grato musste er das Moped stehen lassen, weil nach Noceno nur ein Fußweg führte.

Balbiani stand da und fluchte schamlos. Eine Schar Spatzen schien ihn oben auf einem der Maulbeerbäume nachzuäffen. »Ich hatte doch gesagt, dass ich bis heute Abend nicht zu erreichen bin«, sagte er wütend.

»Ich weiß, aber Ihre Frau hat uns verraten, wo wir Sie finden können.«

Der Bürgermeister kniff die Lider zusammen. Lauter Verwünschungen lagen ihm auf der Zunge, aber er schwieg.

»Na und?«, fragte er dann.

Bicicli reichte ihm eine Zeitung. »Sie müssen runter in den Ort kommen, das ist ein ganz schöner Schlamassel«, sagte er.

»Was ist denn jetzt schon wieder passiert?«

»Sie brauchen nur die Zeitung zu lesen«, empfahl ihm Bicicli.

Der Bürgermeister nickte.

»Auf Seite sieben«, erklärte der Nachtwächter.

Das war das Vermischte mit Nachrichten aus den Orten am See.

Drei Spalten, groß aufgemacht.

VERSUCHTER DIEBSTAHL
IM RATHAUS VON BELLANO

Balbiani sah Bicicli einen Moment an. Keiner von beiden sagte ein Wort. Der Bürgermeister begann zu lesen.

Im Titel hieß es: »Erstes Vorkommnis dieser Art in der Provinz Como seit Ausrufung der Republik – die unbekannten Täter vermutlich von der Nachtwache in die Flucht geschlagen – Maresciallo Carmine Accadi hat für uns die aufregenden Ereignisse zusammengefasst.«

Und inmitten der drei Spalten prangte das Foto des Maresciallo.

Balbiani sah Bicicli erneut an. »Aber was bedeutet das, verdammt noch mal?«

»Sie müssen alles lesen«, antwortete der. Das solle er ihm sagen, habe der Sekretär ihm aufgetragen.

Also las er:

»Versuchter Einbruch gestern Nacht in den Büros des Rathauses von Bellano. Zu nächtlicher Stunde haben Unbekannte – zwei, vielleicht drei – die Eingangstür des Rathauses aufgebrochen, um in die Büros einzudringen und eine kriminelle Handlung zu begehen. Wie Maresciallo Carmine Accadi berichtet, seit acht Monaten Chef der Station der Carabinieri, erschien er sehr schnell am Tatort, um Ermittlungen zu beginnen und eine Ortsbesichtigung zu machen. Dass die Diebe nichts entwendet haben, ist wahrscheinlich der Sorgfalt des Nachtwächters zu verdanken, der die Tat der Ganoven gestört haben könnte. Der Berichterstatter lobt ausdrücklich die Leistung des Bürgermeisters von Bellano, Augusto Balbiani, denn ihm ist die bei seinem Amtsantritt erfolgte Einstellung des Nachtwächters zu verdanken, der über den Ort wacht, während die Bevölkerung schläft. Dieses Verdienst aber stellt nicht das der Carabinieri unter ihrem Chef Carmine Accadi in den Schatten, dem alle Qualitäten eigen sind, die ein Schützer des Gesetzes und fähiger Ermittler haben muss.

Er kam, wie oben bereits geschildert, an den Ort des Geschehens, klärte den Vorgang auf und kehrte dann in würdigem Schweigen auf seinen Kommandoposten zurück, stolz auf die erledigte Pflicht.

Die Identität der Einbrecher ist noch unbekannt, aber der Spürsinn von Maresciallo Accadi und, wie es dem Berichterstatter scheint, auch der Beitrag des Nachtwächters lassen keinen Zweifel daran, dass man sie in kurzer Zeit enthüllen wird und die Täter, wie sie es verdient haben, der Justiz übergeben werden. Kein Zweifel, dass dieses Verbrechen gegen das Rathaus, das Zentrum unserer Kommune, als Versuch betrachtet werden muss, die Heiligkeit der zivilen Verwaltungsautorität anzutasten. Es muss konsequent verfolgt und beispielhaft bestraft werden.«

Das Kürzel E. P., mit dem der Artikel unterzeichnet war, ließ keinen Zweifel an der Identität des Autors.

36

Der Maresciallo Accadi hatte vergessen, das Haarnetz aufzusetzen.

Als er aufwachte, sah sein Kopf aus wie das Haupt der Medusa.

Nicht dass er viel geschlafen hätte, ganz im Gegenteil.

Er hatte sich hin und her gewälzt und war oft auf die Bettseite gerollt, auf die eigentlich die Montani gehörte.

Doch an die Stelle unzüchtiger Gedanken darüber, was er ihr sagen, wie er sie küssen würde, war Besorgnis über das getreten, was er im Bericht des Appuntato Marinara gelesen hatte.

Wenn der Appuntato recht hatte, dann stand er mit seinen Enthüllungen gegenüber Pochezza wirklich sehr blöd da.

»Wenn er wirklich recht hat«, sagte er und streckte seine Füße aus dem Bett.

Während er aus dem Bett stieg, plagten ihn Zweifel und wirre Gedanken. Zuerst näherte er sich dem Klo, jenem Ort, an dem er am besten nachdenken konnte, und ließ sich vor dem Spiegel nieder.

Er sah sich an, strich sich Haar und Schnurrbart glatt, versuchte zu lächeln, stutzte die Nasenhaare, und dann kam sein Gedankenstrom in Schwung.

Erstens war er der Einzige, der den Bericht gelesen hatte. Zweitens wimmelte es darin von Wenn und Aber. Vermutungen. Intelligent waren sie schon. Aber eben nur Vermutungen, mehr nicht. Nicht der geringste Beweis, kein Name, keine Zeugenaussage.

Die Rekonstruktion der Vorgänge war überzeugend.

»Na gut«, sagte der Maresciallo zu seinem Spiegelbild.

Na und?

Auch seine Version, die er Pochezza erzählt hatte, war überzeugend.

»Noch besser«, sagte er und grinste in den Spiegel.

Ubi maior, minor cessat – das Kleinere muss vor dem Größeren weichen.

Er war zufrieden und konzentrierte sich darauf, die letzte Schlacht gegen seine Löckchen zu schlagen, und pfeifend begann er wieder, an die Titten der Montani zu denken.

37

Schon beim Anblick der Schlagzeilen in der Zeitung bekam der Sekretär Bianchi eine Durchfallattacke.

Als er dann um Viertel nach acht im Hörer die Stimme des Vizepräfekten Dottore Aragonesi hörte, die er sofort erkannte, fürchtete er schon, er werde im Büro in die Hose machen. Doch zum Glück war sein Darm stärker als er.

»Ich will mit dem Bürgermeister sprechen«, sagte Aragonesi.

»Der ist nicht da«, antwortete Bianchi.

»Wo ist er?«

»Weiß ich nicht.«

»Lassen Sie ihn suchen. In einer Stunde muss er im Bürgermeisteramt sein!«

Damit war das Gespräch zu Ende. Der Sekretär Bianchi saß da, den Hörer in der Hand, den Mund halb offen. Er hatte noch sagen wollen, er hätte schon vor einer Viertelstunde aus eigener Initiative den Nachtwächter Bicicli losgeschickt, um den Bürgermeister zu suchen und ihn zu bitten, sofort ins Rathaus zu kommen.

Mit zitternder Hand legte er den Hörer auf und öffnete die Schreibtischschublade, in der er sein Cardiosol aufbewahrte, Herztropfen, zu denen er an Tagen wie diesem Zuflucht nahm, wenn er die Grenzen seiner Widerstandskraft erreicht hatte. Leider war das Fläschchen ziemlich leer.

Hatte sich denn alles gegen ihn verschworen?

Er rief den Boten Milico. Mit flehender Stimme bat er ihn, in die Apotheke zu gehen. Der war einverstanden, wies ihn aber darauf hin, dass der Intraken auf Anweisung der beiden Petracchi-Frauen vor neun Uhr nicht die Tür öffnete.

Bianchi sah auf die Uhr, es war noch über eine halbe Stunde. »Sag, dass es ein Notfall ist«, schlug er vor.

Schon wieder?, dachte Milico.

38

Der Appuntato wusste noch nichts von den Neuigkeiten in der Zeitung, als der Maresciallo singend die Treppe herunterkam. Wenn er seinen Chef genau ansah und sich dabei nicht von der gespielten Fröhlichkeit täuschen ließ, sah der ziemlich angespannt aus, ein Zeichen für eine qualvolle Nacht.

Er konnte dennoch seine Überraschung nicht verbergen, als Accadi ihn in einem Ton, als hätte er statt einer Stimme eine Trompete, aufforderte, in sein Büro zu kommen.

»Schließen Sie die Tür, Appuntato«, befahl der Maresciallo, als er eintrat.

Was ist das für eine Geheimnistuerei?, dachte der Appuntato.

Der Maresciallo schien seine Gedanken erraten zu haben. »Ich habe Ihren Bericht gelesen«, sagte er.

Das ist es also, dachte Marinara und sagte: »Aha.«

Accadi sah ihn an und sagte nichts. Er zeigte aber auch keinerlei Überraschung oder Verstörtheit, sondern hatte einen heiteren, zufriedenen Gesichtsausdruck. Als hätte er anstatt eines Protokolls einen Witz gelesen und wollte ihn gerade erzählen.

»Der reinste Scheißbericht, oder?«, fragte er.

Damit hatte Marinara nicht gerechnet. Es traf ihn wie ein Schlag, und ihm fehlten die Worte. »Na ja«, murmelte er.

»Na ja, na ja«, sang der Maresciallo vor sich hin. »Es könnte sein. Lauter Vermutungen. Es ist wahrscheinlich. Spielen wir hier Rätselraten?«

Der Appuntato fand nach einem Moment der Verwirrung

seine Sprache wieder. Zugleich ging ihm die Sache gewaltig auf die Eier. »Was ich geschrieben habe, das meine ich auch«, sagte er. »Es steht Ihnen frei, anderer Ansicht zu sein, Signor Maresciallo!«

Der Maresciallo lehnte sich auf seinem Stuhl zurück. »Es steht mir frei«, sagte er, »ganz genau. Appuntato, ich teile Ihre Meinung tatsächlich nicht. Und zwar mit dem Verstand. Ohne es könnte sein, ohne vielleicht, aber, ob. Klar, Appuntato?«

Marinaras Ohren wurden purpurrot. »Und das heißt?«, fragte er.

»Das heißt, dass wir uns an die Fakten zu halten haben. Und was für Fakten haben wir? Dass die Tür von innen aufgebrochen wurde? Meinetwegen. Aber das heißt, dass sie in die Eingangshalle des Rathauses gekommen sind – und mehr nicht. Sie sagen, dass sie in den Tabakladen Onori einbrechen wollten? Sehr gut. Aber wie kommen sie von hier nach da oben zu dem kleinen Fenster? Mit einer Leiter? Und wo ist diese Leiter? Oder vielleicht auf den Schultern? Auch das könnte sein. Aber dann hätten es ja mindestens drei sein müssen. Und wie viele waren es? Wer weiß das? Und wenn es nur einer war, der, um herauszukommen, das Schloss aufbrechen musste? Und ist es nicht so, dass er in aller Ruhe die Büros durchsuchen konnte, während im Tabakladen schon das geringste Geräusch einen Passanten oder den Nachtwächter alarmiert hätte? Warum, Appuntato, soll es unbedingt der Tabakladen und nicht das Bürgermeisteramt sein? Oder haben Sie vielleicht einen sicheren Beweis, eine Zeugenaussage, von der ich nichts weiß und die Sie Ihrer Sache so sicher macht?«

Marinara war im Begriff, seinem Vorgesetzten zu sagen, was er von ihm hielt.

Aber er schluckte nur. »Nein, Signor Maresciallo«, sagte er langsam.

»Dann zum Teufel mit dem Ding«, schloss Accadi, zerknüllte den Bericht und warf ihn in den Papierkorb.

39

Es gab kein Cardiosol mehr, es war ausverkauft. Es gab nicht mal mehr einen Tropfen.

Der Intraken hatte gar nicht erst im Lager nachgesehen. »Nein«, sagte er zu dem Boten, »von dem … von dem …«

Das Wort Herzstärkungsmittel kam ihm nicht in den Sinn. Und so griff er zu der Methode, die ihn berühmt gemacht hatte. »Dieses Menaken haben wir nicht.«

Morgen oder übermorgen. Er habe die Bestellliste schon fertig gemacht, aber man müsse mal nachsehen, wann die Petracchi sie weitergegeben habe.

Wenn ihm der Signor Sekretär einen Rat erlaube, sagte der Bote jetzt zum Gemeindesekretär.

Bianchi war bleich wie Grabmarmor und sah ihn ängstlich an. »Ja?«, sagte er zögernd.

Eine schöne Ampulle Tonocalcina, sagte Milico, das wäre am besten. Schwupp, und man würde wie neu.

»Tono …?«

»… calcina«, ergänzte der Bote. Wie der Name schon sage, darin sei Calcium, und das würde den Tonus erhöhen, und Vitamine.

»Eine kleine Injektion, und schon –«

»Eine Injektion?«, fragte der Sekretär.

Ja, aber er solle sich keine Sorgen machen, er habe eine erfahrene Krankenschwester an der Hand.

Der Sekretär stand kurz davor, sich mit dem Gedanken an eine Injektion anzufreunden, als der Bürgermeister ins Rathaus stürmte.

40

Er war allein, denn vor dem Eingang hatte er Bicicli weggeschickt. Aber es schien, als wären es mindestens drei oder vier. Die wütenden Schritte der genagelten Bergschuhe auf dem Granit der Treppe und dem Marmor im Flur machten einen gewaltigen Lärm.

Als er sein mit Parkett ausgelegtes Büro betrat, riss er eine Zierleiste heraus. »Milico!«

Der Schrei drang durch die Wände, rief den Amtsdiener zur Pflicht und verscheuchte den Gedanken an die Injektion aus dem Kopf des Sekretärs. Doch der Schreck gab ihm einen heilsamen Schub. »Los, geh, sofort!«, sagte der Sekretär.

Seltsam, dass der Bürgermeister den Namen des Amtsdieners gebrüllt hatte und nicht seinen. Der Sekretär beschloss abzuwarten, was weiter geschehen würde. Zwischendurch fühlte er seinen Puls mit zwei Fingern. Ihm war heiß. Ob er möglicherweise Fieber hatte?

Vielleicht gut achtunddreißig, dann müsste er ins Bett und mit hochgezogener Decke im Dunkeln liegen, in aller Stille, ohne Telefonanrufe, die …

Dring! Dring!

Das Telefon des Sekretärs läutete. Bianchi sah es an, er

wusste, wer der Anrufer war. Er wusste, dass bei jedem Klingeln der Mann am anderen Ende der Leitung immer nervöser wurde. Auch seine Angst wurde größer.

Das Geräusch genagelter Schuhe ertönte zwischen zwei Klingeltönen.

Bevor Balbiani den Sekretär und die Angestellten begrüßte, wollte er seine Jagduniform ausziehen. Deswegen hatte er Milico gerufen und ihn gebeten, zu Hause bei seiner Frau andere Kleidung und Schuhe zu holen. Danach hatte der Amtsdiener den Auftrag, Pochezza ins Amt zu bringen.

Nach dem zehnten Klingeln wurde der Bürgermeister aktiv. »Na, was ist?«, sagte er an der Türschwelle zum Sekretär.

Warum zum Teufel nahm er nicht den Hörer ab?

»Das wird die Präfektur sein«, entgegnete Bianchi.

»Dann halten Sie sie eine Weile auf«, sagte der Bürgermeister.

»Ich?«, fragte Bianchi erschrocken.

»Sehen Sie einen anderen hier im Raum außer uns beiden?«

»Aber –«

»Solange ich nicht genau weiß, warum wir diesen Schlamassel hier haben«, rief der Bürgermeister ihm zu, »will ich mit dem Präfekten nicht darüber sprechen. Ist das klar?«

Wie ein heiliger Sebastian legte der Sekretär den Kopf zur Seite, nahm den Hörer ab und lächelte dann vor Erleichterung.

»Wer ist dran?«, fragte der Bürgermeister.

Wenn es die Präfektur gewesen wäre, hätte Bianchi nicht gelächelt. Er legte vorsichtig eine Hand auf den Hörer und sagte es seinem Vorgesetzten.

Es war Eugenio Pochezza, den der Chefredakteur Benti-penso geweckt hatte, um das Eisen zu schmieden, solange es heiß war. Er wollte für die Ausgabe am nächsten Tag einen weiteren Artikel mit allen Neuigkeiten, allen Gerüchten und was es sonst noch gab.

Balbiani stürzte ins Sekretariat, ohne Rücksicht auf den Parkettfußboden, und riss Bianchi den Hörer aus der Hand. »Hier ist der Bürgermeister«, rief er.

»Herr Bürgermeister, guten –«

»Von wegen guten Morgen, verdammt!«, brüllte Balbiani.

Pochezza erstarrte. »Aber was ist –!«

Der Bürgermeister ließ ihn nicht weiterreden. »Sagen Sie mal, wer hat Ihnen eigentlich den ganzen Unsinn erzählt, den Sie in der Zeitung geschrieben haben?«

Eugenio war ehrlich erstaunt. »Wer soll mir das schon erzählt haben? Der Maresciallo natürlich.«

»Der Maresciallo?«

»Höchstpersönlich.«

Ohne Gruß legte Balbiani auf. »Sekretär, rufen Sie den Maresciallo Accadi an und bitten Sie ihn freundlich, zu mir ins Büro zu kommen.«

41

Was der Carabiniere Flachis an diesem Morgen als Allererstes tun musste – auf ausdrücklichen Befehl des Maresciallo –, war, eine Zeitung zu kaufen und sie ihm auf den Schreibtisch zu legen.

Jetzt saß Accadi da, die Seite sieben aufgeschlagen, und in Erwartung des richtigen Moments, zur Montani zu gehen und sie zu einem schönen Kaffee einzuladen, ackerte er Seite um Seite der Akte durch, die ihm so sehr am Herzen lag, den Fall Raimondi.

Er hatte dort wieder angefangen, wo er in der vergangenen Nacht verzweifelt aufgehört hatte. Das war der Moment, in dem sein Vorgänger Maresciallo Coppi sich zum ersten Mal an den Militärdistrikt von Como gewandt hatte.

Dabei war Coppi auf eine schöne Überraschung gestoßen. In der Personalakte von Raimondi nämlich stand eine Notiz des auf dem Rückzug aus Russland gefallenen Oberleutnants Aimone Gravedoni, nach der Raimondi, kurz bevor sich die gesamte Division zu den vorderen Linien aufmachte, verschwunden war.

Aus dieser Notiz ergab sich der Verdacht, dass Raimondi desertiert war und sich seine Spur danach verloren hatte, vielleicht mithilfe der Einwohner.

Mit dieser Information hatte Coppi die Montani noch einmal getroffen und ihr den Rat gegeben, einen Anwalt zu suchen, der die Äußerungen des verstorbenen Oberleutnants widerlegen konnte.

Da es keine Zeugen gäbe, sagte Coppi, könnte ein guter Anwalt vielleicht erreichen, dass Raimondi auf eine Vermisstenliste gesetzt würde.

»Was weiß ich«, hatte Coppi gesagt, »Ihr Mann könnte ja seinen Posten verlassen haben, um etwas zu essen zu holen, und dabei getötet worden sein. In Russland ist alles Mögliche geschehen, und niemand würde sich über eine solche Erklärung wundern.«

Anna Montani nahm den Rat an.

Aber seltsamerweise setzte sie ihn nicht in die Tat um. Hier endeten die Notizen des Maresciallo Coppi, nicht aber seine Neugier.

42

Neugier.

Aber auch ein wenig verletzte Eitelkeit. Der Maresciallo Coppi ärgerte sich. Denn in der ersten Zeit hatte er die Frau, wenn er ihr begegnete, in aller Arglosigkeit gefragt, wie weit die Sache denn inzwischen gediehen sei. Aber sie gab ihm nur ausweichende Antworten. Wir werden sehen, mal abwarten …

Und es dauerte nicht lange, bis er begriff, dass die Montani alles tat, um ihm aus dem Weg zu gehen.

Was konnte passiert sein?

Hatte sie es mit der Eheschließung auf einmal nicht mehr eilig?

Er berichtete dem Appuntato Marinara davon.

»So spontan kann ich das nicht sagen«, entgegnete der Appuntato.

Er sei aber sicher, fügte er hinzu, wenn er seine Nase hier oder da hineinstecke, ganz diskret natürlich, die Ohren weit offen halte und sein Augenmerk auf das Geschehen richte, könnten sie bald auf dem neuesten Informationsstand sein.

Und so geschah es auch, genau wie Marinara gesagt hatte.

Er hatte nicht lange gebraucht, um die Gründe für das zwiespältige Verhalten der Montani herauszufinden. Alles hatte damit angefangen, dass im Laden der Hutmacherin eine Ladung Spitzen, Hütchen und Tücher angekommen war.

Diese Geschichte amüsierte den Appuntato Marinara.

Dem Maresciallo Coppi hingegen ging sie gewaltig auf die Eier.

43

I

Glaubten die Leute in Bellano etwa, ihn auf den Arm nehmen zu können?

Aragonesi nannte nicht einmal seinen Namen, sondern kam direkt zur Sache.

Der Sekretär Bianchi umklammerte den Hörer mit seiner feuchten Hand: »Nein, sicher nicht«, sagte er.

Ach nein?

»Haben Sie denn heute Morgen schon die Zeitung gelesen?«

»Ja …«

»Na und?«

»Und …«

»Und der Bürgermeister?«

»Er ist noch nicht da«, log der Sekretär.

»Das wird ja immer besser! Wenn Sie ihn sehen, dann sagen Sie ihm, der Präfekt sei ziemlich nervös.«

Bianchi hielt mit der freien Hand das leere Fläschchen Cardiosol fest.

»Haben Sie inzwischen eine amtliche Untersuchung in die Wege geleitet?«

Die Zunge des Sekretärs war taub.

Nein!

Aber er schaffte es nicht, das zu sagen.

»Und worauf warten Sie noch?«, fragte Aragonesi.

Danach legte er grußlos auf.

II

Nicht mehr so brüsk wie gegenüber dem Sekretär, telefonierte der Vizepräfekt Doktor Aragonesi erneut. Diesmal sprach er mit dem Capitano Evaristo Collocò, dem Chef des Kommandos von Lecco und direktem Vorgesetzten von Maresciallo Accadi.

Nachdem sie sich verabschiedet und ihren Frauen Grüße ausgerichtet hatten, rief der Capitano Accadi an und befahl ihm, die Sache so schnell wie möglich aufzuklären.

»Aber es ist doch alles klar«, entgegnete der Maresciallo.

»Haben Sie die Einbrecher gefasst?«

»Nein.«

»Dann müssen Sie doch wohl einsehen, dass überhaupt nichts geklärt ist, Maresciallo. Nehmen Sie sich die Zeit und tun Sie etwas. Mir ist der Präfekt auf den Fersen. Ich weiß nicht, warum, aber diese Sache hat ihn maßlos aufgeregt.«

»Ich kümmere mich gleich um alles, Signor Capitano«, sagte Accadi.

Es war inzwischen neun, die Zeit, in der er mit der Montani Kaffee trinken gehen konnte.

Zeit, seufzte der Maresciallo.

Wenn die Pflicht rief …

Vor allem dann, wenn solche Sachen politisch wurden. Ach, es war immer wieder das Gleiche!

Er wollte erst gar nicht wissen, warum die Sache für den Präfekten, den Vizepräfekten und alle anderen Heiligen dieses Kalenders so wichtig war.

Das war doch nichts als Theater!

Sie wollten mal wieder zeigen, dass sie auch noch da waren, die Fäden in der Hand hatten und daran zogen. Ein bisschen Bewegung, um zu beweisen, dass sie nicht nur dazu da waren, ihre Sessel anzuwärmen.

»Also gehorchen wir und bringen wir etwas Bewegung in die Sache«, murmelte der Maresciallo.

Der Kaffee mit der Hutmacherin musste warten. Er konnte sie ja zum Aperitif einladen. Schließlich wollte er auch Bewegung in die Dinge bringen, die ihm Spaß machten. Mit Erlaubnis des Präfekten und des Capitano Collocò.

Mit diesen Gedanken verließ der Maresciallo Accadi die Kaserne in der Absicht, den Nachtwächter Firmato Bicicli zu befragen, den Einzigen, der zu dieser ganzen Sache etwas zu sagen hatte. Er wusste schon, dass er nicht viel aus ihm herausbekommen würde. Und das war auch besser so, denn wenn der Nachtwächter schwieg, wurde seine eigene Version der Ereignisse bestätigt, und alles zerplatzte am Ende wie eine Seifenblase.

Er war noch keine zehn Minuten fort, da sagte der Sekretär Bianchi, der endlich eine freie Leitung erwischt hatte, zu Marinara, der Bürgermeister bäte den Maresciallo zu sich ins Amt.

»Ich werde es ihm sagen«, antwortete der.

»So bald wie möglich«, krächzte der Sekretär mit müder Stimme.

III

Bicicli hatte die ganze Nacht gewacht, ohne sich einen Moment Ruhe zu gönnen.

Er gehorchte dem Befehl des Bürgermeisters und ging mindestens zehnmal mit Rachegedanken unter den Fenstern der Wohnungen von Fès, Ciliegia und Picchio vorbei.

Aber es war eine ruhige Nacht, und es gab nichts zu berichten.

Dann eilte er in die Berge, um den Bürgermeister zu holen, und dort hatte er etwas zu hören gekriegt.

Als er endlich zu Hause ankam, machte er sich Vorwürfe.

Er hielt nicht mal ein kleines Schläfchen. Er war nicht müde. Deshalb kümmerte er sich um seine Uniform, an der ein Knopf und ein Ärmelaufschlag festgenäht werden mussten. Er konnte gut mit Nadel und Faden umgehen.

Als er den Maresciallo Accadi an der Wohnungstür sah, wurde er blass.

»Darf ich eintreten?«, fragte der Maresciallo.

Aber er war schon drin.

Mit trockener Kehle trat Bicicli zwei Schritte zurück, Nadel und Faden in der Hand.

»Wir haben wohl heute Nähstündchen«, bemerkte der Carabiniere lachend.

Der Nachtwächter legte beides hin.

»Im Hinblick auf das, was neulich Nacht geschehen ist«, sagte der Maresciallo, als läse er eine Überschrift vor.

»Ja?«, fragte Firmato, der endlich seine Sprache wiedergefunden hatte.

»Weißt du etwas darüber? Hast du jemand gesehen? Hast du irgendeinen Verdacht?«, fragte der Carabiniere.

Er solle sich mit der Antwort beeilen, denn er müsse sich noch um viele andere Dinge kümmern.

Firmato befeuchtete seine Lippen. »Ich?«

Accadi sah sich um.

Er machte zwei Schritte durch das Zimmerchen, trat ans Fenster und …

Das Fenster ging auf die Via Manzoni hinaus. Von hier konnte man den Laden der Montani sehen.

»Und?«, fragte er, um das Verhör am Laufen zu halten. Aber er war unkonzentriert, er wurde vor Sehnsucht ganz schwach.

Wo war sie nur?

»Natürlich, Sie …«, stotterte er.

Normalerweise war der Laden schon um neun Uhr geöffnet.

Bicicli hatte das Gefühl, an den Lippen des Maresciallo zu hängen. Bei jedem Wort, das aus seinem Mund drang, holte er kurz Luft.

»… Sicher wissen Sie …«

Sie erschien hinter der Tür.

»… sicher werden Sie wissen, dass Schweigen …«

Bevor sie sich entschloss, die Tür zu öffnen, sah der Maresciallo, wie die Montani stehen blieb und sich umdrehte. Sie stellte sich vor den Spiegel und ordnete ihre Frisur.

Dann zupfte sie ihr Kleid zurecht.

Einmal zog sie an den Hüften, dann am Hintern.

Die Brust vorgestreckt. O verdammt!

Die Montani zog auch ihr Jäckchen ein wenig nach unten. Die beiden Brüste sprangen hervor.

Dann endete das Schauspiel, und sie öffnete den Laden.

Der Maresciallo seufzte. »Was hatte ich gerade gesagt?«, fragte er und wandte sich zu Bicicli um.

»Dass …«, murmelte Firmato.

»Dass Schweigen eine Straftat ist!«

»Das weiß ich«, bestätigte der Nachtwächter.

»Dass man deswegen angezeigt werden kann.«

Firmato nahm seine Uniformjacke vom Tisch und drückte

sie an die Brust, als wollte er sich verteidigen. »Aber der Bürgermeister …«, sagte er.

Accadi grinste und sagte frei heraus: »Der Bürgermeister
ist mein Freund.«

IV

Eine ganze Liste mit den Namen der Leute, die persönlich befragt werden mussten, in Händen, begann der Sekretär Bianchi seine amtliche Untersuchung.

Der Erste, den er anhören musste, war der Gemeindereini-
ger Oreste, der den Einbruchsversuch entdeckt und Alarm
geschlagen hatte.

Es dauerte eine Weile, bis er ihn gefunden hatte, denn an
diesem Tag musste er auf dem Maultierpfad zwischen Bellano und Ombriaco Unkraut jäten.

Er kam pfeifend wie immer ins Amt und machte den beiden weiblichen Angestellten gewagte Komplimente.

Bianchi war bleich und streng und forderte ihn auf, äußerst
genau zu sein. Und Oreste war äußerst genau, vielleicht zu
sehr.

Er erzählte vom Aufwachen um vier Uhr morgens an. Wie
er die Kühe gemolken hatte, dann zu Fuß von Pradello nach
Bellano hinabgestiegen war, um seinen Dienst anzutreten.

Dann erzählte er, wie er Bicicli getroffen hatte.

Die Umstände, unter denen er ihn gefunden hatte, ver-
blüfften den Sekretär. »Sind Sie sicher?«, fragte er.

Oreste grinste.

Da kann man sehen, dachte er, dass der Sekretär von Wein
keine Ahnung hat.

»Er war entsetzlich betrunken«, betonte er.

Bianchi fand keine Worte, so erschüttert war er.

Er tat gegenüber Oreste so, als glaubte er ihm nicht ganz.

Deshalb hielt der es für angebracht, weitere Details preiszugeben: »Als ich ihn nach Hause brachte, sagte er nichts anderes als ›Mamma mia‹, und an der Eingangstür hat er wirklich gesagt ›Hol den Pfarrer‹.«

V

Die Worte des Maresciallo beruhigten ihn, und so begann Bicicli zu reden.

Dabei wäre dem Maresciallo Accadi lieber gewesen, er hätte geschwiegen.

Die kleine Szene, die er vorhin am Fenster beobachtet hatte, hatte sein Blut in Wallung gebracht. Vor allem die Blüte dieser Brüste war ein himmlischer Anblick für ihn: zwei reife Birnen, die er pflücken musste, bevor jemand anderes kam und es an seiner Stelle tat.

Dazu musste er doch nur, wenn er die Wohnung von Bicicli verließ, so tun, als käme er zufällig vorbei: Guten Tag, wie geht es Ihnen? Ich habe sehr viel Arbeit. Für mich? Für wen sonst? Gibt es Neuigkeiten? Etliche? Verraten Sie sie mir doch bitte! Jetzt habe ich leider keine Zeit. Sagen Sie mir, wann, aber sagen Sie etwas. Vielleicht ein wenig später? In Ordnung, heute Abend? Gut, und wo? Sicher nicht in der Kaserne, nein, natürlich nicht, vielleicht hier bei mir? Gut, sehr gut. Nach acht, wenn das nicht stört. Aber was denken Sie! Also bis heute Abend. Ja, bis heute Abend, jaaaaa!

Aber, verflucht noch mal, es kam anders!

Mit dem, was er gerade erfahren hatte, musste er sofort zurück in die Kaserne, und zwar schnell.

Und da wurde er schon erwartet.

Der Appuntato Marinara ließ ihn nicht mal in sein Büro gehen. »Der Bürgermeister möchte, dass Sie zu ihm ins Rathaus kommen«, sagte er.

Accadi tat, als hätte er nichts gehört.

Er stürzte in sein Büro und setzte sich.

Dann rief er: »Appuntato.«

»Zu Befehl.«

»Kommen Sie her!«

Marinara eilte herbei.

»Sagen Sie dem Bürgermeister, es sei besser, wenn er in die Kaserne komme.«

Marinara schwieg.

»Sagen wir, in einer Stunde«, fügte der Maresciallo hinzu.

»In Ordnung.«

»Warten Sie«, befahl der Vorgesetzte plötzlich, als er merkte, dass der Appuntato gehen wollte.

Dann nahm er Papier und Stift und schrieb kratzend ein paar Minuten in der Stille des Raumes.

Dann reichte er das Blatt dem Appuntato. »Laden Sie auch diese Herren vor.«

Es war eine Liste mit Namen.

Marinara überflog sie. Er sagte nichts, aber ihm wurde eiskalt.

»Appuntato.«

Der Maresciallo hatte den Ton seiner Stimme gesenkt.

»Ja.«

»Wenn diese Diebstahlsache abgeschlossen ist, müssen wir beide miteinander reden.«

Marinara schloss die Augen. Ihm kam Picchios Zahn in den Sinn. Er hatte eine Dummheit gemacht, eine verdammte

Riesendummheit. Und der Maresciallo würde ihm die Rechnung präsentieren.

Er fühlte sich ganz verloren. »Maresciallo«, stotterte er, »ich …«

Accadi hob den Zeigefinger. »Später, Appuntato, später«, unterbrach er ihn eisig. »Eine Sache nach der anderen.«

44

Der Bürgermeister saß da, den Sekretär Bianchi im Rücken.

Picchio stand rechts vom Schreibtisch.

Bicicli einen Schritt hinter ihm.

Und Marinara stand vor der geschlossenen Bürotür des Maresciallo, der mit gefalteten Händen an seinem Tisch saß.

Es fehlten Fès und Ciliegia, die weit außerhalb von Bellano arbeiteten.

»Das tut nichts zur Sache«, sagte der Maresciallo, nachdem er die bunte Gesellschaft vor sich betrachtet hatte. »Einer der drei genügt mir und wird uns schon weiterbringen.«

»Einer der drei?«, fragte Balbiani.

Accadi grinste. »Der drei Diebe«, sagte er.

Marinara schloss die Augen.

»Und wer soll das sein?«, fragte der Bürgermeister weiter.

»Hier, vor unseren Augen«, antwortete der Maresciallo und wies mit einer Kopfbewegung auf Picchio.

»Ich?«, rief der Junge erstaunt.

»Ruhe!«, befahl der Maresciallo.

»Er?«, fragte Balbiani treuherzig.

»Wir haben Beweise«, sagte der Maresciallo. »Ein Zeuge hat ausgesagt.«

Bei Accadis Bemerkung fuhr der Sekretär Bianchi auf. »Und wo ist der?«

»Auch den haben wir vor Augen, lieber Buchhalter«, antwortete der Maresciallo.

Bianchi folgte dem Blick des Carabiniere. »Bicicli?«, fragte er.

»Aber der …«, mischte sich Picchio ein.

»Ruhe!«, entgegnete Accadi.

»Bicicli?«, fragte der Sekretär erneut.

»Ja, Signore«, antwortete Accadi.

»Aber nein!«, entfuhr es Bianchi, und er legte eine Hand auf seinen Bauch: Ein Krampf nach dem anderen, sein Darm war in Aufruhr.

Der Maresciallo rief, erhitzt wie ein Flammenwerfer: »Was soll denn das? Haben Sie was dagegen einzuwenden?«

Bianchi, alles andere als erschrocken vom Ton des Carabiniere, schien ihn gar nicht gehört zu haben.

Er wandte sich an den Bürgermeister. »Wir kommen alle noch ins Gefängnis, um Gottes willen!«, rief er.

»Malen Sie nicht den Teufel an die Wand!«, bellte der Maresciallo.

»Was sagt der da, verflucht noch mal?«, fragte er ans Publikum gewandt.

Dann sah er Bianchi an: »Wollen Sie sich bitte erklären?«

Das Profil des Sekretärs wurde spitz.

»Sagen Sie schon, Buchhalter«, warf der Bürgermeister ein, »spannen Sie uns nicht auf die Folter.«

»Die amtliche Untersuchung«, begann Bianchi, »die durchzuführen mir der Präfekt befohlen hat –«

»Ja?«

»Also, Oreste, der Straßenfeger der Kommune, der als Erster die aufgebrochene Eingangstür entdeckt hat, hat bezeugt ...«

Der Maresciallo sah den Sekretär wütend an. Entweder er sagte endlich, was er sagen wollte, oder er ging ihm an den Kragen.

Bianchi begriff: »Er hat erklärt, dass er kurz vorher den Nachtwächter Firmato Bicicli im Zustand der Trunkenheit angetroffen und auf seinem Rücken nach Hause getragen hatte, da sich Bicicli nicht auf den Beinen halten konnte. Und so frage ich: Wie kann Bicicli da ein zuverlässiger Zeuge sein? Können wir dem Präfekten einen solchen Unsinn vorsetzen?«

Der Maresciallo sprang auf. »Soll das ein Scherz sein?«

Er sah niemanden an, aber er hatte die Entschiedenheit in der Stimme von Capitano Collocò im Ohr.

»Aber ich ...«, japste der Nachtwächter.

»Sei ruhig, Bicicli«, sagte der Bürgermeister. »Lass mich reden.«

»Haben Sie es gewusst, Bürgermeister?«, fragte der Maresciallo.

»Ja und nein«, antwortete Balbiani. »Ich erkläre es Ihnen.«

Picchio hatte sich Bicicli genähert. »Du bist ein Arschloch«, sagte er zu ihm.

Marinara trat von der Tür weg und stellte sich zwischen die beiden. »Maresciallo, was soll ich tun?«, fragte er.

»An die Luft mit ihm«, antwortete Accadi.

Luft?, dachte der Appuntato, auch er konnte etwas frische Luft gebrauchen.

Marinara packte den Jungen am Kragen und brachte ihn aus dem Büro.

»Den mach ich fertig«, sagte Picchio.

Marinara, der ihn inzwischen losgelassen hatte, schnappte ihn sich wieder. »Du hast großes Glück gehabt«, sagte er. »Also, anstatt an Rache zu denken, sieh zu, dass du Arbeit findest. Sonst nimmt es ein schlimmes Ende mit dir.«

Als der Appuntato wieder im Büro war, musste er mitanhören, wie der Maresciallo seine schlechte Laune am Nachtwächter ausließ. »Du wolltest mich wohl verarschen!«, brüllte er.

»Ich –«

»Sag nichts weiter, Bicicli«, griff der Bürgermeister ein. »Schweigen ist Gold. Und Sie, Maresciallo, wenn Sie gestatten, beruhigen Sie sich. Unterhalten wir uns einen Moment unter vier Augen, was halten Sie davon? Es gibt für alles eine Erklärung, und wir werden uns schon verständigen.«

Accadi war bewusst, dass er es immerhin mit dem Ersten Bürger der Stadt zu tun hatte. »Reden wir gleich, denn ich habe noch etwas zu erledigen.«

Bei dieser Bemerkung gefror Marinara das Blut in den Adern.

45

Der Bürgermeister und der Maresciallo sprachen hinter verschlossener Tür eine gute Stunde miteinander.

Vor der Tür wartete der Appuntato Marinara, der von dem Gespräch nichts mitbekam, zitterte und Unheil fürchtete.

Balbiani und Accadi zeigten sich wie zwei Kartenspieler gegenseitig die Trümpfe, die sie in der Hand hatten.

Am Ende der Partie erreichte der Maresciallo, dass der Bürgermeister noch in dieser Woche dem Gemeinderat einen Kostenvoranschlag für die Renovierung der Toiletten der Kaserne vorlegte und persönlich Capitano Collocò anrief, um ihm zu versichern, dass nichts gestohlen worden sei.

Er sollte ihm auch sagen, dass die Diebe, drei Männer, vom Nachtwächter gesehen, aber in der Dunkelheit nicht erkannt worden seien. Durch seine Gegenwart habe er sie aufgeschreckt und verscheucht.

Accadi war seinerseits bereit, die Geschichte der Trunkenheit von Bicicli zu vergessen, der, vermutlich noch im Alkoholrausch, eine Viertelstunde Ruhm hatte genießen wollen und deshalb die Namen der Diebe erfunden und diesen Unsinn erzählt hatte. So brauchte der Bürgermeister nicht gegen den Nachtwächter vorzugehen, der sonst hätte entlassen werden müssen.

Beide beschlossen, diese Version der Ereignisse auch dem Journalisten Eugenio Pochezza zu erzählen. Mit einem passenden Artikel könnte er die ganze Sache besiegeln, und alle wären zufrieden.

»Im Grunde«, schloss Balbiani beruhigt, »war das viel Lärm um nichts. Bei genauem Hinsehen ist eigentlich gar nichts passiert.«

»Wenn Sie das sagen, Bürgermeister«, entgegnete der Maresciallo lächelnd, während er Balbiani zur Tür begleitete.

Jetzt war Marinara dran.

»Appuntato!«, rief Accadi.

Marinara blieb fast das Herz stehen. »Zu Diensten, Maresciallo.«

»Wollen wir beide jetzt reden?«

Dem Appuntato wäre das gern erspart geblieben. »Reden wir«, antwortete er.

Mit dem Schritt eines Verurteilten trat er zum Schreibtisch und blieb dahinter stehen.

»Wollen Sie sich nicht setzen?«, fragte der Maresciallo.

Der Appuntato setzte sich, und sein Vorgesetzter sah ihn eine Weile an, ohne ein Wort zu sagen.

»Was ist denn los, Appuntato? Sie sehen so besorgt aus.«

Marinara schüttelte den Kopf. »Nein, nur, Sie wissen ja, wie das ist, wenn man etwas Gutes tun will.«

»Etwas Gutes?«

»Ja.«

»Und wie kommen Sie darauf?«

»Ich komme darauf, weil –«

»Ach, Appuntato«, unterbrach der Maresciallo, »verlieren wir nicht unsere Zeit mit Geschwätz, davon hatten wir heute Morgen schon genug!«

Marinara schwieg.

»Also, wollen Sie mir jetzt die Wahrheit sagen?«, begann der Maresciallo erneut.

Der Appuntato wusste, dass sie jetzt an dem entscheidenden Punkt angekommen waren und er nichts anderes tun konnte, als sich dumm zu stellen. Er hatte sich eigenhändig in diese Klemme gebracht.

Er seufzte und wollte gerade den Mund aufmachen.

»Darf man erfahren, warum mein Vorgänger nicht weitergemacht hat, nachdem er die Stellungnahme des Militärdistrikts von Como erhalten hatte?«

46

Marinara brauchte eine volle Minute, bis er begriff, dass der Maresciallo von der Montani sprach.

Er hatte nichts im Kopf als diese Frau und ihre Geschichte!

Nachdem die Anspannung vorüber war, fühlte er sich erleichtert, als schwebte er. Vor Freude hätte er fast seinen Vorgesetzten umarmt. Er durfte gar nicht daran denken, dass er ihm beinah alles gesagt hätte, was er wusste.

»Also?«, fragte der Maresciallo.

Man müsse bedenken, dass der Maresciallo Coppi sich damals schon der Pensionsgrenze näherte, dass sich alles zu Beginn dieses Jahres ereignet und er nichts anderes mehr im Kopf gehabt hatte, als nach Asti zurückzukehren und sich um seinen Weinberg zu kümmern.

Aber im Januar …

»Also ungefähr einen Monat bevor ich hierherkam«, rechnete Accadi nach.

»Genau«, sagte Marinara.

Ein paar Monate bevor der Signor Maresciallo nach Bellano kam, war die Sache mit den Hütchen, den Spitzen und den Tüchern passiert.

»Ich verstehe. Das hatten Sie mir schon gesagt. Aber was hatten Hütchen, Spitzen und diese verdammten Tücher damit zu tun?«, entfuhr es Accadi.

Marinara kratzte sich am Kopf. »Dabei ging es nicht ganz mit rechten Dingen zu. Vielleicht –«

»Appuntato, es ist, als hätten Sie Wenn, Aber und Vielleicht abonniert. Ich hoffe, Sie verstehen, was ich meine. Halten Sie sich an die Fakten und berichten Sie mir.«

»Die Tatsachen, einverstanden«, entgegnete Marinara.

Aber die allein erklärten nicht alles.

Eines stünde jedenfalls fest: Dass die Lust, Entschuldigung, der Wunsch, etwas zu erfahren, die eigene Situation zu klären, der Montani plötzlich sehr wichtig gewesen sei.

47

Die Artikel, die Mona Lisa schrieb, die Modeexpertin in der Sonntagsausgabe des *Corriere*, waren für Anna Montani ein Evangelium. Sie trugen sie weit fort in jene Welt, in der sie gern geboren wäre und gelebt hätte.

Sie sammelte sie. Es verging kein Tag, an dem sie nicht einen las, vor allem die über Christian Dior, den Pariser Propheten des New Look.

Als ihr dann an einem Dezemberabend 1949 Gargassa gesagt hatte, er habe unter der Hand eine Ladung Spitzen, Hütchen und Tücher bekommen, die bald ankämen, war Anna Montani dahingeschmolzen.

Spitzen, Hütchen, Tücher!

Augenblicklich stellte sie sich ihr Schaufenster vor. Sie wollte eine Art Obstbaum basteln, dessen Früchte Hütchen wären. Am Boden würden die Spitzen liegen wie herabgefallene Blätter, die Tücher, da es nicht so viele waren, sollten die Blätter sein, die bald herunterfallen würden. Um das Werk zu vollenden, sollte auch ein Ventilator aufgestellt werden.

»Ein Ventilator?«, fragte Romeo.

»Ja klar, damit es aussieht wie echter Wind.«

Wann hatte man im Ort je so etwas gesehen?

»Wann hat man je im Dezember einen Baum mit Früchten gesehen!«, entgegnete Gargassa.

Ach, das sei eben Phantasie, zwitscherte die Frau. Eine Ecke von Paris hier, in ihrem Laden!

Gargassa musste lachen. Und er lachte wieder, als die Frau ihn fragte, wann die Ware geliefert würde.

Donnerwetter, war die hübsch!

»Du gibst mir das Geld, und morgen bringe ich sie dir«, antwortete er.

Die Frau war erstaunt. »Und das heißt?«, fragte sie.

Dass das Zeug, erklärte Gargassa, bald käme, »aber nicht umsonst«.

Aber woher sollte sie das Geld nehmen? Mit Stoffcoupons und Resten konnte sie nicht reich werden. Sie musste einen Qualitätssprung machen, um Kunden anzuziehen und dann ihre Kasse zu füllen.

Mit diesen Hütchen, Tüchern, Spitzen …

Ob er nicht vielleicht könnte …, stieß die Montani hervor.

Ob er was könnte?

Vorschießen?

»Vorschießen«, stöhnte Gargassa.

Auch ihm gehe es gerade nicht besonders gut. Er habe wenig Bargeld im Beutel. Mit den Geschäften liefe es nur so lala. Und er müsse vorsichtig sein und habe immer das Gefühl, die Carabinieri säßen ihm im Rücken.

»Ach, das muss doch gehen«, begann die Montani schnurrend, ein Mann mit seiner Energie und Phantasie und seinen Verbindungen …

»Es wäre besser, wenn ich mich eine Weile zurückhalte«, entgegnete Romeo.

»Manche Gelegenheiten muss man beim Schopf packen«, belehrte ihn die Montani.

»Ich weiß«, sagte der Mann, »aber manchmal lässt man sie besser verstreichen.«

Diese nicht, dachte Anna Montani.

Sie wollte die Idee mit dem Baum, voll mit Spitzen, Hütchen und Tüchern, unbedingt in die Tat umsetzen.

»Und wenn …«, begann sie.

Sie hatte ein Ass im Ärmel, und es schien ihr der richtige Moment, es ins Spiel zu bringen. »Wenn ich dich darum bitte wie um ein Geschenk, ein Hochzeitsgeschenk?«

»A propos«, entfuhr es Gargassa. Seit einiger Zeit hatten sie davon nicht mehr gesprochen. »Wann darf diese Ehe denn endlich geschlossen werden?«, fragte er und fügte hinzu, dass er genug davon hätte, immer zwischen Valmadrera und Bellano zu pendeln, immer nur heimlich herzukommen, damit die Leute nicht redeten. Als ob die Leute ihn interessierten!

Die Montani wartete, bis er sich abreagiert hatte.

Dann sagte sie »du Dummkopf« zu ihm.

Er müsse wissen, dass gerade an diesem Morgen …

Dann räkelte sie sich und schnurrte …

Gerade an diesem Morgen habe ihr der Maresciallo gesagt, dass nicht mehr viel fehle.

»Ach ja?«, rief der Mann.

»O ja!«

»Und wann?«

»Und die Hütchen?«, fragte sie und bedeckte ihn mit Küssen.

Dann kamen die Hütchen.

Und auch die Tücher und Spitzen.

Und zum Schluss eine Reihe Ohrfeigen, die die Montani für ein paar Wochen aus dem Verkehr zogen.

»Ohrfeigen?«, entfuhr es dem Maresciallo Accadi.

48

Ohrfeigen.

Die hätte sich der Bürgermeister Balbiani am liebsten selbst verpasst, weil er Bicicli die Dinge anvertraut hatte, die der Appuntato Marinara ihm erzählt hatte.

Er hätte jetzt gern auch Bicicli eine Ohrfeige versetzt, weil der sich seiner Anweisung widersetzt hatte und zum Maresciallo gegangen war, ihm alles erzählt und dabei den armen Appuntato beinahe in Verruf gebracht hätte.

Zum Glück, überlegte Balbiani auf dem Rückweg ins Rathaus, war auch der Maresciallo darauf aus gewesen, die Sache möglichst schnell hinter sich zu bringen.

Toiletten und wieder Toiletten, andere Sorgen hatte der wohl nicht.

Als sie aus der Kaserne gingen, war ihm Bicicli gefolgt wie ein Hündchen, und vor dem Eingang hatte er ihn gebeten, nach Hause gehen zu dürfen, denn allmählich wurde er etwas müde.

Er bekam die Erlaubnis.

»Aber pass auf«, ermahnte ihn Balbiani.

»Auf die Diebe?«

»Dass du nicht einfach wild drauflosredest, Bicicli! Heute hast du deine Haut noch gerade so eben gerettet!«

Der Nachtwächter entgegnete: »Aber –«

»Aber was?«

»Aber was habe ich denn damit zu tun? Die Namen der Diebe hatten Sie mir doch verraten.«

»Ich habe dir aber auch gesagt, dass du sie für dich behalten sollst.«

»Ja, aber –«

»Kein Aber, Bicicli. Reden wir Klartext. Wenn diese Geschichte rauskäme, weißt du, was dann passieren würde? Dann müsste ich dich rausschmeißen, weil keiner weiß, was er mit einem Nachtwächter anfangen soll, der seine Dienstzeit in der Osteria verbringt. Dann würdest du entlassen, und ich stünde als verdienter Mann da, der seine Pflicht getan hat. Ist das klar?«

Wenn es klar war, war es klar.

Aber Firmato wollte nicht hinnehmen, dass er als Trottel dagestanden hatte, und das noch vor Picchio, dem Maresciallo und dem Appuntato.

»Aber –«, versuchte er wieder.

»Jetzt reicht's, Bicicli!«, unterbrach der Bürgermeister.

Er solle jetzt nach Hause gehen und ein schönes Schläfchen halten, die Sache sei jetzt abgeschlossen.

Vielleicht für den Bürgermeister, dachte Bicicli, während er in seine Straße einbog. Aber er hatte ein Grimmen im Bauch, als hätte er Frösche gegessen.

49

Spitzen, Hütchen, Tücher und Ohrfeigen, in die Musik, die Gargassa der Montani vorgespielt hatte, war ein Misston geraten.

Die Ohrfeigen, die sie hatte einstecken müssen, weil …

»Sie werden den Grund erfahren«, seufzte der Appuntato.

Tatsache war, dass sich die Frau nach Ausstellung des Baumes im Schaufenster plötzlich anders benahm und der Maresciallo Coppi Verdacht schöpfte.

»Er vermutete, dass die Montani aus bestimmten Gründen dem Romeo etwas vormachte«, erklärte Marinara. Damit unterstellte er Coppi etwas, was dieser niemals laut gesagt hätte.

Anders könne er sich nicht erklären, fuhr der Appuntato fort, was an einem Morgen Mitte Februar in der Bar dort unten, im Café an der Anlegestelle, passiert war.

Gargassa war wohl ein wenig nervös. Es war ihm nicht entgangen, dass seine Schöne seit einiger Zeit die Dinge wieder auf die lange Bank schob, sie war einfach nicht mehr dieselbe wie noch ein paar Wochen zuvor.

Wutschnaubend wollte er sich nun den Maresciallo Coppi zur Brust nehmen. An der Bar!

Er näherte sich ihm, während dieser seinen Espresso trank.

»Entschuldigung, Maresciallo, aber ich würde Ihnen gern etwas sagen.«

Coppi hatte nicht mal die Zeit auszutrinken.

Unbeherrscht fragte Romeo, wieso vor zwei Wochen die ganze Angelegenheit geklärt gewesen sei, man jetzt aber beim sowjetischen Außenministerium einen Antrag einreichen müsse. Das sei doch ein unendlich langer Weg, der wahrscheinlich erst in zehn Jahren zum Erfolg führen würde.

Zuerst verschluckte sich Coppi an seinem Espresso.

Danach war er von so eisiger Ruhe, dass den Anwesenden kalt wurde. Mit dem Zeigefinger tippte er auf Gargassas Brust.

Er solle es nicht mehr wagen, ihn anzusprechen, und schon gar nicht in der Öffentlichkeit, denn Typen wie ihn empfinge er lieber in der Kaserne.

»Zweitens«, fuhr er fort, »musst du wissen, dass ich mich nicht im Geringsten für deine Liebesaffären interessiere. Ich bin kein Kuppler, sondern Maresciallo der Carabinieri. Und bald wird der Tag kommen, vielleicht bevor der Baum mit den Hütchen verblüht ist, an dem du das merkst!«

Diese Anspielung, dass die Ware womöglich aus fragwürdiger Quelle stammte, war für Gargassa gefährlich, die Luft war raus, und er verließ leise und unauffällig das Lokal.

Eine Woche später verpasste er der Montani mehrere Ohrfeigen und verschwand. Doch nur wenig später tauchte er wieder auf: Die Carabinieri von Montano Lucino hatten ihn erwischt.

»Wegen der Hütchen, was?«, fragte der Maresciallo Accadi lächelnd.

Jesus Maria!, rief Marinara in Gedanken aus. Und den hatten sie zum Maresciallo gemacht! Ihm musste doch klar sein, dass, wenn Gargassa wegen der Hütchen im Knast gelandet war, auch die Montani dran gewesen wäre? Wegen Hehlerei natürlich. O Maresciallo, diese Titten hatten ihm den Verstand geraubt!

»Nein«, antwortete er entschlossen, »es hatte mit Salami zu tun.«

»Ah!«, sagte Accadi. »Damit ist doch alles klar.«

»Wirklich?«

»Ganz bestimmt, man muss nur den Hahn suchen!«

»Was für einen Hahn?«

»Den Neuen, der Gargassas Platz im Hühnerstall der Montani eingenommen hat.«

»Und wer soll das sein?«

»Na, los, Appuntato …«

»Ja, Maresciallo.«

Coppi hatte die Sache abgeschlossen. Sollte die Montani doch sehen, wie sie klarkam. Er interessierte sich jetzt nur noch für –

»Den Weinberg, das habe ich kapiert, Sie haben es ja schon gesagt«, warf Accadi ein.

»Genau.«

»Deshalb wissen wir es nicht«, sagte der Maresciallo.

»Nein, aber ist das wirklich unsere Sache?«, wagte der Appuntato zu fragen.

50

Eigentlich war auch Picchio nicht ihre Sache. Aber Marinara hatte das Gefühl, dass es dahin kommen könnte.

Er war der Dümmste der drei. Die beiden anderen hatten wenigstens eine Halbtagsbeschäftigung. Eraldo Picchio dagegen war auf dem besten Weg, sich für einen echten Dieb zu halten, und lief direkt auf den Abgrund zu.

Er brauchte Arbeit. Aber er selbst würde im Traum nicht danach suchen.

Als Marinara das Büro des Maresciallo verlassen hatte, war er immer noch erleichtert. Er hatte schlimmen Ärger befürchtet, doch dann hatte ihm der Vorgesetzte nichts weiter verraten, als dass er scharf war wie Nachbars Lumpi.

Jetzt, da die Gefahr vorüber war, gab es allen Grund, in der Kirche eine Kerze anzuzünden. Eine gute Tat schien ihm angebracht.

Er hatte ein Protokoll vor sich liegen, denn zum x-ten Mal hatte der Carabiniere Flachis Angelo Bassi erwischt, den achtzehnjährigen Sohn des Cavaliere Eumeo Bassi, Direktor des Bauunternehmens gleichen Namens. Der Junge war ohne Führerschein im Auto seines Vaters gefahren.

Die Carabinieri von Bellano hatten bei den Ausschweifungen des Jungen nicht nur ein oder zwei, sondern mindestens hundert Augen zugedrückt. Er hielt sich anscheinend für unangreifbar, und alle Mahnungen, sich an die Vorschriften zu halten, waren ihm vollkommen wurst.

Aber jetzt war der Moment gekommen, dachte Marinara, ihm einen Teil der Rechnung vorzulegen und zu kassieren.

Das Büro des Cavaliere Bassi lag in der Via XX Settembre, ein kleines, dunkles Büro voll mit Lageplänen und Zeichnungen, in dem zwei alterslose, bleiche und gebeugte Geometer arbeiteten, die aus einem Roman des neunzehnten Jahrhunderts zu stammen schienen.

Als Bassi senior den Appuntato sah, begriff er sofort, was Sache war.

»Ich will nichts davon hören, Appuntato«, meinte er seufzend.

»Ich sage es Ihnen dennoch, Cavaliere, ich muss es tun«, meinte Marinara seufzend. »Fahren ohne Führerschein, zum dritten Mal in zwei Monaten.«

Bassi saß an seinem Schreibtisch, die Ärmel hochgekrempelt, die Brille auf der Stirn.

Er wurde rot.

»Soll ich ihn umbringen?«, fragte er.

»Lassen Sie ihn arbeiten. Wenn er müde ist, wird ihm die Lust vergehen, Dummheiten zu machen.«

Der Bauunternehmer lachte nur. »Glauben Sie, das hätte ich nicht schon versucht?«

Dieser Sohn war wirklich eine Krankheit. Auf den Baustellen verdarb er die Maurer, und hier im Büro war er eine solche Plage, dass die beiden Geometer ihren Chef gebeten hatten, sie zu verschonen.

»Und was sagt der Maresciallo?«, fragte er und zeigte auf das Protokoll.

»Er weiß es noch nicht«, erklärte Marinara.

»Umso besser, der scheint mir ein harter Knochen zu sein.«

»Also –«

»Also, was machen wir jetzt?«

Marinara breitete die Arme aus.

»Sagen Sie es ruhig, keine Hemmungen«, sagte der Bauunternehmer mit Nachdruck, »wenn Sie eine Lösung wissen, würde ich Ihnen umsonst eine Wohnung zur Verfügung stellen.«

Er habe schon eine, sagte der Appuntato entschuldigend.

»Was mir helfen würde, wäre ein Arbeitsplatz.«

»Für Sie?«

»Nein, für einen Jungen. Ich muss ihn von der Straße holen.«

Der Cavaliere dachte nach. »Eigentlich haben wir genug Mitarbeiter.«

Marinara lächelte.

»Aber einen kleinen Posten könnte ich schon finden. Wenn Ihr Schützling bereit ist, sich anzupassen …«, sagte Bassi und kratzte sich am Kinn.

»Er wird sich fügen.«

»Also, ich habe eine Baustelle, in den Bergen, wir haben da gerade angefangen, in der Nähe von Mornico –«

»Angenommen«, sagte Marinara.

»Und das Protokoll?«

»Welches Protokoll?«

Die beiden grinsten sich an.

»Hoffen wir, dass es das letzte Mal ist«, sagten sie gleichzeitig.

51

Im Haus Pochezza klingelte das Telefon.

Die Zeitung, dachte Eugenio.

Es war jedoch der Maresciallo.

Der forderte ihn in honigsüßem Ton auf, sich schleunigst in der Kaserne einzufinden.

»Das ist unmöglich«, entgegnete Eugenio sofort.

Unmöglich, weil dies der Tag war, an dem seine Mutter zur Masseurin ging, zum ersten Mal nach einer zweimonatigen Pause. Ende Juni nämlich hatte Eutrice einen kleinen Schlaganfall erlitten. Es sei nur eine kleine Sache, hatte der Doktor versichert. Ein paar Wochen blieb die Frau im Bett, etwas dumpf im Kopf, doch der Arzt versicherte, dass sie bald die akute Phase hinter sich hätte. Auch im vierten und fünften Finger der linken Hand würde sie bald wieder etwas spüren. Das sei in ihrem Alter kein zu hoher Preis. Aber um kein Risiko einzugehen, hatte er ihr auferlegt, in der nächsten Zeit zu Hause zu bleiben, kein Frisör, kein Priester, keine Masseurin. Nach Ende des Sommers erklärte Eutrice ihm höchstpersönlich, jetzt sei sie bereit, ihr früheres Leben wieder aufzunehmen. Der Arzt untersuchte sie und erlaubte ihr, vorsichtig wieder anzufangen.

»Die Masseurin ist das Wichtigste«, habe er gesagt, damit sie ihre Knochen überhaupt noch mal richtig bewegen könne.

Jetzt sei Eutrice endlich wieder auf den Beinen.

Und so müsse der Maresciallo einsehen, dass er an diesem Morgen nicht –

Er sehe gar nichts ein, unterbrach ihn Accadi.

In hartem, strengem Ton. Wie ein Carabiniere.

Als Eutrice hörte, dass ihr Sohn gleich in die Kaserne gehen musste, sagte sie nichts. Aber sie tat, als wischte sie sich eine Träne ab.

Sie habe gewusst, dass sich ihr Sohn mit seiner Manie, unbedingt als Journalist zu arbeiten, früher oder später in die Nesseln setzen würde, sagte sie dann.

Immer sieht sie alles schwarz, dachte Pochezza, als er in die Kaserne eilte.

Aber was war eigentlich passiert? Was hatte er getan?

Nichts, soweit er wusste.

Doch der Ton des Maresciallo, sein sizilianischer Akzent, rau, ungehobelt, drohend, als er ihm gesagt hatte: »Keine Geschichten, ich erwarte Sie hier«, mein Gott, das hatte ihm schon einen Stich im Magen versetzt.

Nachdem er sich dem Maresciallo gegenüber hingesetzt hatte, genügte Pochezza allerdings ein Blick, um festzustellen, dass er nichts zu befürchten hatte. Die Eitelkeit dieses Mannes war unübersehbar, es gefiel ihm einfach, dass man ihm gehorchte, so als hätte er das Kommando nicht nur in der Kaserne, sondern überall im Ort.

»Bravo«, sagte der Maresciallo umgänglich, freundlich, befriedigt.

Er erklärte, er wolle ihn auf den neuesten Stand der Ermittlungen bringen.

Dann tischte er ihm die mit Balbiani abgestimmte Version auf.

Pochezza atmete erleichtert auf.

»Sie können auch schreiben, dass Diebe es hier in Bellano schwer haben«, schlug der Maresciallo vor.

Damit wäre dann auch der Capitano Collocò zufriedengestellt.

Doch …

Eugenio Pochezzas Miene verdüsterte sich.

Der Maresciallo senkte die Stimme, Falten erschienen auf seiner Stirn.

Hatte er ihm nur ein Zuckerbrot gereicht, um gleich wieder die Peitsche zu bedienen?

»Dann?«, fragte Pochezza erschrocken.

Der Maresciallo bedeutete ihm mit der Hand, leiser zu sprechen, wie er selbst.

Er musste ihn nämlich etwas fragen. Vertraulich, und er wollte auch eine Antwort, ebenfalls vertraulich. Die Sache müsste unter ihnen bleiben, die Kaserne, die Carabinieri und die Armee hätten damit nichts zu tun.

»Wenn es mir möglich ist, Maresciallo.«

»Ihr Journalisten wisst doch immer alles.«

»Eigentlich eher die Carabinieri.«

Accadi lächelte. »Aber nein«, sagte er und beugte sich vor. »Können Sie mir vielleicht sagen, wer im Moment der Liebhaber der Signora Montani ist?«

Pochezza starrte ihn an und sagte nichts. »Ich kenne sie kaum«, antwortete er schließlich.

Accadi runzelte die Stirn. Dann nahm er wieder die Haltung eines Kommandanten ein. »Also gut«, sagte er. »Dann heißt das, ich muss es selbst herausfinden.«

»Aber warum?«, fragte Eugenio. »Hat sie etwas angestellt?«

»Ihr Journalisten seid immer neugierig, stimmt's?«

»Na ja, wir …«

»Jedenfalls vielen Dank«, schloss Accadi.

»Wollen Sie mir nichts verraten?«, fragte Eugenio.

»Alles zu seiner Zeit«, sagte der Maresciallo päpstlich. Alles zu seiner Zeit.

52

Der Artikel erschien.

Und nachdem Bicicli ihn gelesen hatte, beschloss er, zukünftig nicht nur auf Wein und Cognac, sondern auch auf Kaffee zu verzichten.

Eines Abends hatte ihn der Wirt der Osteria del Ponte nach den Ereignissen gefragt. Am Ende wollte er noch wissen, ob die drei Diebe wirklich drei gewesen seien oder ob ihm das nur so vorgekommen sei, in Anbetracht des Zustands, in dem er das Lokal verlassen habe.

Der Wirt hatte ziemlich laut geredet, und so erhob sich ein gewaltiges Gelächter.

Bicicli hatte den Kaffee stehen lassen und war aus dem Lokal gelaufen, so schämte er sich. Hätte er einen der drei erwischt, hätte er ihn erwürgt. Und wenn er hätte wählen können, hätte er am liebsten dem Picchio den Hals umgedreht.

Ende September gab es schöne Sonnenuntergänge. Es waren die letzten lauen Tage eines Sommers, der sich bis Anfang Oktober hinzog. Dann verschwand er über Nacht. Wolken erschienen am Himmel. Es regnete. Prasselnder Regen. Niemand mochte ihn. Am wenigsten Bicicli, der in den feuchten Nächten fast aufweichte, von Scham über das Vorgefallene geplagt und mit dem Wunsch, sich zu rächen.

Es waren trübsinnige Nächte. Und der Nachtwächter hatte traurige Wahnvorstellungen, besonders die, der einzige Überlebende in einem Totenreich zu sein. Um sich von dem Gedanken zu befreien, flüchtete sich Bicicli ab und zu in die Bäckerei der Gebrüder Scaccola. Die Wärme und der Brotgeruch taten ihm gut. Aber kaum war er ein paar Minuten dort, kam ihm der Gedanke, dass irgendwo jemand seine Abwesenheit ausnutzen könnte. Es fehlte noch, dass er neue Scherereien bekam!

Dann ging er wieder nach draußen und verfluchte das Wetter und alle Gauner.

Im Lauf einer dieser Nächte begegnete er auf der Straße Picchio.

Es geschah in der Via Manzoni, wo der Nachtwächter pro Schicht mindestens zehnmal auf und ab ging.

Picchio war auf dem Nachhauseweg. Es war gerade ein Uhr. Er bemerkte den Nachtwächter nicht, der an der Mauer lehnte.

Als Picchio die Tür zu seinem Haus passiert hatte, blieb Firmato noch ein paar Minuten reglos stehen.

Vielleicht war das Glück auf seiner Seite, überlegte er. Er durfte sich nicht hinreißen lassen, nur warten und die richtige Gelegenheit nutzen, wenn sie sich bot.

Seither überwachte er die Via Manzoni noch genauer, und noch mehrere Male sah er Picchio nach Hause gehen.

An seinem Verhalten war im Grunde nichts Verdächtiges. Allerdings war es merkwürdig, dass er zu so später Stunde nach Hause kam, ungewöhnlich für jemanden, der morgens um sechs aufstehen und den ganzen Tag die Maurerkelle schwingen musste.

Mehrmals war Bicicli versucht, mit jemandem darüber zu sprechen, mit dem Bürgermeister oder dem Appuntato. Er hatte dieser Versuchung aber noch nicht nachgegeben. Er wusste, dass sie ihm sagen würden, er solle sich um seine eigenen Angelegenheiten kümmern. Außerdem würden sie ihm sagen, dass kein Gesetz es verbot, um ein oder zwei Uhr nachts nach Hause zu kommen, oder wann immer es einem passe.

Und damit hätten sie recht.

So behielt er seine Beobachtungen für sich.

Doch eines Nachts Ende Oktober hatte er den Eindruck, dass die lang erwartete Gelegenheit endlich gekommen war.

53

Der Laden der Montani befand sich an der Kreuzung zwischen zwei Straßen des alten Ortskerns.

Der Eingang lag an der Via Manzoni. An der anderen Straße, der Via Boldoni, gab es noch einen privaten Eingang, der zuerst in einen kleinen Lagerraum führte. Von da aus gelangte man über eine Wendeltreppe ins Liebesnest der Hutmacherin. Die beiden Zimmerchen hatten alles gesehen, was Gargassa tat, und auch oft heiße Ware beherbergt.

Die Gestalt, die Bicicli in jener Nacht sah, fummelte am Eingangsschloss an der Via Boldoni herum. Es war gegen zwei Uhr, es regnete und war windig. Der Nachtwächter ging inzwischen zum x-ten Mal durch die Via Manzoni und sprang von Tür zu Tür, um in Deckung zu bleiben. Als er den Schatten bemerkte, kam er gerade aus dem Hof der Familie Adamoli. Hier lag die Werkstatt eines Tischlers, der die Einstellung des Nachtwächters unterstützt hatte. Bicicli verschwand wieder im Torbogen und streckte nur den Kopf ein wenig vor. Wer es war, konnte er nicht sehen, denn der Mann drehte ihm den Rücken zu.

Aber dass es sich um einen Dieb handelte, daran hatte Bicicli keinen Zweifel. Von seinem Platz aus hörte er ein metallisches Geräusch; ganz sicher brach der Mann die Eingangstür auf. Auch das Keuchen, das zwischen den Windstößen, die über das Land fegten, zu hören war, machte ihn misstrauisch.

Im nächsten Augenblick verschwand der Dieb. Bicicli sah noch, wie er die Tür öffnete, nur einen kleinen Spalt, und hineinging. Dann sah und hörte er nichts mehr.

Da haben wir's, sagte sich der Nachtwächter.

Jetzt war der Augenblick gekommen, zum Angriff überzugehen. Aber plötzlich hielt er inne.

Er wog das Für und Wider ab.

Wenn es nun zwei oder drei Diebe waren wie beim letzten Mal? Wenn sich hier im Dunkeln ein Kumpel versteckt hatte, der im Notfall sofort herbeistürzte?

Lohnte es sich, schon wieder in eine beschissene Lage zu geraten und dann wie ein Idiot dazustehen?

Nein, sagte sich Bicicli und trat wieder in den Torbogen zurück.

Er musste sich etwas anderes ausdenken. Und das schnell, bevor derjenige oder diejenigen ihren Coup ausführen konnten, hier, vor seiner Nase.

Die Carabinieri, dachte Firmato.

Die Kaserne war nur ein paar Schritte entfernt. Es war das Beste, was er tun konnte, sie gleich zu alarmieren und mit Verstärkung wiederzukommen.

Der Carabiniere Flachis, der Nachtdienst hatte, kriegte kaum den Mund auf.

Bicicli hatte es eilig: Diebe im Laden der Montani.

»Wie viele?«

Weiß ich nicht. Einer bestimmt. Aber es könnten auch zwei sein, vielleicht drei. Deshalb sei er ja zu den Carabinieri gekommen. Man musste sich sputen. Jede Sekunde Zögern war ein Geschenk an die Übeltäter.

Ohne weiter nachzufragen, ging der Carabiniere mit Bicicli mit, allerdings leicht besorgt, denn er verließ ja seinen Posten, und damit war die Kaserne unbewacht. Doch dies war ein Notfall, der Maresciallo hätte sicher Verständnis.

Heimlich betraten sie den Laden.

Dort war niemand.

»Sch!«, machte Flachis und wies mit dem Finger Richtung Obergeschoss.

Beide lauschten.

Man hörte gedämpfte Geräusche, als bewege sich jemand vorsichtig vorwärts.

Bicicli zeigte an die Decke. Der Carabiniere bedeutete ihm, er habe begriffen.

Bevor sie losgingen, zogen sie ihre Schuhe aus.

Vorn der Carabiniere, dahinter Bicicli.

Als sie das Halbgeschoss erreicht hatten, stellten sie fest, dass das erste Zimmer leer war.

Die Geräusche kamen aus dem anderen. Durch die Tür drang auch ein schwacher Lichtschein.

Der Carabiniere wies mit dem Zeigefinger auf die Zimmertür. Das hieß, hier können die Diebe nicht mehr entfliehen. Das Zimmer hatte nämlich keine Fenster.

»Bei drei geht's los«, flüsterte Flachis.

»In Ordnung«, hauchte Bicicli.

Eins.

Zwei.

Drei.

Sie drangen ins Zimmer.

Sie machten das Licht an.

Das Erste, was sie deutlich erkannten, waren zwei milchig weiße Hinterbacken, die einem Mann gehörten, der über dem Körper von Anna Montani kniete und Champagner schlürfte, den er gerade in ihren Nabel gegossen hatte.

Der Carabiniere Flachis sah auch eine Schachtel Löffelbiskuits auf einer kleinen Kommode neben dem Bett.

Er nahm die Mütze ab und pfiff. »Löffelbiskuits und
Champagner«, rief er, »eine erlesene Köstlichkeit!«

54

Seine Mutter Eutrice bat Eugenio, sie zur Ausstellung der
Spitzen, Hütchen und Tücher zu begleiten.

Eine seltsame Sache, ein außergewöhnliches Ereignis!

Eutrice Denti sah im Allgemeinen auf die ortsansässigen
Ladenbesitzer herab und kaufte alles möglichst außerhalb.
Aber bei dieser Gelegenheit hatte die Alte ihrer Neugier nachgegeben. Zu Hause redeten die Köchin, vor allem aber das
Mädchen, das mit ihr Karten spielte, über nichts anderes als
über den Baum der Montani, wie schön, originell und geist-
voll er sei, mit den Tüchern, die in der Luft eines Ventilators
schwebten und aussahen wie Blätter, die gleich von den Zweigen herabfallen …

Sie ging also am Arm von Eugenio dorthin.

Als sie den Laden betrat, waren schon fünf andere Frauen
da, die miteinander plauderten und dabei Hütchen und Tücher anprobierten. Als sie die Denti sahen, verstummten die
Gespräche wie durch Zauber.

Der Montani wurde ganz unwohl.

Was bedeutete dieses plötzliche Schweigen?

Es ist ein Wunder, flüsterte ihr eine ins Ohr. Und unter dem
Vorwand, sie wolle im Lager nach Stoffresten suchen, ging sie
mit der Montani nach hinten und erklärte ihr, was es für eine
Ehre sei, dass Eutrice Denti in ihren Laden gekommen war.

Die Montani kam in der festen Absicht zurück, mit der Alten ein gutes Geschäft zu machen. Stattdessen machte sie Eindruck auf Eugenio. Während seine Mutter die Waren betrachtete und anprobierte, begann er, der Frau den Hof zu machen.

Die Hutmacherin sah sich den jungen Mann genauer an. Er schien bedeutend zu sein, solide und wohlhabend.

Es endete damit, dass die Montani Signora Eutrice beschwatzte, zehn Hütchen mit nach Hause zu nehmen, um sie dort in Ruhe anzuprobieren. Eugenio ließ sich ködern und versprach beim Abschied, er würde das, was seine Mutter nicht haben wolle, so bald wie möglich zurückbringen.

Eutrice hatte offenbar etwas gespürt und machte zu Hause eine entsprechende Bemerkung. »Das scheint auch eine von denen zu sein«, sagte sie über die Montani.

Eugenio zuckte nicht mit der Wimper und hörte sich das Urteil der Mutter in Ruhe an. Er wusste genau, dass es keinen Sinn hatte, ihr zu widersprechen.

Aber er dachte nicht daran, sich die schöne Hutmacherin entgehen zu lassen.

Da er Journalist war, kam er auf die Idee, ihr ein Briefchen zu schreiben.

Er beließ es bei allgemeinen Bemerkungen. Er dankte ihr für die Freundlichkeit im Umgang mit seiner Mutter und schloss mit dem Wunsch, sie bald wiederzusehen.

Nachdem die Montani das Briefchen erhalten hatte, antwortete sie eilig, es sei eine Ehre für sie, Signora Eutrice zu bedienen. Auch sie schloss damit, dass sie sich freuen würde, wenn sie sich bald wiedersähen.

Eine Weile ging der Briefwechsel weiter und wurde mit der Zeit immer intimer und detaillierter, war voll vertraulicher Hinweise und Anspielungen.

Eines schönen Tages fragte Eugenio sie schriftlich, ob sie sich nicht unter vier Augen sehen, also eine Verabredung treffen könnten. »Jederzeit, wenn Ihnen der Sinn danach steht und es Ihre Zeit zulässt«, beendete er kunstvoll den Brief.

Inzwischen hatte die Montani beschlossen, Gargassa fallen zu lassen; im vergangenen Monat hatte sie ihn im Zaum gehalten, indem sie ihm eine Lügengeschichte nach der anderen auftischte.

Was konnte Romeo tun? Er nahm die Abfuhr hin und verkündete, bevor er sie mit Ohrfeigen traktierte, dass für Schlampen ihrer Art selbst ein Bordell zu schade wäre.

Da Anna Montani nun also frei war, antwortete sie auf Pochezzas Brief.

Sie würde ihn sehr gerne sehen, ausgesprochen gern!

Aber nicht sofort, schrieb sie. Er müsse noch etwas Geduld haben, bis sie sich von einer bösen Grippe erholt habe, die sie zur Bettruhe zwinge. Sie könne nicht einmal in den Laden hinuntergehen.

»Einverstanden«, antwortete Pochezza.

Und wünschte ihr schnelle Genesung.

55

Am nächsten Morgen konnte der Carabiniere Flachis es kaum erwarten, dass der Appuntato in die Kaserne kam. Er stellte sich ans Fenster, und als er ihn auf dem Fahrrad über die Straße kommen sah, ging er zur Eingangstür und erwartete ihn.

»Appuntato, ich muss mit Ihnen sprechen«, entfuhr es ihm.

»Was ist?«, fragte der, »musst du schon wieder pinkeln?«
Flachis hatte keine Zeit für Scherze. »Es ist der Hammer!«
Der Appuntato saß noch auf dem Sattel und entschloss
sich, nicht abzusteigen.

»Eine unglaubliche Geschichte«, sagte Flachis bedeutsam.

»Dann los.«

»Nein, nicht hier«, wandte der Carabiniere ein.

Als sie im Büro des Appuntato waren, berichtete Flachis
alles detailgetreu und stellte sogar Teile der Ereignisse schau-
spielerisch dar.

»Was sagen Sie dazu?«, fragte er schließlich.

»In welcher Hinsicht?«, erwiderte der Appuntato.

»Muss ich das dem Maresciallo erzählen?«

»Dem Maresciallo? Auf keinen Fall!«, stieß Marinara hervor.

»Und wenn er es doch erfährt?«

»Was? Wer soll ihm das denn erzählen, wenn du und ich
die Klappe halten? Der mit den dicken Arschbacken? Oder
die mit dem Champagner im Nabel? Oder vielleicht Bicicli,
um Eindruck zu machen und dann entlassen zu werden? Sei
bloß still, hör auf mich!«

»Zu Befehl, Appuntato«, meinte Flachis grinsend. »Natürlich ist –«

»Was?«

»Nein, ich meine nur … Sie wussten es –«

»Was wusste ich?«

»Dass der Pochezza –«

»Jetzt weiß ich es«, schnitt Marinara ihm das Wort ab und
dachte, dass das Mosaik bald vollständig wäre.

Signora Eutrice nämlich hatte Anfang Oktober einen zweiten Schlaganfall erlitten, den sie auch überstanden hatte, aber
diesmal nur schlecht.

»Sie verlässt das Haus nicht mehr«, hatte Marinaras Frau ihm gesagt, die ihn über alles, was am Ort passierte, genauestens auf dem Laufenden hielt.

Signora Eutrice ging weder zum Friseur noch zur Masseurin. Und der Pfarrer kam zu ihr, nahm ihr die Beichte ab und erteilte ihr die Kommunion.

Sie konnte sich kaum noch auf den Beinen halten, und die Montani bereitete sich auf die endgültige Eroberung Pochezzas und seines Vermögens vor. Verständlich, oder?

»Dann gehe ich mich hinlegen«, sagte Flachis und unterbrach damit den Gedankengang des Appuntato.

»Gute Nacht«, sagte er.

Dann dachte er allein weiter über das nach, was Flachis ihm erzählt hatte.

Erstens: Was hatte Picchio um zwei Uhr morgens draußen zu suchen? In was für ein Unglück stürzte er sich da wieder? Gab es denn kein Mittel, ihn zur Vernunft zu bringen?

Zweitens: Musste man dem Maresciallo mitteilen oder nicht, dass der Liebhaber der Montani dieser lästige Pocchezza war?

Drittens: Lohnte es sich, die schöne Hutmacherin zu warnen, dass sie sich, wenn sie mit dem feurigen Maresciallo ihr Spielchen trieb, am Ende schlimm die Finger verbrennen würde?

Als Accadi nach unten kam, das Haar mit Pomade geglättet, hatte der Appuntato noch auf keine der drei Fragen eine Antwort gefunden.

Um noch eine Weile seine Ruhe zu haben, teilte er seinem Vorgesetzten mit, er müsse auf die Post und dann ins Rathaus, um dort um Kopierpapier und Kuverts zu bitten.

»Kuverts?«, fragte der Maresciallo.

»Die, die wir hatten, wurden alle schon mehrfach verwendet«, erklärte Marinara.

»In Ordnung, in Ordnung«, sagte der Maresciallo nachdenklich. »Aber …«, fügte er hinzu.

Marinara, der schon gehen wollte, blieb stehen und fürchtete, dass Accadi ihn mit seinem Geschwätz aufhalten würde.

»Haben wir in der Kaserne ein Buch über Zivilrecht?«, fragte der Maresciallo.

Aber selbstverständlich!

Marinara lief, war im Nu zurück und reichte dem Vorgesetzten ein staubiges Buch, in das noch nie jemand hineingeschaut hatte.

56

Den zweiten Schlaganfall erlitt Eutrice Denti drei Tage nach ihrem Namenstag.

Dass es eine Heilige mit ihrem Namen gab, wusste nur sie.

Jedenfalls hatte sie den Tag auf den 12. Oktober festgelegt, und diesen Tag hatte die ganze Familie einschließlich der Bediensteten stets respektiert.

Eugenio wollte der Mutter zu dieser Gelegenheit ein Nachthemd schenken. Diese Ausrede nutzte er, um etwas Zeit in Gesellschaft der Montani zu verbringen, und dabei machte er ein paar Andeutungen über sein nicht immer einfaches Privatleben.

Die Hutmacherin ergriff die Gelegenheit beim Schopf.

Sie sah ihn bestürzt, erschüttert, ja, deprimiert an.

Was hatte er denn, was ihm so zu schaffen machte?

»Da gibt es in der Tat etwas«, sagte er und lächelte bitter.

»So dürfen Sie doch nicht reden, ein so gut aussehender junger Mann.«

»In kurzer Zeit werde ich ganz schön alt sein und habe nichts vom Leben gehabt –«

»Wem sagen Sie das –«

»Geht es Ihnen genauso?«

»Die Wohnung und die Arbeit, sonst nichts.«

Während sie so redeten, sahen sie sich ununterbrochen tief in die Augen. Als dann schließlich die Schachtel mit dem Nachthemd eingepackt war und Pochezza nichts übrig blieb, als zu gehen, verabschiedeten sie sich mit dem Versprechen, sich so bald wie möglich wiederzusehen, ihr tiefsinniges Gespräch wieder aufzunehmen und sich gegenseitig zu trösten.

Eutrice läutete noch einmal die Alarmglocke.

Während sie das Paket öffnete, fragte sie: »Stammt das etwa von der da?«

Eugenio log und sagte, er habe es anderswo besorgen lassen. Aber ihm wurde klar, dass er sehr darauf achten musste, was er tat. Seine Mutter kannte keine Gnade, und ein weiterer Hirnschlag war bei ihrem schwachen Kreislauf jederzeit möglich. Es fehlte nur, dass sie alle Güter der Kirche oder dem Hospiz vermachte; damit hatte sie ihm schon öfter gedroht und dabei seltsam gelächelt.

Nachdem sie so leidenschaftliche Worte gewechselt und sich verschleierte Versprechen für die Zukunft gegeben hatten, rechnete die Montani damit, ihn bald wiederzusehen, wenn nicht am Tag des Einkaufs, so doch wenigstens am nächsten. Aber nichts geschah, und da wurde sie nervös und machte sich Gedanken.

Sollte vielleicht auch diese Geschichte ein ungutes Ende nehmen? War es nicht genug, in diesem grässlichen, weit abgelegenen Kaff geboren zu sein? Reichte es nicht, dass sie Dienstmädchen gewesen war, einen Mann geheiratet hatte, der in Russland verschollen war, und sich die Ohrfeigen von Gargassa eingefangen hatte? Nein, das Schicksal wollte ihre Pechsträhne wohl noch verlängern.

Was hatte sie nur Schlimmes getan, dass sie nichts als Fußtritte abbekam? Hatte sie zu viel verlangt?

Nein, sie wollte nur das, was alle oder die meisten Menschen hatten, sie wollte ein normales Leben führen.

Das war es doch, oder?, fragte sie sich eines Abends erbittert.

Dann nahm sie Papier und Stift und begann zu schreiben.

Wenn er aus irgendeinem Grund verhindert sei, sie an diesem Tag zu sehen, so teilte sie Eugenio mit, stünde ihnen ja immer noch die Nacht zur Verfügung.

Eugenio antwortete und bat darum, den zwangsläufig unverständlichen Satz zu erklären.

Die Montani antwortete umgehend.

Das Zwischengeschoss, die beiden Zimmerchen über dem Laden. Separater Eingang und auch diskret, denn an dieser Stelle gebe es keine Laternen.

Eugenio Pochezza verstand den Wink.

Einverstanden, antwortete er, genau an dem Tag, an dem seine Mutter von ihrem zweiten Hirnschlag heimgesucht wurde.

57

Von den drei Fragen, die er sich gestellt hatte, wollte der Appuntato vor allem die erste beantwortet wissen.

Deshalb machte sich Marinara nach der Post und vor dem Rathaus in die Via Manzoni auf und ging zum Haus von Picchio.

Angelina empfing ihn auf die übliche Weise.

In der Wohnung herrschte ein Geruch, den der Appuntato sich mit nichts anderem als Feuchtigkeit erklären konnte. Die Luft war schwerer als draußen, sie schien von unsichtbaren Wasserpartikeln durchdrungen.

»Und unser junger Mann?«, fragte er.

Bevor Angelina antwortete, griff sie nach einer Zigarette, die sie auf dem Spülstein abgelegt hatte, und nahm einen tiefen Zug. »Er schläft«, antwortete sie dann und verpestete das Zimmer mit dem Geruch ihrer filterlosen Zigarette.

Der Appuntato wurde wütend. »Was soll das denn heißen«, schrie er. »Ich habe ihm eine tolle Arbeit besorgt, und er ist schon wieder rausgeflogen?«

Angelina verzog keine Miene. Sie nahm einen neuen Zug und ließ die Zigarette weiterschwelen, bis sie sich die Finger verbrannte. Dann warf sie die Kippe ins Spülbecken. »Nein«, antwortete sie. »Sie haben wegen dem schlechten Wetter die Baustelle in Mornico zugemacht. So bald wie möglich fangen sie wieder an und holen ihn.«

Marinara beruhigte sich. »Ich wollte schon sagen«, bemerkte er.

Aber die Auskunft, die er wollte, hatte er noch nicht.

»Können Sie mir vielleicht sagen, warum er sich um zwei Uhr morgens im Ort herumtreibt?«

»Weiß ich nicht«, antwortete Angelina. »Vielleicht geht er abends in die Bar Roma und spielt Billard.«

»Ja. Vor allem, wo die Bar Roma um Mitternacht schließt. Und dann?«

Die füllige Angelina gab sich geheimnisvoll wie eine Sphinx. »Was danach ist, weiß ich nicht.«

Der Appuntato betrachtete, was er vor sich hatte: eine Mauer aus Fett und Schweigen. Seine Fragen prallten an ihr ab. »Kann ich Ihnen etwas sagen?«, fragte er mit leichter Ironie im Ton.

Angelina sah ihn wortlos an.

»Richten Sie ihm von mir aus, dass es sehr gefährlich für ihn werden kann, um diese Zeit herumzustreunen. Haben wir uns verstanden?«

Sie senkte die Lider. »Aber wenn er jetzt doch schläft«, erwiderte Angelina.

»Also sagen Sie es ihm, wenn er aufwacht, klar?«, entgegnete Marinara verdrossen, und dann ging er, ohne zu grüßen und die Tür zu schließen.

58

Auch wenn er sie nicht umgebracht hatte, so war Eutrice Denti nach dem Schlaganfall Nummer zwei doch stark beeinträchtigt.

Den Tag über beschäftigte sie sich nun mit den tausend im Lauf ihres Lebens angesammelten Gegenständen in ihrem Heim und erzählte mit erstaunlicher Klarheit, was es mit jedem von ihnen auf sich hatte. Das Unglück begann, als sie die endlose Fotogalerie von bereits Verstorbenen besichtigte und wütend wurde, wenn ihr die Köchin, das Dienstmädchen oder Eugenio nicht erklären konnten, warum dieser oder jener Tote sie nicht besucht hatte oder ihrer frei erfundenen Einladung zum Mittagessen nicht gefolgt war.

Am Tag ging es ja noch. Sie waren zu dritt im Haus, bemühten sich um sie, hörten ihr zu und kümmerten sich um sie. Aber abends und nachts war Eugenio mit ihr und ihren absurden Behauptungen allein, noch dazu besessen von dem Gedanken an die Montani, der er geschrieben hatte, sie solle wegen der Krankheit seiner Mutter noch etwas Geduld haben. Er begriff bald, dass es so nicht weitergehen konnte.

Also bat er den Arzt um Rat, der ihr Tropfen verschrieb.

Kampfer, zehn Tropfen, zwei- oder dreimal am Tag.

Sie halfen.

Zehn Tropfen verwandelten die Mutter in eine Art gehorsame Marionette, man musste nur an den Fäden ziehen, und sie folgte brav.

Fünfzehn versetzten sie in eine Art Starre. Es war kein richtiger Schlaf, aber man musste sie zwei- oder dreimal rufen, bevor man eine Antwort bekam. Gab man ihr zwanzig Tropfen, schlief die Mama tief und fest, bis sie wieder aufwachte, ihren Sohn rief und fragte, wo ihr Mann sei.

Zweiundzwanzig, dreiundzwanzig …

Eines Abends wollte Eugenio es mit fünfundzwanzig Tropfen versuchen. Danach saß er am Kopfende des Bettes und sah zu. Gegen drei Uhr nachts schlief Eutrice immer noch und schnarchte wie ein Bauarbeiter. Dann überließ auch er sich dem Schlaf.

Am folgenden Abend versuchte er es noch einmal, und um ganz sicher zu sein, auch am Abend danach.

Als er überzeugt war, dass nach fünfundzwanzig Tropfen

nicht einmal Kanonen die Mutter wecken konnten, schrieb er der Montani.

Sie antwortete, dankte dem Himmel, dass der Moment endlich gekommen war, und erklärte ihm, wie er am besten in ihre Zimmerchen kam.

59

Als Picchio aufwachte, roch es penetrant nach Zwiebeln. »Was ist los?«, fragte er und gähnte.

Aber er kannte die Antwort schon.

»Mittagessen, Zwiebelsuppe«, brummte seine Mutter.

Der Junge fluchte. Angelina reagierte nicht. Sie wusste, dass es sinnlos war, Moralpredigten zu halten, auch gegen das Laster, dem Eraldo seit kurzer Zeit anheimgefallen war.

Ohne sich zu waschen, zog sich Picchio an. Dann kramte er in einer Hosentasche und warf eine Handvoll Geld auf den Tisch. »Heute Abend essen wir Fleisch«, sagte er.

Angelina sah auf das Geld, zerknüllte Tausenderscheine. »Wo hast du das her?«, fragte sie.

»Da, wo ich es herhabe.«

Die Frau seufzte, sie war an diese Antworten, die nichts erklärten, schon gewöhnt.

»Der Appuntato war hier«, sagte sie.

»Wann?«

»Vorhin.«

»Na und?«

»Er hat gesagt, ich soll dir sagen, dass es gefährlich ist, sich um zwei Uhr nachts draußen herumzutreiben.«

»Ach ja?«

144

Angelina stützte die Hände in die Hüften. »Was machst du denn um diese Zeit da draußen?«

»Nichts weiter«, sagte Picchio und zuckte mit den Schultern.

»Das ist keine Antwort«, protestierte die Frau.

»Geh Fleisch kaufen«, sagte Picchio, damit sie den Mund hielt.

60

Der Maresciallo Accadi merkte nicht, dass Marinara in die Kaserne zurückkam.

Er war hoch konzentriert, denn er resümierte gerade, was er beim Lesen der Akten über Raimondi und beim Durchackern des Zivilgesetzbuchs begriffen hatte.

Das Ergebnis war niederschmetternd, denn wegen der vergangenen Zeit war es beunruhigend einfach, einen Weg aus diesem Gestrüpp zu finden. Es war nicht nachzuweisen, dass Raimondi desertiert war. Und in jedem Fall war das Delikt verjährt. So brauchte man jetzt nichts anderes als eine Erklärung vom Militärdistrikt in Como, dass er unauffindbar sei; mehr war nicht notwendig, um ihn für tot erklären zu lassen.

Ein Kinderspiel. Die Hutmacherin würde es ihm, so dachte der Maresciallo, mit nicht mehr als zwei Küsschen abgelten. Dabei wollte er viel mehr. Deswegen musste er, so sagte er sich, stark übertreiben, sich unentbehrlich machen.

Er könnte ihr zum Beispiel zu verstehen geben, dass er mit einem Freund beim Distrikt reden und sich dabei für sie einsetzen würde und so dazu beitragen könnte, dass die Sache eine entscheidende Wende nähme …

Als Accadi im Laden der Hutmacherin erschien, war dort einiges los. Der Maresciallo warf der Montani einen vielsagenden Blick zu: Er müsse sie unbedingt sprechen.

Die Frau kam auf ihn zu. »Womit kann ich Ihnen dienen?«, fragte sie und lächelte.

»Ich habe Neuigkeiten«, sagte er.

»Gute oder schlechte?«

Ängstlich, beinahe erschrocken.

Die Geschichte mit Pochezza lief inzwischen auf vollen Touren, und es sah ganz danach aus, als ob alles auf das hinauslief, was nach dem Gesetz der Logik folgen musste.

O nein, noch hatte keiner von ihnen von Ehe gesprochen.

Eugenio hielt sich zurück, solange seine Mutter lebte, wenn auch im Zustand der Betäubung, und wagte nicht einmal daran zu denken, um böse Überraschungen zu vermeiden.

Und auch die Montani wollte nichts überstürzen, sondern irgendwann als unabhängige Frau über die Dinge reden, die Zukunft in ihrer Hand behalten.

Wer von ihnen als Erster auf die Sache zu sprechen kommen würde, sollte das Schicksal entscheiden. In jedem Fall lag die Frage in der Luft. Das konnte man spüren. Die Montani ahnte es, wenn Eugenio von seinem Haus erzählte und es detailreich beschrieb. Wenn ihm manchmal unbewusst Wendungen wie »wir könnten«, »wir sollten« entschlüpften, wenn es um Verbesserungen ging, die hier und da gemacht werden könnten. Natürlich erst dann, wenn die Mama tot war.

»Keine wirklich guten«, stieß der Maresciallo hervor.

Die Montani lächelte nicht mehr. »Was ist passiert?«, fragte sie.

Der Maresciallo stieß einen Seufzer aus. »Das ist eine lange Geschichte«, sagte er.

»Zu lang?«

»Meine liebe Dame«, hauchte Accadi, »ich bin in Uniform ... im Dienst, die Leute könnten reden.«

»Wir könnten uns heute Abend sehen«, sagte die Montani.

»An einem öffentlichen Ort?«, fragte der Maresciallo und schüttelte leicht den Kopf, um ihr zu verstehen zu geben, dass dies nicht opportun wäre.

»Ich könnte doch zu Ihnen kommen«, schlug die Hutmacherin vor.

Da kam dem Maresciallo gleich sein Toilettenproblem in den Sinn. »Man könnte Sie dort sehen, wer weiß, was dann passieren würde!«, erwiderte er.

Die Montani seufzte. »Und wenn Sie zu mir kämen?«

»Das wäre möglich«, antwortete der Maresciallo leicht erregt.

»Aber spät.«

Er werde heute Abend erst nach zweiundzwanzig Uhr von der Arbeit nach Hause kommen, log er.

»Gut«, schloss die Frau. »Ich warte dann hier auf Sie.«

»Hier im Laden?«, fragte der Maresciallo verblüfft.

»Passt Ihnen das nicht?«, fragte die Frau.

Der Maresciallo sah sich in dem Raum um.

Er dachte nach.

Wenn man ein paar Stoffreste auf den Boden legen würde ...

Oder auf die Theke.

Ja, man konnte es auch hier machen.

»In Ordnung«, sagte er.

61

Bicicli hatte in der Via Don Bosco Aufstellung genommen und kontrollierte, wer die Bar Roma betrat.

Es fiel Nieselregen, er war schon ganz durchnässt, denn er hatte keinen Schirm, der ihn nur stören würde.

Drinnen im Warmen befanden sich acht Leute, der Besitzer mitgerechnet. Sieben Männer und eine Frau, die Apothekerin Gerbera Petracchi.

Gerbera spielte leidenschaftlich gern Karten, und schon wenige Wochen nach ihrer Ankunft in Bellano hatte sie einige entsprechende Bekanntschaften gemacht, indem sie regelmäßig ins Café an der Anlegestelle ging und sich dem Kreis fanatischer Kartenspieler anschloss, mit denen sie von da an ein paar Abende in der Woche verbrachte. Sie spielten endlose Partien, schwatzten aber auch über verschiedenste Themen, in denen sich die Frau immer bestens auskannte, vom Wetter bis zum Sport (sie mochte Radsport und bewunderte Coppi), von der Politik (sie hatte alle damit verblüfft, wie genau sie alle Schritte der Regierung kannte, die zur Unterzeichnung des Atlantischen Bündnisses geführt hatten) bis hin zu intellektuellen Ansichten und Gewohnheiten, wobei sie sich zur allgemeinen Überraschung als glühende Anhängerin von Jean-Paul Sartre, Juliette Greco und dem Existenzialismus bekannte, der in Paris en vogue war. Eines Abends jedoch, als der Barmann, der oft mit am Tisch der Kartenspieler saß, ohne zu spielen, sie aufdringlich nach ihrer Schwester Austera ausfragte, warum diese nie das Haus verlasse, warum man sie nur so selten in der Apotheke sehe, was sie denn die ganze Zeit tue und so weiter, da brach Gerbera, nachdem sie vergeblich versucht hatte, das Verhör im Sand verlaufen zu lassen, die Partie ab, grüßte

und ging. Danach kam sie nie wieder ins Café an der Anlegestelle.

Dieses Verhalten vergrößerte die geheimnisvolle Aura, die
Austera eh schon umgab. Man sah sie nur, wenn sie an einem
Fenster der oberen Etage auftauchte, um einen Teppich aus-
zuschütteln oder mit einem Bambusstock in der Hand nach
den Tauben zu schlagen, die alles beschmutzten.

Mehr als ein junger Mann hatte sich, ein paar Monate nachdem die beiden in den Ort gekommen waren, für die flüch-
tige Gestalt am Fenster interessiert, und es war sogar eine
kleine Legende über Austera entstanden. Angeblich war sie
wunderschön, was die Neugier noch verstärkte. Diese jedoch
traf auf ein unüberwindbares Hindernis, nämlich Gerbera,
die wie ein Kampfhund die Abgeschiedenheit ihrer Schwester verteidigte. Und wie ein Kampfhund sah sie auch aus,
hatte ein runzliges Gesicht, Tränensäcke unter den Augen,
eine Männerstimme und einen Buckel. Außerdem trug sie
immer Hosen und rauchte. Das einzige Zeichen von Weib-
lichkeit waren die Ringe an ihren Fingern.

Allmählich hatte sich die Neugier auf die gewissermaßen
lebendig begrabene Austera gelegt, auch wenn das Geheimnis gewahrt blieb, und Gerbera versuchte, nachdem sie sich
in erschöpfenden Hausarbeiten ergangen hatte, die ihr keinerlei Zufriedenheit schenkten, den Intraken für ihre Spiel-
leidenschaft zu begeistern, der inzwischen zu ihrem Faktotum geworden war.

Der Mann sagte ihr, nie im Leben habe er Menaken wie
diese da in der Hand gehabt, und er zeigte auf einen Stoß
Karten. Aber, teilte er ihr mit, das Café an der Anlegestelle
sei nicht der einzige Ort, an dem man Karten spielen könne.
Man spiele auch in der Bar von Angeletta im Arbeiterverein
und in der Bar Roma, da gäbe es einen besonderen Raum.

So begann Gerbera Petracchi, ein paar Monate nach dem
Ärger mit dem Wirt vom Café an der Anlegestellte, wieder,
an zwei, drei Abenden pro Woche auszugehen und ihrer Leidenschaft zu frönen. Es war ihr mehr als wurst, dass sie in
dem jeweiligen Lokal oft die einzige Frau war.

Wie an diesem Abend: sie, die drei, die mit ihr am Tisch
saßen, der Wirt der Bar Roma, der sich an das Regal mit den
Spirituosen lehnte, die Lider auf Halbmast, und das Trio,
dessentwegen Bicicli sich hier postiert hatte: Fès, Ciliegia
und Picchio.

62

Der folgende Tag war ein Freitag. Der Bürgermeister ließ
Firmato in sein Büro kommen. Er hatte ihm etwas mitzuteilen.

Balbiani war in einem Zustand der Gnade. Nach den
Drosseln war ein phantastischer Schnepfenschwarm vorbeigekommen, und der Hund, den er gerade für eine Riesen-
summe gekauft hatte, ohne es seiner Frau zu sagen, ein italienischer Spürhund, der Zar hieß, war ein Schnepfenjäger
ersten Ranges: In dieser Woche hatte er dank Zar zehn Vögel
in seiner Jagdtasche gehabt, und die Aussicht, ein ganzes
Wochenende auf der Vogeljagd zu verbringen, stimmte ihn
freundlich.

Er war glücklich und hatte nicht die geringste Lust,
herumzuschreien oder zu wüten. Trotzdem musste er Bicicli
sagen, dass sich bei ihm mehrere Geschäftsleute beschwert
hatten, weil sie unter ihren Rollläden oder den Eingangs-
türen ihrer Geschäfte nicht die kleinen Zettel gefunden hat-

ten, die der Nachtwächter dort als Beweis seines Handelns ablegte.

»Hast du dir Urlaub genommen?«, fragte der Bürgermeister lächelnd.

Firmato gab zu: »Ja, gewissermaßen.«

Er vernachlässige ein wenig die allgemeine Routine, aber er verfolge die drei, die er nicht vergessen könne und die seiner Meinung nach ziemlich verdächtige nächtliche Gewohnheiten hätten.

Auch am letzten Abend seien sie bis Mitternacht in der Bar Roma gewesen und hätten Billard gespielt. Danach seien sie, ohne auf den Regen oder auf ihn zu achten, der sich gut versteckt hatte und durchnässt war wie ein Putzlappen, noch zehn Minuten vor der geschlossenen Bar stehen geblieben. Und statt schlafen zu gehen, hätten sie noch Morra, dieses Spiel mit den Handzeichen, gespielt. Um halb eins hätten sie sich dann endlich verabschiedet. Fès hätte die Straße überquert und wäre in der Via Don Bosco verschwunden. Im Abstand von nur einem Meter sei er an ihm vorbeigekommen. Die beiden anderen seien plaudernd und ohne jede Eile nach Hause gegangen. Im Abstand von zwanzig Metern sei er ihnen gefolgt und habe versucht zu verstehen, worüber sie redeten.

»Das ist ja toll!«, sagte Balbiani. »Während du den beiden folgst, die nach Hause ins Bett gehen, führt dich der dritte vielleicht hinters Licht.«

Ach du liebe Zeit, dachte Bicicli. Darauf war er gar nicht gekommen. Aber er hatte besonders Picchio im Auge, dem er es ein für alle Mal heimzahlen wollte.

»Mach deine Arbeit, Bicili«, sagte der Bürgermeister und riss ihn aus seinen Gedanken, »und lass das Übrige sein. Für Diebe sind die Carabinieri zuständig.«

63

Nichts.

Fès und Ciliegia gaben die gleiche Antwort.

Der Appuntato Marinara hatte sie in die Kaserne bestellt, einen nach dem anderen, um zu erfahren, was sie und Picchio in der Nacht anstellten.

Nichts, sagten sie.

Sie würden zusammen Billard spielen und dann noch ein bisschen reden, und dabei würde es schon mal später.

Ob das verboten sei?

»Auch wenn es regnet?«, fragte der Appuntato Fès.

Zur Antwort erhielt er nur ein Schulterzucken, was heißen sollte, dass sie nicht aus Zucker seien und ein paar Tropfen Regen ihnen nichts ausmachten.

Marinara musste insgeheim zugeben, dass es tatsächlich so sein konnte. In letzter Zeit hatte es keine Anzeigen wegen Diebstahls gegeben.

Es schien, als hätten sich die drei Dummköpfe ein wenig beruhigt.

Aber, fragte sich der Appuntato, konnte das wahr sein?

64

Auch der Maresciallo Carmine Accadi fragte sich, ob es denn wahr sein könnte.

Aber er dachte an die Bauchschmerzen, mit denen ihn die Montani am letzten Abend empfangen hatte.

Einmal im Monat erwischt es einen, hatte die Hutmacherin gesagt.

Aber warum gerade heute Abend?, hatte der Maresciallo gedacht.

Er wäre wegen dieser Gemeinheit gern auf der Stelle wieder gegangen, ohne etwas zu sagen, nicht mal Auf Wiedersehen.

Aber er blieb und erzählte ihr die Geschichte, wie er sie sich ausgedacht hatte.

Als er zu dem entscheidenden Punkt kam, legte sich sein Gesicht in Falten und sah aus wie eine Trockenpflaume.

Man wisse ja, wie sich die Dinge im Militärdistrikt und bei Gericht verhielten!

Wenn ihr Antrag dort eintreffe, dann würde er erst mal liegen bleiben, bis er Schimmel ansetzte.

Sie brauchte die Hand eines Freundes, der dafür sorgte, dass er ganz oben auf den Stapel der zu erledigenden Akten käme.

Sonst wüsste man nicht …

»Und zum Glück …«, stieß er hervor.

Zum Glück habe er gute Freunde im Militärdistrikt, aber auch beim Gericht.

Sizilianer.

Den Maresciallo Scozzachiavi und den Amtsdiener Ripirandi.

»Raten Sie mir, mich an sie zu wenden?«, fragte die Montani.

Aber auf gar keinen Fall! Scozzachiavi und Ripirandi waren nämlich eigentlich zwei Bauern aus seinem Dorf, alte Freunde der Familie. Er hatte die Namen nur erwähnt, um es anschaulicher zu machen.

»Es ist besser, wenn ich mit ihnen rede«, sagte der Maresciallo ruhig.

»Das bedeutet –«

»Ja, das heißt, dass ich nach Como fahren muss!«

»Das würden Sie wirklich für mich tun, Maresciallo?«

Natürlich, sagte er.

Aber sie solle nicht vor einer Woche mit einer Antwort rechnen, sagte er.

So lange dauerte die Regel bei den Frauen, soweit er wusste.

65

Zwei Tage später fuhr der Maresciallo in Zivilkleidung tatsächlich nach Como.

Er sagte dem Appuntato, er habe im Militärdistrikt und beim Gericht eilige Dinge zu erledigen und sei am Abend wieder zurück.

Was ihn in die Hauptstadt führte, wusste Marinara, und allein der Gedanke machte ihn wütend.

Accadi musste doch klar sein, dass er sich mit dieser Geschichte schwer in die Nesseln setzen konnte.

Zum Kuckuck noch mal!, dachte Marinara. Irgendwer muss den Kerl doch daran erinnern, dass er ein Maresciallo der Carabinieri ist und kein …

Gigolo. Genau das.

So kam ihm der Maresciallo an diesem Abend vor, als er aus Como zurückkehrte.

Pfeifend betrat er die Kaserne, kerzengerade, mit triumphierendem Gesichtsausdruck, einem dümmlichen Lächeln auf den Lippen. Um den Hals trug er eine feuerrote Krawatte, die er, das hätte Marinara schwören können, am Morgen noch nicht angehabt hatte; er hatte sich also in der Seidenstadt sogar den Luxus geleistet, Einkäufe zu tätigen.

»Ist hier alles in Ordnung?«, fragte Accadi.

Im Ton eines großen Schauspielers, dass dem Appuntato die Ohren ganz heiß wurden.

»Und in Como?«, knurrte er.

Accadi merkte es nicht, wer weiß, woran er gerade dachte.

»Prächtig«, antwortete er.

Und dann verschwand er auf der Treppe zu seiner Wohnung.

66

Von Schlaf konnte keine Rede sein. Er musste rechnen, und zwar genau.

Um sich nicht zu irren, nahm der Maresciallo Accadi ein Blatt Papier zu Hilfe und schrieb.

Mittwoch, erster Tag der Regel der Montani, als er sie im Laden besucht hatte. Donnerstag. Am Freitag Fahrt nach Como, wo eine wunderbare Überraschung auf ihn wartete, die Lösung seines Problems.

Drei Tage waren vorüber.

Also musste er noch Samstag, Sonntag, Montag und Dienstag abwarten.

Das machte sieben.

Aber es war besser, noch einen Tag länger zu warten, man konnte nie wissen.

Also Mittwoch.

Und dann Donnerstag.

Donnerstag würde er seinen Angriff starten und den vollen Preis einkassieren, denn für das, was er der Montani zu sagen hatte, verdiente er sofortige, blinde, grenzenlose Dankbarkeit.

Und nicht etwa mit auf dem Fußboden oder der Theke ausgebreiteten Stofffetzen.

Nach oben musste sie ihn bitten, in die beiden Zimmerchen.

Und dann …

Ein halbes Stündchen gab sich Accadi seinen Phantasien hin. Danach, wie er es in solchen Situationen tat, stand er auf und kühlte seine Stirn und die Gegend zwischen den Beinen mit kaltem Wasser.

67

Am späten Montagnachmittag begann auch der Appuntato Marinara zu rechnen.

Es ging ihm um den Maresciallo Accadi.

Der gab ihm jede Menge Rätsel auf.

Am Freitag, bei seiner Rückkehr aus Como, war er die Glückseligkeit selbst.

Am Samstag blieb er den ganzen Tag in der Kaserne, hörte gar nicht mehr auf zu pfeifen und ging damit allen auf die Eier.

Am Sonntag hatte er ihn zum Glück nicht gesehen.

Aber an diesem Morgen war er noch fröhlicher gewesen.

Er hörte ihn in seinem Büro Opernarien singen, vor allem aus der *Cavalleria rusticana*.

Dann ging er kurz vor Mittag aus.

Und als er zurückkam …

Da begann der Appuntato zu rechnen, weil etwas nicht stimmte.

68

Bei Pochezzas Abrechnungen hingegen stimmte alles: Investitionen, Titel, Aktien und Besitztümer.

»Und wie Sie sich auf den Unterzeichner verlassen haben, möchte ich hoffen, dass Sie dies auch mit meinen Kindern tun werden.«

Diese Worte sprach am Samstagmorgen der Anwalt Stefano Resemonti in Lecco aus; ihm hatte die Familie Pochezza seit eh und je die Wahrnehmung ihrer Interessen anvertraut.

Inzwischen war Resemonti über siebzig und hatte beschlossen, sich zur Ruhe zu setzen. Aber zuvor machte er beide Kinder, einen Sohn und eine Tochter, die beide Anwälte waren, mit seinen Mandanten und der Arbeit vertraut.

Und jetzt, da der Moment gekommen war, endgültig sein Amt zu übergeben, wollte er sich von den wichtigen Mandanten mit zwei Einladungen verabschieden, eine zum Mittagessen, die andere in die von ihm gegründete Kanzlei, damit sie ihr weiter die Treue hielten.

Am Samstagmorgen war Eugenio an der Reihe.

Während des Essens im Ristorante Gli Alberi di Lecco erzählte der Anwalt, was er nun in der Freizeit, die ihm zur Verfügung stand, zu tun gedenke. Als er dann nicht mehr wusste, worüber er sonst noch reden sollte, fragte er Eugenio nach seiner Mutter, die er seit zehn Jahren nicht mehr gesehen hatte. »Ist Signora Eutrice immer noch rüstig?«

Rüstig? Eugenio lächelte.

Und dann erzählte er dem Anwalt, wie schlecht es seiner Mutter ging.

Halb so schlimm, entfuhr es Resemonti, dann aber wurde ihm klar, wie unpassend diese Reaktion war.

Er bat schleunigst um Entschuldigung.

Er habe damit nicht den Zustand der Signora Eutrice gemeint, der er schnelle Besserung und weitere hundert Lebensjahre wünsche.

Er habe sagen wollen, dass die Pochezzas damals, zu gegebener Zeit, ja den Rat angenommen hätten, den er immer gebe und in Situationen wie der ihren stets befürworte: im Falle von zwei Eheleuten ohne Kinder zum Beispiel oder zwei unverheirateten Brüdern, die unter einem Dach lebten.

»Eine zweite Unterschrift!«

Unter allem, Verträgen, Rechnungen, Guthaben und was es sonst noch so gab.

So bleibe es in dem Fall, dass einer plötzlich sterbe, dem anderen erspart, hinter einer Unzahl von Papieren und Dokumenten herzulaufen, um das zu bekommen, was ihm gehöre.

Von der Einsparung der Vermögenssteuer ganz abgesehen.

Schließlich war das Leben wie ein sich drehendes Rad, und mehr als alt könne man nicht werden, sagte der Anwalt dann philosophisch. Manche hätten die Zukunft noch vor sich, wie Eugenio zum Beispiel, andere wie er und Signora Eutrice hätten sie hinter sich.

Ob er schon an seine Zukunft gedacht habe?

»In welcher Hinsicht?«, fragte Eugenio.

Ob er denn allein bleiben wolle? Ein ewiger Junggeselle! Er habe doch alles, um den Rest seiner Tage in Wohlstand zu verbringen. Und es fehle ihm nur eines, eine gute Ehefrau. Er entschuldige sich, dass er sich erlaube...

»Da es der Mama so schlecht geht...«, sagte Eugenio seufzend.

Der Anwalt hatte seine Fühler erfolgreich ausgestreckt.

Ob er damit sagen wollte, dass es schon eine Kandidatin gebe?

»Ja ...«, antwortete Eugenio in leicht unsicherem Ton.

»Haben Sie nun eine oder nicht?«, fragte Resemonti hartnäckig.

Da sei schon eine, aber bevor er sie so nennen könne, müsse erst ein recht kompliziertes Problem gelöst werden.

»Und zwar«, murmelte Pochezza und erzählte schließlich alles. »Im Moment kümmert sich ein Maresciallo der Carabinieri um die Sache«, sagte er schließlich.

»Ein Maresciallo? Was haben denn die Carabinieri damit zu tun?«, fragte der Anwalt lachend.

»Ich weiß«, antwortete Eugenio, sich fast entschuldigend, »ich weiß ... Ich müsste mich entscheiden, einen Fachanwalt für solche Dinge zu konsultieren, der ...«

Wieso einen Fachanwalt?

Pochezza sah den Anwalt mit großen Augen an. »Oder nicht?«, murmelte er.

69

Der Appuntato Marinara begriff nicht, warum der Maresciallo gegen Mittag, *La donna è mobile* pfeifend, weggegangen und nach einer knappen Stunde ziemlich niedergeschlagen wiedergekommen war. Hätte er gewusst, was in dieser Zeit geschehen war, hätte er sich einen Reim darauf machen können.

Von dem Verlangen getrieben, die Hutmacherin aufzusuchen, hatte Accadi, eine Entschuldigung murmelnd, die Kaserne verlassen.

Ein kurzes Wiedersehen, ein angedeutetes Lächeln, ein einvernehmlicher Blick genügten ihm schon, um seine Lust und seine Wunschvorstellungen weiterzupflegen.

Mit einer kleinen Aktentasche unter dem Arm, damit man nicht dachte, er gehe nur zum Vergnügen spazieren, bog er in die Via Manzoni ein und passierte ganz langsam den Laden der Montani.

Er sah sie an der Verkaufstheke stehen und mit einem Kunden reden.

Dann sah sie auch ihn.

Und wandte ihr Gesicht zur anderen Seite.

Die Versuchung, stehen zu bleiben und einzutreten, war groß, aber er widerstand ihr. Würdigen Schrittes ging er durch die Straße, und am Ende angelangt, ging er wieder zurück. Dann bewegte er sich, diesmal in normalem Schritt, erneut am Laden vorbei.

Bei diesem zweiten Mal bückte sich die Montani, sobald die Uniform des Maresciallo am Fenster zu sehen war, und tat, als suchte sie etwas unter der Theke.

Accadi zitterten die Knie.

Er ging weiter, ans andere Ende der Straße bis zur Piazza Santa Maria, und machte wieder kehrt.

Beim dritten Vorbeigehen sackten dem Maresciallo fast die Beine weg. Denn inzwischen hatte die Montani geschlossen.

Accadi kehrte in die Kaserne zurück und verschwand in seinem Büro.

Keinen einzigen Ton hatte er gepfiffen.

Und da begriff Marinara, dass etwas nicht stimmte.

70

Es sei ein Gesetz, vor einem Jahr beschlossen und seit sechs Monaten rechtskräftig.

»Es handelt sich um eine Art Gültigkeitserklärung«, erläuterte Resemonti dann, da Eugenio offenbar Mühe hatte, die Dinge zu begreifen.

Er sei sich der Sache ganz sicher, denn erst vor ein paar Monaten habe sich seine Kanzlei mit einem ganz ähnlichen Fall beschäftigt.

Das Gesetz, um das es ging, befasste sich mit Kriegsvermissten, die für tot erklärt worden waren, weil man ihren militärischen Rang und den Ort des Verschwindens nicht mehr herausfinden konnte, da mindestens fünf Jahre vergangen waren. Dies wisse auch jeder Angestellte bei Gericht.

»Wenn Sie wollen«, schlug der Anwalt vor, »können wir uns um einen entsprechenden Antrag kümmern. Es ist einfach, und im Lauf einer Woche haben wir einen Totenschein vorliegen.«

»Genau so ist es«, sagten gleich darauf seine beiden Kinder.

An diesem Samstagabend ging Eugenio mit einer Flasche Champagner zum Haus der Montani.

»Guten Abend, Signorina«, begrüßte er sie.

Als die Frau die Neuigkeit erfahren hatte, feierte sie mit ihm und gab ihr Bestes.

Denn ganz nebenbei hatte ihre Regel in diesem Monat ausgesetzt.

71

Am Dienstag sieben Ausgänge, drei am Morgen und vier am Nachmittag. Der Appuntato Marinara zählte mit.

Jedes Mal, wenn der Maresciallo zurückkam, war seine Miene düsterer. Er sagte kein Wort, sein Blick war finster, der Kiefer angespannt.

Man könne Angst kriegen, ihn auch nur anzusprechen, vertraute der Carabiniere Flachis Marinara an.

»Lass ihn lieber in Ruhe«, sagte der. Denn auch er selbst hatte eine gewisse Furcht, dem Chef zu nahe zu kommen.

Am Mittwochmorgen gegen zehn läutete es an der Kaserne. Der Maresciallo war kurz zuvor von seinem ersten Ausgang zurückgekehrt. Sein Gesicht war so finster, dass es aussah, als wäre ihm ein Bart gewachsen.

Vielleicht bessert dieser Besuch seine Laune auf, dachte Marinara, als er die Tür öffnete.

Am Eingang stand der Geometer Gerolamo Squizzetti vom technischen Dienst der Kommune. Er hatte Papiere unterm Arm. »Pläne«, sagte er.

Von der Kaserne und ihren Wasserleitungen. Er erklärte, der Bürgermeister Balbiani wolle, bevor er sich entschließe, die Frage dem Gemeinderat vorzulegen, eine genaue Vorstellung davon haben, was zu tun sei und was es kosten werde. Deshalb habe er ihn beauftragt, eine Ortsbegehung zu machen und ihm darüber zu berichten.

»Maresciallo, der Geometer Squizzetti ist hier«, teilte der Appuntato seinem Vorgesetzten eilig mit, als brächte er ihm ein Glas Vitaminsaft.

Accadi antwortete mit einer heftigen Kinnbewegung.

»Wegen der Toiletten, Maresciallo«, rief der Appuntato übertrieben begeistert.

»Ach, die Toiletten«, das war das Erste, was Accadi an diesem Tag sagte.

»Ja«, bestätigte Marinara.

»Das ist gut«, murmelte der Vorgesetzte.

Was soll hier gut sein?, fragte sich der Appuntato.

Gar nichts war gut.

Und es ging noch weiter.

Denn tatsächlich, gegen Abend …

72

Als das Telefon klingelte, gegen fünf Uhr nachmittags, ging der Carabiniere Flachis dran. Der Appuntato Marinara war dabei und sah, wie Flachis blass wurde, so als hätte man ihm gerade mitgeteilt, dass ein Verwandter gestorben war.

Er hielt den Hörer vom Ohr weg. »Sie wollen mit Ihnen sprechen«, sagte der junge Mann.

»Danke«, sagte der Appuntato, ohne zu begreifen, warum Flachis so erstaunt aussah.

Was war so Besonderes daran, dass jemand anrief und mit ihm sprechen wollte?

Da war etwas, und Marinara begriff es sofort, als am Ende der Leitung der Capitano Collocò war, der eigentlich entsprechend der Rangordnung nach dem Kommandanten der Kaserne hätte fragen müssen.

Stattdessen: »Was ist denn bloß in Bellano los?«, fragte Collocò.

Der Appuntato kniff die Arschbacken zusammen.

Was sollte er tun?

Sich dumm stellen.

»Nichts, Capitano. Was soll schon passieren in einem so winzigen Ort –«

»Marinara, hören Sie mir gut zu!«

Collocòs Stimme war messerscharf.

Er könnte von jetzt an so tun, als wäre er nicht in der Kaserne.

Als spräche er nicht, wie er es gleich tun würde, über einen Maresciallo der Carabinieri.

Als gäbe es nicht den Unterschied zwischen ihren Dienstgraden.

Aber zum Teufel, er sollte nicht auf die Idee kommen zu schweigen.

Also, was war, verflucht noch mal, in Bellano los?

73

Am Donnerstagmorgen kam Accadi wieder pfeifend hinunter ins Büro.

Er hatte eine unruhige Nacht verbracht, hatte ständig daran gedacht, dass die Montani ihm auswich, und war unschlüssig, was er tun sollte. Als dann aber der Tag heraufdämmerte, an dem der letzte Angriff erfolgen sollte, wurde es am Himmel hell – und auch in seine Gedanken kam Klarheit.

Er war ein Dummkopf, darauf hätte er doch eher kommen können! So hätte er sich die Leiden der letzten Tage erspart.

Er hatte doch selbst der Montani gesagt, sie müsse sich noch sieben Tage gedulden.

Wir haben uns nie gesehen und kennen uns auch nicht, hatte sie gesagt.

Das waren ihre Worte gewesen, und sie hatte sicher wie

er die Tage gezählt, hatte geschwiegen, sich zurückgehalten und ihren Drang, alles zu erfahren, immer wieder im Zaum gehalten.

Deshalb hatte sie die Lider niedergeschlagen, einen so gleichgültigen Gesichtsausdruck gehabt und immer wieder den Kopf abgewandt.

Aber jetzt war endlich Donnerstag.

Vor dem Spiegel im Badezimmer hatte der Maresciallo seine Töne wiedergefunden, er begann zu pfeifen.

Zuerst noch zurückhaltend, denn es kam ihm vor, als hätte er diese Gewohnheit endgültig abgelegt. Aber dann, während er immer wieder die gleichen Gedanken wälzte, pfiff er mit mehr Entschlossenheit.

Als er mit Rasieren fertig war, hatte er auch wieder die Kraft, ein paar Opernarien zu singen.

Heute oder nie, sagte er sich und prüfte, ob seine Wangen auch glatt waren, samtweich, zum Küssen.

Er beschloss, noch einmal gegen den Strich zu rasieren, und suchte dann nach der richtigen Arie zu Ehren dieses glücklichen Tages.

Schicksal, es war der *Barbier von Sevilla*.

74

Figaro hier, Figaro da!

Als Accadi in sein Büro kam, wartete dort Capitano Collocò auf ihn. Seine Stimme zumindest, im Telefonhörer, den ihm der Appuntato Marinara reichte.

Er müsse ihn sehen.

Heute noch.

Der Maresciallo fluchte innerlich.

Warum ausgerechnet heute?

»Aber was ist passiert?«, fragte er.

Private Dinge.

Privat?

Persönlich, wenn Sie wollen.

Einverstanden, und wann?

Er solle gleich den nächsten Zug nach Lecco nehmen. Wenn er ihm dann gegenüberstünde, wüsste er ja den Zeitpunkt, nur um der Genauigkeit willen.

Er empfing ihn um fünf Uhr. Eine Minute später begann er, ihn zu tadeln.

Er begreife ja die Notwendigkeit, sagte er.

Welche?

Diese!

Sie verstanden sich.

Aber dies rechtfertige es nicht, die Uniform zu missbrauchen, um ans Ziel zu kommen.

»Aber …«, versuchte der Maresciallo sich zu verteidigen.

Nichts zu machen, Collocò gestand es ihm nicht zu. Wenn ich einen weiteren Hinweis erhalte, einen einzigen …, sagte er.

»Von wem?«, fragte Accadi.

Von einer anonymen Person, antwortete der Capitano.

Dann fuhr er fort. Ein Maresciallo, der sich vor einem Schaufenster aufgockelt –

»Ich …«, versuchte Accadi ihm ins Wort zu fallen.

»Ich«, brüllte Collocò, »werde dafür sorgen, dass dieser Maresciallo in Sardinien Hühner hütet.«

»Zu Befehl!«, sagte Accadi und senkte den Kopf.

Es sei noch eine Viertelstunde bis sechs Uhr, und vor acht gebe es keinen Zug, um nach Bellano zurückzufahren.

»Nutzen Sie die Zeit zum Nachdenken!«, befahl der Capitano.

Es war neun Uhr, als der Maresciallo Accadi aus Lecco zurück war und seinen Fuß auf das Territorium setzte, von dem nur er allein dafür Sorge tragen konnte, ob er es weiterhin als das seine betrachten dürfe. So hatte es der Capitano Collocò ausgedrückt.

Es war in etwa die Zeit, in der Eugenio Pochezza sich anschickte, seiner alten Mutter die berühmten Tropfen zu geben.

75

Eutrice Denti war inzwischen nur noch ein Schatten ihrer selbst. Am Tag vor allem.

Da wurde sie gefüttert, angezogen, gewaschen et cetera, et cetera. Am Abend aber war sie quicklebendig.

»So geht es oft mit alten Leuten«, sagte der Doktor.

Vor allem mit denen, die nicht mehr ganz klar im Kopf seien. Sie verwechselten Sonne und Mond, wie man so sagte. Sie schliefen am Tag, und abends, wenn sie eigentlich schlafen sollten, seien sie wach wie die Grillen.

»Was soll ich bloß tun?«, fragte Eugenio.

»Geben Sie ihr ein paar Tropfen mehr«, schlug der Arzt vor, »das kann nicht schaden.«

Von Tropfen zu Tropfen war Eugenio inzwischen bei vierzig angekommen. Vierzig, aber nur ein einziges Mal. Es passierte an dem Montag, an dem er der Montani die Nachricht überbracht hatte, dass sie wieder ein Fräulein sei, jedenfalls für das Einwohnermeldeamt. Als er nach Hause kam, kurz nach vier Uhr morgens, vergewisserte er sich, dass seine Mutter ruhig schlief, mit dem Atemrhythmus eines Viertakters.

Dienstag und Mittwoch gab er der Frau nur dreißig Tropfen. Denn er blieb zu Hause. Gegen Mitternacht rief seine Mutter, und er gab ihr noch einmal zehn Tropfen und redete sich ein, sie habe sich wahrscheinlich an die höhere Dosis gewöhnt. Vierzig, das war die Dosis, die er besser nicht mehr unterschreiten sollte.

Und besser etwas mehr als zu wenig.

Am Donnerstagabend zählte er fünfzig Tropfen, weil er weggehen musste und wollte, um die Montani zu treffen.

76

Die Mutter von Pochezza tat ihren letzten Atemzug in der Nacht vom Donnerstag, dem 30. November 1950, gegen dreiundzwanzig Uhr.

Es war eher ein Röcheln als ein Atmen. Sie starb im Schlaf. Eugenio fand sie, schon starr, kurz vor zwei Uhr morgens.

Wie immer, wenn er von der Montani zurückkam, ging er ins Schlafzimmer der Mutter, um nachzusehen, ob alles in Ordnung war.

Als er sie nicht schnarchen hörte, erschrak er. Er ging zum Bett und schüttelte die Mutter leicht an der Schulter. Dann zwickte er sie in den großen Zeh. Wieder nichts.

Fünfzig Tropfen!, dachte er.

Dann versuchte er, sie mit ein paar kleinen Ohrfeigen zu wecken.

Da erst merkte er, wie kalt ihr Gesicht war.

Und er begriff.

Auch ihm wurde kalt. Er fühlte sich kälter an als die Tote. Plötzlich überkamen ihn Schuldgefühle.

Er sah wie in einem Film, was er bis vor ein paar Minuten getan hatte, hörte die Worte, die er der Montani und die die Montani ihm gesagt hatte. Ihre Reden über die Zukunft, ihre Versprechen.

All diese Dinge kamen ihm jetzt beim Anblick der Leiche seiner Mutter vor wie Blasphemie.

Er hatte sie allein sterben lassen.

Er war schuldig. Nicht nur wegen der Tropfen, sondern auch, weil er sie in den letzten Monaten getäuscht hatte. Dieser Betrug musste wiedergutgemacht, musste gesühnt werden.

»Ich werde Mönch«, murmelte er.

Und da wurde ihm klar, was er da Ungeheuerliches gesagt hatte.

Er korrigierte sich: »Ich werde diese Hure nie wieder sehen!«

77

»*Und die Toiletten?*«

Der Schrei hallte in den Ohren des Appuntato Marinara am Freitagmorgen, als er die spärliche Post der Kaserne sortierte. Er blickte von seiner Arbeit auf.

Der Maresciallo Accadi stand in der Tür, bestens rasiert, glänzend, wie mit Wachs eingerieben.

Jetzt hat er seine Leidenschaft für die Toiletten wiederentdeckt, dachte der Appuntato.

Das hieß, dass ihm die Abreibung des Capitano gutgetan hatte.

»Ich habe gestern in Lecco auch über dieses Problem gesprochen«, erklärte der Maresciallo.

»Ach ja?«, fragte der Appuntato herablassend.

Natürlich neben vielen anderen Dingen.

»Ja sicher«, brummte Marinara.

Seit einiger Zeit, so fuhr der Maresciallo unbeirrt fort, habe er sich um einen Termin bei Capitano Collocò bemüht, um ihm eine ganze Reihe Probleme darzulegen, die sich im Lauf der letzten Monate angesammelt hätten.

»Gut«, sagte Marinara und fürchtete, rot zu werden.

Zum Beispiel das Personalproblem.

Es sei sicher nicht einfach, mit eingeschränkten Kräften auf einem so großen Gebiet für Ordnung zu sorgen.

»Und was hat der Capitano gesagt?«, fragte Marinara.

Er sei vollkommen seiner Meinung.

Aber da die Zahl der Leute beschränkt sei, müsse man durchhalten und aus der Not eine Tugend machen.

Er habe auch über Mittel gesprochen.

»Ach wirklich?«

»Ja, Signore.«

Er habe formal den Antrag gestellt, dass die Station von Bellano einen kleinen Lieferwagen bekomme.

»Finden Sie das nicht richtig, Appuntato?«

»Doch, doch, wieso nicht?«

Auf einem so unwegsamen Gelände wie dem seiner Zuständigkeit sei ein kleiner Lieferwagen unerlässlich.

»Und der Capitano?«

»Ist meiner Meinung«, erklärte der Maresciallo.

»Gut«, sagte Marinara.

»Aber …«

Accadi machte eine Geste, als zählte er Geld.

»Es ist kein Geld dafür da«, folgerte der Appuntato.

»Genau.«

Also müssten sie auch in Sachen Lieferwagen aus der Not eine Tugend machen. Schusters Rappen seien immer noch das beliebteste Transportmittel der Armee.

Eine äußerst produktive Begegnung, dachte Marinara bei sich.

Er wollte mit seiner Arbeit gern weiterkommen und beschloss, der Vorstellung ein Ende zu machen.

»Und die Toiletten?«, fragte er und ersparte es so seinem Vorgesetzten, sich eine weitere Lüge auszudenken.

»Das frage ich Sie, Appuntato. Was hat der Geometer Squizzetti gesagt?«

Der Appuntato breitete die Arme aus. »Nichts.«

Er habe es dem Bürgermeister berichtet.

»Gut«, schloss der Maresciallo, »dann an die Arbeit!«

Damit kann er nur sich selbst meinen, dachte Marinara.

Eins stand jedenfalls fest. Von jetzt an würde er sich keine Vorwände mehr ausdenken, um wegzugehen.

78

Die Nachricht vom Tod der Eutrice Denti verbreitete sich im Ort wie ein Lauffeuer. Noch bevor die Todesanzeigen kamen, wussten alle Bescheid. Der Sekretär Bianchi hielt es für angemessen, dass die Kommunalverwaltung ihre Teilnahme bekundete und zur Beerdigung ging.

»Vielleicht mit der Fahne.«

Bürgermeister Balbiani fragte, warum.

Der Vater von der Denti sei einer jener Leute aus Bellano, die damals das Komitee für die Gründung des Krankenhauses Umberto I. ins Leben gerufen hätten, erklärte Bianchi.

Genau, erwiderte der Bürgermeister, er habe es richtig gesagt, damals! »Sekretär, die Zeiten sind vorbei.«

Immerhin habe es sich um einen Mann gehandelt, der sich um den Ort verdient gemacht habe und an den alle eine gute Erinnerung hätten.

»Alle?«, unterbrach Balbiani ihn. »Und wie viele von denen leben noch?«

Das Gesicht von Bianchi wurde immer länger.

»Na gut, ich will das nicht weiter erörtern«, sagte der Bürgermeister mitleidig. »Aber die Fahne haben sie auf seiner Beerdigung getragen. Was hat die Tochter damit zu tun?«

Der Sekretär schluckte. »Wenigstens sollte die Verwaltung dort vertreten sein. Wenn Sie als Bürgermeister ...«

Balbiani schnaufte. »Und wann ist die Beerdigung?«

Sonntag.

Unmöglich. Da war das Ende der Jagdzeit in den Bergen, die letzte Gelegenheit, noch ein paar Schnepfen in die Tasche zu bekommen.

»Wie sollen wir es dann machen?«, fragte Bianchi.

»Ich weiß es nicht«, antwortete der Bürgermeister, »die Beerdigung auf Montag verschieben.«

Auch der Pfarrer hätte die Exequien der Denti gern auf Montag verschoben. Aber nichts zu machen, es müsse am Sonntag sein, beschwor ihn Eugenio, er solle eine Ausnahme machen.

Denn am Montag hatte er etwas anderes vor.

79

Anna Montani jubilierte. Natürlich nur innerlich. Auf ihrem Gesicht lag ein Ausdruck von Traurigkeit.

»Die arme Frau«, sagte sie zu der Kundin, die ihr die Neuigkeit überbracht hatte. »Sie war so nett.«

Dabei hatte sie, auch wenn Eugenio nie darüber geredet hatte, gleich begriffen, dass die Alte von ihr nichts hatte wissen wollen.

Tagsüber so zu tun, als ob nichts wäre, und die nächtlichen Treffen heimlich wie zwei Mäuse.

Aber jetzt schloss sie die Augen und war stumm. Jetzt fing eine neue Zeit an.

Sie rechnete. Wie lange konnte die Trauerzeit wohl dauern? Drei Monate, sechs …

Sechs Monate Geduld, das schien ihr die angemessene Zeit.

Und bis dahin konnte nichts sie beide mehr daran hindern, sich am Tag bei Sonnenlicht zu treffen. Und Eugenio konnte endlich aussprechen, was er bisher nur angedeutet hatte. Er würde sie zu dem machen, was sie immer hatte sein wollen, eine richtige Signora.

In diesem Fall Signora Anna Montani-Pochezza.

Während der Beerdigung stand sie in der Menge, anständig, in Trauerkleidung, und beobachtete Eugenio unter einem Schleier hervor, der ihr schönes Gesicht verbarg.

Jetzt Verbindung zu ihm aufzunehmen oder ihn anzusprechen, das war am Tag der Beerdigung zu aufdringlich.

Vielleicht am Montag oder Dienstag. Oder vielleicht war es besser, zu warten, dass er den ersten Schritt tat.

Aber dies geschah nicht, auch nicht am Mittwoch oder am Donnerstag.

Was hinderte Eugenio daran, sich an sie zu erinnern?

Am Freitag sagte sich die Montani, es sei vielleicht besser, wenn sie zuerst Laut gab.

Sie dachte fast den ganzen Samstag daran. Fast.

Denn gerade am Samstag erhielt sie wie üblich ein Briefchen.

Eugenio! Sie erkannte seine Schrift.

Bevor sie den Umschlag öffnete, küsste sie ihn.

80

Bevor die Köchin die Tür aufmachte, schaute sie durch den Spion.

Aha, dachte sie, da ist sie.

Sie wiederholte im Geist, was sie zu sagen hatte, dann öffnete sie und stellte sich in die Tür.

Von dort bewegte sie sich nicht weg.

Die Montani hatte noch das Briefchen in der Hand, in dem Eugenio ihr mitteilte, dass er ihre Beziehung beenden wolle.

Sie hielt es hoch. »Signor Pochezza!«, sagte sie im Befehlston.

Der Signore sei nicht zu Hause, entgegnete die Köchin freundlich.

Nach dem Tod der Signora sei er verreist, wohin, habe er niemandem gesagt, und auch nicht, wie lange er fortbliebe und wann er wiederkäme. Er müsse über die Zweckmäßigkeit nachdenken, seinen Besitz zu verkaufen und woanders hinzuziehen, da ihn mit dem Dorf jetzt nichts mehr verband.

Selbstverständlich habe sie den Auftrag, wenn es noch
offene Rechnungen gebe, diese zu begleichen.

Die Montani war bestürzt und steckte das Briefchen in
ihre Tasche.

Konnte sie das, was sie im Bauch hatte, als offene Rechnung bezeichnen?

81

Gargassa.

»Erinnern Sie sich an den Namen, Maresciallo?«, fragte
der Appuntato Marinara.

Romeo Gargassa, Maresciallo Coppi, die Hütchen …

»Die Ohrfeigen«, fügte der Maresciallo Accadi hinzu.
Marinara nickte.

Genau, sagte er.

Es ging wieder um Ohrfeigen, nur diesmal hatte sie ein
Polizist in Lecco bekommen, der den Gargassa in einem mit
Medikamenten beladenen Wagen angehalten hatte.

»Gestohlen, vermute ich«, fügte der Maresciallo Accadi
hinzu.

»Vor drei Tagen, aus der Apotheke von Acquate«, ergänzte
Marinara.

»Schon wieder eine Apotheke«, entfuhr es dem Maresciallo.

In wenigen Monaten war dies der vierte Einbruch in eine
Apotheke am See. Vor Acquate in Eupilio, Bevera und
Barzago. Winzige Orte, in denen die Diebe mehr oder weni-
ger ungestört agieren konnten. Ob es Spezialisten waren?
In jedem Fall hatte das Kommando in Lecco die Apotheker
aus der Gegend zur Zusammenarbeit aufgefordert; sie soll-

ten verdächtige Gesichter, auffälliges Verhalten, irgendetwas, was nicht stimmte, sofort melden. Auch die Petracchi war gewarnt worden. Der Intraken hatte ihr allerdings davon abgeraten, sich den Kunden des Nachtwächterdienstes anzuschließen, dieser Bicicli schien ihm ein ... Menaken zu sein. Darum würde er sich selbst kümmern, versicherte er, denn drei Stunden Schlaf genügten ihm.

Romeo Gargassa war mitten im Ortszentrum angehalten worden, am späten Nachmittag des Vortages. Als er aufgefordert wurde, seine Ladung vorzuzeigen, verpasste er dem Wächter ein paar Ohrfeigen, schlug ihn nieder und floh zu Fuß.

»Na toll!« Der Maresciallo grinste.

Natürlich wird er gesucht, berichtete der Appuntato.

»Natürlich«, pflichtete Accadi ihm bei.

Und natürlich waren alle Stationen in der Gegend alarmiert worden, besonders die, in deren Einzugsbereich Gargassa Freunde, Verbindungen, Fluchtmöglichkeiten und sonst was hatte.

Der Maresciallo begann zu verstehen: »Sie wollen damit sagen, dass ...«

Der Appuntato meinte: »Wir dürfen keine Möglichkeit ausschließen.«

»Sicher«, bestätigte der Maresciallo.

Man musste in Betracht ziehen, dass der Mann auf der Flucht war, und zwar zu Fuß. Er wusste, dass alle Carabinieri der Gegend ihm auf den Fersen waren. Außerdem war er gewalttätig, wie er bereits demonstriert hatte, und das Wasser stand ihm bis zum Hals.

»Gewiss, gewiss«, sagte der Maresciallo. »Also –«

»Also müssen wir ein Auge auf ihn haben, einen Aushang machen ...«

»O ja, o ja«, murmelte der Maresciallo Accadi.

Er stand von seinem Sitz auf. »Ich werde mich darum kümmern«, sagte er.

Marinara richtete sich kerzengerade auf. »Wirklich …«

»Ja?«

»Ich meine –«

»Was?«

»Nichts. Ich dachte nur, da ich sowieso schon auf die Post gehen muss, dann könnte ich das gleich mit erledigen, und Sie brauchen sich keine Umstände zu machen.«

Der Maresciallo kräuselte die Lippen. »Hm«, brummte er. »Einverstanden, gehen Sie, vielleicht ist es besser so.«

Marinara überhörte das Vielleicht nicht.

Dann ging er los, mit dem Gefühl, dass die Gefahr noch nicht gänzlich gebannt war.

82

»*Der Maresciallo ist ja so nett!*«, sagte die Montani.

»Der Maresciallo?«, fragte Marinara. »Und was hat der damit zu tun?«

Ob es nicht seine Idee gewesen sei, dass er sie jetzt besuche.

»Natürlich, Signora.«

Aber es gehe hier nicht um einen Höflichkeitsbesuch. Eher um eine Frage der Sicherheit. Oder erinnere sie sich vielleicht nicht mehr daran, wie sie der Gargassa beim letzten Mal traktiert hatte?

Die Montani legte ihre Hände ans Gesicht.

Und nachdem der Appuntato gegangen war und sie ermahnt hatte, vorsichtig zu sein, dachte sie nach. Der Maresciallo.

Warum war er nicht selbst vorbeigekommen?

Ach Gott, ehrlich gesagt, hatte sie ihn in der letzten Zeit nicht besonders gut behandelt. Sie hatte ihn ganz schön vernachlässigt und den Versprechungen dieses Schweins von Eugenio geglaubt, der dann plötzlich im Nirgendwo verschwunden war.

Wahrscheinlich spielte er jetzt den Beleidigten.

Aber im Grunde, so überlegte die Frau, hatte sie ja nichts anderes getan, als seine Anweisungen zu befolgen.

Sieben Tage, hatte der Maresciallo gesagt.

Aber am siebten Tag war er nicht mehr erschienen. Und der andere war weg.

Beide hatten ihr Wort nicht gehalten.

Sie hatte allen Grund, beleidigt zu sein.

Beleidigt war vielleicht etwas stark.

Vielleicht verwirrt, enttäuscht, auch ein wenig besorgt, jetzt da sich Gargassa hier herumtrieb.

Nachdem die Montani gut überlegt hatte, zählte sie mit den Fingern nach.

Verwirrt, enttäuscht, besorgt.

»Das klingt gut«, sagte sie.

Dann nahm sie Papier und Federhalter.

»Lieber Maresciallo ...«

83

Der Maresciallo Accadi hätte in das Briefchen reinbeißen können. Es roch so gut, so weiblich!

Er hätte tatsächlich zumindest daran geleckt, nachdem er
es in der Morgenpost gefunden hatte, wenn nicht in diesem
Moment der Appuntato Marinara vor seinem Schreibtisch
aufgetaucht wäre.

Er hatte Neuigkeiten.

»Wozu?«, fragte der Maresciallo.

Über Gargassa.

Der Dummkopf war in der Gegend von Pusiano entdeckt
worden. Die Carabinieri hatten ihn erkannt und waren ihm
gefolgt.

»War er zu Fuß unterwegs?«

»Ja, zu Fuß.«

… ein paar Kollegen auf Motorrädern waren ihm hinter-
hergefahren und hatten ihn zum Ufer des Sees getrieben. In
diesen stürzte sich Gargassa beim letzten Versuch, der Ge-
fangennahme zu entgehen.

»In den See?«

»Genau.«

»Aber es ist Dezember.«

»Ja eben.«

Wenig später wurde er dank der Mithilfe von zwei Freiwilligen mit einem Boot herausgeholt, und jetzt war er im
Krankenhaus von Lecco, hatte sich erholt, wurde aber wegen
beginnender Unterkühlung überwacht.

Unter anderem war geklärt worden, dass er nichts mit den
Apothekenräubern zu tun hatte. Er hatte den Lieferwagen
gestohlen, ohne zu wissen, was darin war.

Der Maresciallo grinste und schickte Marinara weg. Er

dachte an Gargassa, starr wie ein Eiszapfen. Genau das Gegenteil von ihm, der sich heiß fühlte wie ein Brötchen, das frisch aus dem Ofen kommt. Das Blut, das er schon verloren geglaubt hatte, kehrte zurück.

»Genießerin«, murmelte er.

Sie wollte sich eine so leckere Gelegenheit wie ihn nicht entgehen lassen. Und er würde sie belohnen, wie sie es verdiente.

»Mich ruft die Pflicht«, sagte er wenig später, als er an der Bürotür des Appuntato vorbeikam.

Marinara warf ihm einen schrägen Blick zu. »Ist etwas passiert?«, fragte er in leichter Erregung.

Der Maresciallo nutzte die Tatsache, dass der Carabiniere Flachis näher kam, und blieb eine Antwort schuldig.

»Danach«, bedeutete er dem Appuntato mit einer Geste.

»Nach was?«, fragte der Appuntato.

Nach dem Friseur, er müsse sich Haare und Koteletten schneiden lassen.

»Ich muss perfekt aussehen«, sagte er sich, während er eilig zum Friseur lief.

Perfekt und mit ganzer Manneskraft.

84

Der Geruch von Aftershave, der den Maresciallo umgab, als er eine Stunde später wieder in die Kaserne kam, versetzte Marinara in Alarmbereitschaft.

Er rechtfertigte sich damit, dass Accadi ihm vor dem Weggehen jenes Zeichen gegeben hatte, und suchte ihn auf, um festzustellen, ob die Zeit des »Danach« nun gekommen sei.

Im Büro des Maresciallo fühlte er sich wie in einem Friseurladen. Ein sehr schlechtes Zeichen.

Marinara wäre auf der Stelle wieder gegangen, wenn der Maresciallo ihn nicht aufgehalten hätte.

»Was wollen Sie, Appuntato?«

Müde erklärte Marinara, warum er gekommen war: Vor dem Weggehen habe er ihm ein Zeichen gegeben. Danach.

»Ich?«, fragte Accadi.

»Ja.«

»Und wann soll das gewesen sein?«

Marinara ließ die Arme sinken. »Da habe ich mich wohl geirrt«, sagte er seufzend.

»Das kommt vor«, entgegnete der Maresciallo.

»Dann gehe ich jetzt zum Mittagessen, wenn Sie gestatten.«

»Guten Appetit«, wünschte der Maresciallo.

Er selbst hatte schon beschlossen, das Mittagessen ausfallen zu lassen.

Ein kleines Opfer wegen des bevorstehenden Abends, weil die Montani ihn in ihrem Brief zu sich nach Hause zum Essen eingeladen hatte.

So hätten sie, schrieb sie, Zeit genug, in Ruhe über ihre Angelegenheiten zu sprechen.

85

Am folgenden Morgen hatte das Panorama etwas Königliches.

Kalt, aber ohne Wind.

Der Appuntato Marinara stellte das Fahrrad ab. Zwei Schritte, und er hätte den Anblick eines erlesenen Wintertags genießen können. Das wollte er auch dem Carabiniere Flachis empfehlen: Vor dem Schlafengehen ein paar Schritte zu gehen, das lohnte sich.

»Alles in Ordnung?«, fragte er ihn, als er die Kaserne betrat und einen Schwung Kälte mit hereinbrachte.

»Hier ja«, antwortete der Carabiniere mit müdem Gesicht. Er würde seinen Rat sicher nicht annehmen, dachte der Appuntato.

»Was soll das heißen, hier ja?«

War anderswo etwas vorgefallen?

»Weiß ich nicht«, antwortete Flachis. »Das müsste man den Signor Maresciallo fragen.«

Der hatte in der vergangenen Nacht die Überwachung erledigt. Er war um neun weggegangen, in Zivil, und war erst gegen drei Uhr zurückgekommen.

»Verwirrt«, fügte der Carabiniere hinzu.

Dem Appuntato Marinara zitterten die Hände.

»Die Überwachung?«

86

Ja, allerdings hatte er die Überwachung erledigt.

Er war doch nicht dumm!

Er hatte auch ein gutes Gedächtnis und die Worte des Capitano Collocò noch im Ohr.

Er wusste genau, wo Sardinien lag, und hatte keinerlei Absicht, dort den Rest seines Lebens zu verbringen.

Aber auf die Frau wollte er auch nicht verzichten.

Deshalb keine Uniform. Und größte Aufmerksamkeit, ob ihm jemand nachspionierte.

Er wollte alles und alle ablenken.

Dem Carabiniere Flachis erklärte der Maresciallo Accadi beim Weggehen, er habe eine Überwachung zu machen, das musste genügen.

Als er draußen war, nahm er einen weiten Umweg. Die Via Loreti, Piazza Verdi, die Gärten von Puncia. Die Brücke über den Pioverna, die Seepromenade von Coltogno, die Via degli Orti, die Tomba, die Castegna, die kleine Kirche San Rocco, die Via Privata della Binda, die Kirche San Nicolao, die Pradegiana und schließlich die Via Manzoni.

Von einer Hauswand zur nächsten, von einem Baum zum nächsten, von einer dunklen Ecke zur nächsten.

So schlau, dass er sich selbst bewunderte.

Wäre er ein Dieb gewesen und kein Carabiniere, hätte ihn niemand erwischen können.

87

Über das Abendessen verlor man besser kein Wort.

Ein klebriges Risotto und als Hauptgang eine Schuhsohle, die die Hutmacherin Beefsteak genannt hatte.

Zur Köchin war die Montani nicht geboren.

Ihr Gespräch bestand aus Banalitäten: dem Wetter, den Leuten, der Arbeit. Der Maresciallo hatte sich eine Reihe Geschichten über seine beiden Kumpel Scozzachiavi und Ripirandi ausgedacht, die sich in Como um ihren Fall kümmerten. Er würde sie eine Weile arbeiten lassen, da sei er sehr geschickt! Er erfand eine Reihe kleiner Fortschritte, um die Großzügigkeit der Frau zu steigern. Wenn dann sein Appetit gestillt war, wollte er ihr ein Geschenk machen: »Es ist geschafft, alles in Ordnung, Sie sind frei!«, und dann den

Helden spielen. Denn, wie er von einem real existierenden Angestellten am Gericht in Como erfahren hatte, waren ähnliche Fälle wie die von Raimondi seit ein paar Monaten geregelt.

Aber die Hutmacherin kam nicht auf das Thema zu sprechen, und so hatte er keine Gelegenheit, sie an der Nase herumzuführen.

Abendessen und Gespräch hatten etwa eine Stunde gedauert. Dann aber legte die Montani los, ergriff selbst die Initiative. Das bedauerte der Maresciallo ein wenig, weil die Frau ihn in ihrer Eile zwang, auf das köstliche Vorspiel zu verzichten, das in seinen Wunschvorstellungen am Vorabend eine große Rolle gespielt hatte.

Für ein paar Stunden war sein voller Einsatz gefordert. Als befinde er sich im Boxring, nicht beim Liebesspiel, sondern in einem Wettkampf.

Schließlich gab sie als Erste auf. Der Maresciallo hatte noch ein wenig Energie, denn angesichts ihres Feuers hatte er irgendwann einen Gang zurückgeschaltet und sie machen lassen. Und was dann kam, hatte er noch nie erlebt.

Gegen zwei Uhr morgens hatte die Montani erklärt, sie könne nicht mehr.

Der Maresciallo pries die Madonna seines Dorfes, denn es hätte ihn geärgert, als Erster aufgeben zu müssen, und so konnte er mit einem überlegenen Lächeln reagieren.

Langsam zog er sich an und betrachtete den nackten Frauenkörper, der sich unter dem Betttuch abzeichnete.

Sie lächelte ihm zu.

Sie sagte, seit diesem Abend …

Sie solle sich keine Gedanken machen, entgegnete er. Jetzt kannte er ja den Weg.

Dann ging er zurück, über die Via Manzoni, durch die Pra-

degiana, an San Nicolao vorbei, und so weiter und so weiter,
von einer Hauswand zur nächsten, von einer dunklen Ecke
in die nächste.

88

Jetzt blickte Marinara düster vor sich hin, finster. Er sah aus
wie der Maresciallo vor einiger Zeit.

Accadi war weggegangen, ohne etwas zu sagen.

In euphorischer Stimmung.

Bei der Arbeit war er zerstreut.

Auch die Sache mit den Toiletten war wieder in Vergessenheit geraten.

Mehr als einmal hatte Marinara ihn mit einem dümmlichen Lächeln auf dem Gesicht erwischt, den Blick auf den
Hosenstall gerichtet. In solchen Augenblicken wirkte er besonders dumm.

Es drohte Unheil, das spürte der Appuntato. Es lag in der
Luft wie der Schnee.

Bei jedem Telefonklingeln fürchtete Marinara den Capitano Collocò am anderen Ende. Der nämlich hatte ihn nach
der Abreibung, die er Accadi verpasst hatte, angerufen und
ihn angewiesen, die Augen offen zu halten und ihm sofort
Bescheid zu geben, wenn der Maresciallo noch einmal vom
rechten Weg abkäme.

Jetzt tappte der Appuntato im Dunkeln, er wusste nicht,
was er tun sollte.

Sollte er für den Capitano spionieren oder Collocò verraten und mit dem Maresciallo reden? Oder einfach drauf
pfeifen?

Die Tage vergingen, und seine Nervosität wuchs, was man ihm auch anmerkte.

Zumindest seine Frau. Nachdem sie ihn eine Weile genauer beobachtet hatte und feststellte, dass er nicht mehr mit dem gleichen Appetit aß, oft sogar etwas übrig ließ, fragte sie ihn irgendwann, was er denn habe.

Marinara antwortete nicht sofort, weil er so überrascht war.

»Ich habe seit ein paar Tagen so ein Brennen im Magen«, log er.

»Und warum gehst du nicht zum Arzt?«, fragte sie.

»Gut, das mache ich«, antwortete Marinara, um etwas zu sagen.

»Dazu sind die Ärzte doch da«, fügte die Frau hinzu, »um Krankheiten zu heilen.«

»Krankheiten?«, entfuhr es dem Appuntato.

Die Frau sah ihn erstaunt an. »Wusstest du das nicht?«, fragte sie scherzend.

»Ja schon, ja schon«, sagte der Appuntato und stand vom Tisch auf.

»Und wohin gehst du jetzt?«, fragte die Frau, als sie sah, dass er die Uniformjacke anzog.

»Na, zum Arzt, wohin sonst?«, antwortete Marinara.

89

Von Hauswand zu Hauswand, von einer dunklen Ecke zur nächsten, so machte es auch Bicicli.

Auch die Eiseskälte, die herrschte, hielt ihn nicht davon ab. Rache.

Trotz der Ermahnungen des Bürgermeisters, die Diebe in

Ruhe zu lassen und sich auf seine Arbeit zu konzentrieren, dachte er an nichts anderes. Und jedes Mal, wenn er daran dachte, bekam er ein Brennen im Magen, und zwar echtes.

In seiner Phantasie hatte er schon mindestens hundertmal einen der drei erwischt. Am häufigsten Picchio. Dabei war er ihnen nur ein paar Mal begegnet, immer spät, zusammen oder allein, die Hände in den Taschen. Wenn sie ihn sahen, begannen sie zu pfeifen und benahmen sich, als wäre er gar nicht da.

Eine Wut! Eine Wut, die Bicicli hinunterschluckte wie einen unverdaulichen Brocken. Danach begann sein Magen zu brennen, und selbst Bicarbonat konnte dieses Feuer nicht löschen.

Nur eines hätte ihn gesund gemacht.

Und dann, an jenem Abend, eine Woche vor Weihnachten …

Vom Himmel fiel etwas Schnee, ein bisschen Schnee von den Berggipfeln, vom Wind bis hierher getragen, der sich dann als kalte Nässe auf den Straßen niederließ.

Bicicli fröstelte. Seine Hände und Füße waren eiskalt, die Augen feucht. Seit ein paar Abenden hatte er seine Freunde, wie er sie bei sich nannte, nicht mehr getroffen. Nur er musste bei fünf Grad unter null herumlaufen.

Er ging durch die Via Manzoni, gegen den Wind. Da hörte er laut und deutlich das knarrende Geräusch einer Tür, die ganz, ganz vorsichtig geöffnet wurde.

Er drückte sich gegen die Wand. Er machte ein paar Schritte, näherte sich der Geräuschquelle und begriff.

Der Laden der Montani.

O je!, dachte er.

Schon einmal hatte ihm dieser Ort kein Glück gebracht.

Er ging zwei weitere Schritte. Dann kam er zu dem Punkt,

an dem die drei Straßen zusammentrafen. Die Tür knarrte nicht mehr. Er warf einen verstohlenen Blick dorthin und sah die Gestalt eines Mannes.

Ein Mann?, dachte Bicicli.

Etwas anderes als ein Mann.

Ein Dieb!

Niemand außer einem Dieb würde sich benehmen wie dieser Mann, der herauskam und sich gegen die Wand drückte, den Mantelkragen hochgeschlagen, sich umdrehte und dann ganz vorsichtig die Tür schloss, die er gerade geöffnet hatte.

Wer von den dreien konnte es sein?

Blinde Wut überkam Bicicli. Er wurde zum Löwen. Er sprang los. Er warf sich von hinten auf den Mann, hielt ihn fest, einen Arm um den Hals, den anderen um die Brust, riss ihn um, dass er mit dem Gesicht mitten in der Hundescheiße landete, die den Straßenbelag beschmutzte.

Der andere war so überrascht, dass er erst reagierte, als er schon am Boden lag.

Dann durchbrach ein lautes »Idiot!« die Stille der Nacht.

Nicht geschrien, eher gedämpft, aus dem tiefen Innern kommend.

Bicicli spürte, wie ihn alle Kraft verließ. In wenigen Sekunden war er vom Löwen zum Kaninchen geworden.

Er begann zu schwitzen.

Nun völlig widerstandslos, war er ein Kinderspiel für den Maresciallo Accadi. Der schüttelte ihn ab, stellte ihn auf die Füße und packte ihn am Kragen seiner Jacke.

»Das werde ich dir heimzahlen, du Riesenidiot«, sagte der Carabiniere und stieß Firmato gegen die Wand.

90

»*Bauchschmerzen, Magenbrennen*, Schlafstörungen und keinen Appetit«, zählte der Appuntato Marinara dem Doktor auf, als müsste er seinen Besuch rechtfertigen.

Logischerweise antwortete der Arzt: »Ziehen Sie sich aus und legen Sie sich auf die Liege, damit ich mal nachsehen kann.«

Aber Marinara sagte. »Bitte lassen Sie das.«

Der Doktor machte große Augen.

Er sollte es lassen? Dachte der etwa, man könne eine Diagnose durch die Kleider hindurch stellen?

»Los, nun machen Sie schon«, ermahnte er ihn.

»Nein.«

»Warum sind Sie dann überhaupt gekommen?«, fragte der Arzt, der schon ziemlich wütend war. Uniform oder nicht, sagte er mit Nachdruck, er lasse es sich nicht gefallen, dass man ihn auf den Arm nahm oder ihm seine Zeit raubte.

»Gewiss«, entgegnete Marinara.

»Und?«

»Ich bin gekommen, weil ich eine Krankheit gut brauchen könnte«, erklärte der Appuntato.

»Sie meinen wohl eine Kur«, meinte der Arzt.

»Nein.«

Er wollte eine richtige Krankheit. Wenn er die hätte, fügte der Appuntato hinzu, wäre er geheilt, ohne sich auszuziehen und sich auf der Liege untersuchen zu lassen.

Da wurde der Doktor ungeduldig. »Appuntato …«

Aber Marinara gab nicht auf. Er würde ihm ja auch erklären, warum er eine Krankheit brauche, die er einem anderen anhängen könne.

»Was?«

Eine Krankheit, die Angst macht.

»Warum?«

Weil, wenn eine Person wüsste, dass die andere sie habe ...
Etwas Gefährliches für die unteren Regionen ...

»Appuntato«, unterbrach ihn der Doktor, »so kommen
wir keinen Schritt weiter.«

Er solle Klartext reden. Auch er, genau wie die Carabinieri,
unterliege der Schweigepflicht. Er solle ihm also sagen, was
zum Teufel er im Schilde führe.

»In Ordnung«, stimmte Marinara zu.

Er habe einen Plan im Kopf, der ihn davor bewahren solle,
sich als Spion zu betätigen, und der vom Maresciallo Unheil
abwenden solle.

»Dem Maresciallo?«, fragte der Doktor erstaunt.

»Genau«, sagte Marinara.

Der Plan, den er sich ausgedacht hatte, war, den Maresciallo noch heute um eine Unterredung zu bitten.

»Haben Sie von Pochezza gehört? Der arme Mann! Was
für ein Ende!«

Neugierig, wie er war, würde der Maresciallo anbeißen.

»Warum?« Und in diesem Moment würde Marinara die Kugel
abschießen. Ob er nicht gehört hätte, dass Pochezza nach der
Beerdigung der alten Mutter plötzlich verschwunden sei?
Und ob er wissen wolle, wo er gelandet sei? In einer Spezial-
klinik, um sich behandeln zu lassen. Und dann würde er mit
dem Namen der Krankheit herausrücken, je eitriger, desto
besser.

»Den Namen müssen Sie mir aber sagen«, schloss der
Appuntato.

»Und bei wem soll sich der Pochezza mit dieser Krankheit
angesteckt haben?«

»Bei einer Frau.«

»Eine schöne Offenbarung«, sagte der Doktor und grinste, er wollte es aber ganz genau wissen.

»Muss ich den Namen wirklich sagen?«

»Das hilft mir, den Umgang und die Gewohnheiten zu beurteilen. Ich muss wissen, was besser passt, ein schöner Tripper oder TBC.«

Der Appuntato rückte zögernd Vor- und Nachnamen der Montani raus.

Der Doktor reagierte mit einem Zungenschnalzen. »Nicht schlecht«, murmelte er.

»Was ist?«

»Im Vertrauen gesagt«, antwortete der Doktor, »in größtem Vertrauen, Ihr Maresciallo sitzt schon ganz schön in der Tinte.«

Und mit der linken Hand malte er vor dem Bauch einen Halbkreis in die Luft, der keines weiteren Kommentars bedurfte.

»Aber das kann doch nicht sein …«, stotterte der Appuntato.

»Wieso nicht?«, fragte der Doktor.

Da erkannte Marinara, dass sein Plan zu nichts mehr gut war, und verließ fluchend die Arztpraxis. Er fluchte auf den Maresciallo Accadi, den Capitano Collocò und auf sich selbst, auf sein eigenes Schicksal, das ihm plötzlich äußerst ungnädig erschien.

91

Auch Biciclis Schicksal war schlimm, trübe. Jedenfalls erschien es ihm so.

Seit der nächtlichen Begegnung mit dem Maresciallo.

Seitdem hatte er kein Magenbrennen mehr. Eher ein Drücken an der Stelle, an der sich möglicherweise das Herz befand. Und wo ihn, da war er sicher, die Rache des Maresciallo getroffen hatte.

Ohne dass er etwas zu seiner Verteidigung tun konnte.

Nackt war er, unbekleidet, schutzlos.

Wer hätte ihm zu Hilfe kommen können?

Der Bürgermeister? Daran war nicht zu denken. Dessen Geduld hatte er schon allzu sehr strapaziert.

Der Pfarrer? Der Doktor? Der Sekretär?

Auch die nicht, keiner von ihnen.

Niemand interessierte sich für sein Schicksal.

Oder vielleicht?

Vielleicht …

92

War er vielleicht Carabiniere geworden, um mitten in einer Bettgeschichte zu landen?

So dachte der Appuntato Marinara gegen siebzehn Uhr am Tag vor Weihnachten.

Seit ein paar Tagen stellte er sich immer und immer wieder die gleiche Frage: Ausspionieren, verraten oder drauf pfeifen?

Es war siebzehn Uhr am Tag vor Weihnachten.

Firmato Bicicli klingelte am Tor der Kaserne. Er hatte vor einer Stunde beschlossen, sich an den Appuntato Marinara zu wenden. Nachdem er von zu Hause weggegangen war, hatte ihn die Weihnachtsstimmung kalt erwischt. Zum dritten Mal in Folge hatte die Ortsvertretung Pro Loco unter den Ladenbesitzern einen Schaufensterwettbewerb für das schönste Weihnachtsfenster ausgerufen. Und die Jury ging gerade durch die Via Manzoni, gefolgt von einer Menge Erwachsener, Kinder und einer Schar Zampognari, die die Luft mit auf ihren Sackpfeifen gespielten Weihnachtsmelodien erfüllten.

In dieser Atmosphäre hatte sich Bicicli einsamer gefühlt denn je, und ihn überkam das heulende Elend.

Mit dem entsprechenden Karfreitagsgesicht trat er nun vor den Appuntato Marinara.

»Was hast du, Bicicli?«, fragte der Appuntato.

»Ich habe es nicht extra gemacht«, antwortete der Nachtwächter wie aus der Pistole geschossen.

Marinara kannte ihn gut. »Setz dich«, sagte er, »und erklär mir alles in Ruhe.«

93

Das waren keine Dinge, mit denen man sich an den Weihnachtstagen beschäftigen sollte. Zu der Ansicht kam der Appuntato Marinara, nachdem er Biciclis Beichte über dessen nächtliche Begegnung mit dem Maresciallo angehört hatte.

Er wollte sich diese beiden heiteren, friedvollen Tage nicht verderben lassen. Trotz seines Alters gab er sich zu gern der

Illusion hin, dass das Leben rein war wie der Schnee, den er von Zeit zu Zeit auf dem Gipfel des Monte Muggio betrachtete.

Auch weil ihm, während Bicicli redete, der Anflug einer Idee in den Sinn gekommen war.

Ihm war eingefallen, wie man die Ziege mitsamt den Kohlköpfen retten konnte: den Arsch des Maresciallo und seine Ehre, ohne irgendwem etwas erklären zu müssen.

Nicht so schlimm, wenn das alles ein kleines Opfer kostete.

Wenn Bicicli seinen Schutz und seine Hilfe haben wollte, musste er sich fügen. So würde er vielleicht endlich kapieren, dass es besser war, sich um seine eigenen Angelegenheiten zu kümmern und die Diebe in Ruhe zu lassen.

Während er ihn wegschickte, flüsterte der Appuntato ihm tröstliche Worte ins Ohr.

»Brauch ich mir wirklich keine Sorgen zu machen?«, fragte Bicicli.

»Wir haben doch Weihnachten«, antwortete Marinara.

Dann setzte er sich an den Schreibtisch und legte die Hände zusammen wie zum Gebet.

Erster und zweiter Weihnachtstag.

Am siebenundzwanzigsten nicht. Da hatte der Maresciallo frei.

Also am achtundzwanzigsten. Bevor es zu spät war.

Am achtundzwanzigsten oder nie.

94

Dichte Rauchsäulen stiegen von mehreren Stellen in den Bergen hinter dem Ort in den wolkenlosen Himmel auf.

Bauern verbrannten Gestrüpp. Der Winter war noch lange nicht zu Ende. Aber jemand dachte schon an die Zukunft, an den Frühling, und bereitete den Boden vor. Dies schien dem Appuntato Marinara, als er am Morgen des achtundzwanzigsten Dezember das Haus verließ, ein gutes Omen für die Mission, die er zu erfüllen hatte.

Doch das Gesicht des Carabiniere Flachis machte dieser Überzeugung ein Ende.

Er sah verstört aus.

»Was ist los?«, fragte der Appuntato. »Hast du nicht geschlafen?«

Der Carabiniere wollte gerade antworten. Aber eine Salve von Flüchen aus dem Büro des Maresciallo ließ ihn nicht dazu kommen.

»Was ist denn los?«, fragte Marinara.

Flachis zeigte auf die Bürotür des Vorgesetzten. »So ist es schon seit dem frühen Morgen. Um sechs ist er ins Büro gegangen. Und er hat mich beschimpft, weil meine Uniform nicht ordentlich wäre«, erklärte er und breitete die Arme aus, um zu zeigen, dass seine Uniform in Wirklichkeit makellos war.

»Er hat mir drei Tage Arrest verpasst!«

Ein dumpfer Schlag ließ beide verstummen.

»Und jetzt?«

»Mist!«, sagte der Carabiniere.

Immer wieder hörten sie zwischen zwei Flüchen diese Schläge, als würfe der Maresciallo etwas auf den Boden oder gegen die Wand.

Der Appuntato gab dem Carabiniere ein Zeichen, wieder auf seinen Posten zu gehen. Es war Zeit einzugreifen.

»Halt durch und bleib ganz ruhig«, sagte er.

Dann ging er langsam, die Hände im Rücken, zur Treppe, die zum Büro des Maresciallo führte.

An der Tür wurde er, nachdem er geklopft hatte, von einer neuen Reihe Flüche empfangen.

In sizilianischem Dialekt, wie Marinara jetzt erkannte.

Und sie hatten nichts mit ihm zu tun, da sie an eine weibliche Person gerichtet waren.

95

Erster Weihnachtstag, zweiter Weihnachtstag, auch der Maresciallo hatte die beiden Feiertage verstreichen lassen.

Aber am 27. geriet sein Blut in Wallung.

Auch der Montani mussten die beiden Tage Abstinenz das Blut erhitzt haben. Denn als der Maresciallo gegen zehn Uhr abends die beiden Zimmerchen betrat, schallte ihm nicht der übliche Protest gegen das Gummihütchen entgegen.

Ja, das Gummihütchen.

Er hatte diese Bezeichnung zu Ehren des Berufs der Montani gewählt, und er machte seine Witze darüber: Wie die echten Hüte vor Kälte schützten, so diene dieses auch zum Schutz vor den Launen der Natur.

Die Fahrt nach Como hatte auch diesem Zweck gedient, besser gesagt vor allem diesem. Nie und nimmer hätte er, aus Gründen der Diskretion, solche Dinge bei den Petracchi-Frauen gekauft. Nach dem, was man hörte, hatten sie keine

Vorräte und mussten sie immer erst bestellen, und sie behandelten den Kunden, der sie verlangte, wie ein wildes Tier.

Die Hutmacherin hatte versucht, sie abzuwehren. Sie seien vulgär und störten das Empfinden.

Da war der Maresciallo durchaus ihrer Meinung.

Aber entweder sie ließ es zu, oder sie ließen es bleiben. Und die Kommodenschublade der Montani füllte sich Abend für Abend mehr mit den Packungen der Firma Hatù, wo Accadi in der Hauptstadt einen großen Vorrat gekauft hatte.

Am Abend des 27. gab es jedoch keine Diskussion.

Der Maresciallo betrat das Schlafzimmer der Montani mit von lüsternen Gedanken heißem Kopf. Auf dem Weg die Treppe hinauf hatte er sie sich nackt und nur in Stiefeln vorgestellt.

Als er sie dann sah, traf es ihn wie ein Schlag.

Die Hutmacherin lag schon auf dem Bett, sie schien nackt zu sein. War sie es tatsächlich? Oh!

Er konnte es in dem gedämpften Licht nicht genau sehen. Aber vor allem wegen des kurzen, eng anliegenden fleischfarbenen Unterkleids, das den Körper der Frau betonte. Dieses Sehen und Nichtsehen brachte ihn völlig durcheinander. Er näherte sich dem Bett, sie lächelte. Aber nur ein wenig, als dächte sie nach. Der Maresciallo war unfähig zu sprechen. Er griff nach seiner Hose.

»Ich mache es«, sagte sie.

Verflucht!

Es war ein Ritual. Langsam, verzehrend, ein Kuss hier, ein Kuss da, und Accadi begannen die Hände zu zittern. Noch nie war die Hutmacherin so aufregend gewesen. Und da wollte er sich schnell auf sie stürzen.

»Und das Gummihütchen?«, fragte sie.

Ach, das Gummihütchen! Diesmal hatte er es vergessen.

Das Päckchen lag schon auf dem Kommödchen bereit. Die Frau nahm eines, und mit nervender Langsamkeit zog sie es ihm über. Dann sprang sie aufs Bett und in seine Arme und umschlang seine Hüften mit den Beinen.

Hoppla!

Eins, zwei, drei.

Dem Maresciallo verging Hören und Sehen. In seinem Ohr pfiff es, ihm war, als wäre er betrunken. Die Frau war so heiß, als hätte sie vierzig Grad Fieber.

Vier, fünf, sechs!

Beim siebten Vorstoß hisste der Maresciallo die weiße Fahne. Auch sie ließ sich aufs Bett fallen.

Das Gummihütchen hing zerfetzt wie ein Segel im Sturm.

»O Gott!«, murmelte er.

Sie lächelte. »Das kommt vor«, sagte sie.

Verflucht! Was heißt hier, das kommt vor, dachte er.

96

Wie vorgeschrieben, blieb der Appuntato Marinara an der Türschwelle stehen. Accadi saß hingeflegelt auf seinem Stuhl und sah ihn irritiert an.

»Darf ich hereinkommen?«, fragte der Appuntato.

Ein Kopfnicken war die Antwort.

»Darf ich die Tür schließen?«, fragte der Appuntato.

»Schließen Sie sie«, antwortete der Maresciallo.

Sein Ton war alles andere als aufmunternd.

Langsam näherte sich Marinara dem Schreibtisch. Dann blieb er stehen, ohne etwas zu sagen.

»Was gibt es?«, fragte der Vorgesetzte irritiert.

Der Appuntato sagte leise: »Eine Sache.«

»Und welche?«

»Eine Art Anzeige.«

»Worum geht es?«, fragte der Maresciallo.

»Um eine delikate Angelegenheit.«

Der Maresciallo schnaufte. »Würden Sie es mir sagen, bevor der Papst ein neues Heiliges Jahr ausruft?«

»Natürlich«, sagte der Appuntato ernst. »Es hat mit Bicicli zu tun.«

Der Maresciallo zog die Stirn in Falten. »Was hat dieser Idiot nun wieder angestellt?«

»Offenbar hat er«, begann der Appuntato, »seit einiger Zeit, sagen wir mal, die Gewohnheit angenommen, einen Teil seiner Nächte im Haus einer gewissen Dame zu verbringen …«

Der Maresciallo wurde rot.

Um der Peinlichkeit zu entgehen, schlug Marinara den Blick nieder. Als er kurz darauf wieder aufsah, hatte das Gesicht seines Vorgesetzten die Farbe einer reifen Tomate.

Pech für ihn, dachte der Appuntato.

»… einer gewissen Dame«, fuhr er fort, »die bis vor Kurzem einen anderen Mann zu empfangen pflegte, der im Moment abwesend ist und vorher noch …«

Der Maresciallo wurde blass.

War dieser Überfall des Nachtwächters vielleicht eine Eifersuchtsszene gewesen?

»Und was geht uns das an?«

Doch der Ton seiner Stimme war fahl wie sein Gesicht.

»Diese Tändeleien gehen uns nichts an, aber ich habe sie erwähnt, um zum entscheidenden Punkt zu kommen.«

»Also dann kommen Sie darauf.«

»Wenn das der Bürgermeister erfährt, verliert er seine Arbeit.«

»Das macht ja nichts …«

»Doch, wenn so jemand ohne Arbeit ist, keine Orientierung mehr hat, gerät er ins Schleudern. Deshalb wollte ich Ihre Meinung wissen, ob es richtig ist, ihm zwei, drei Dinge zu sagen, ihn zu warnen. Kein Aufwand für Sie, ich würde diese Aufgabe schon übernehmen …«

Der Maresciallo Accadi brachte ihn mit einer Handbewegung zum Schweigen: »Appuntato, wenn Sie die Säuglingsschwester spielen wollen –«

»Es geht darum, Schlimmeres zu verhüten, oder?«

Da fiel Accadi wieder das Gummihütchen ein.

»Diese verdammte Schlampe!«

»Was sagten Sie, Maresciallo?«, fragte der Appuntato.

»Ich meine die Frau. Sie ist eine verdammte Hure, meinen Sie nicht, Appuntato?«

Marinara seufzte, tat, als finge er eine Mücke aus der Luft.

»Ich möchte nicht in der Haut von dem stecken, den sie früher oder später in die Klemme bringen wird«, sagte er.

»Ein Dummkopf!«, entgegnete der Maresciallo, ohne zu überlegen.

»Wenn Sie das sagen«, murmelte der Appuntato. Aber wie immer bei solchen Gelegenheiten sehr leise, ganz, ganz leise …

97

Ein Dummkopf. Das war er tatsächlich.

Aber zu welcher Sorte gehörte Marinara, zu den Schlauen oder den Dummen?

Zu den Dummen, entschied der Maresciallo, nachdem der andere sein Büro verlassen hatte. Sonst wäre er nicht mehr Appuntato.

Jedenfalls, ob er dumm war oder nicht, er hatte ihm einen großen Dienst erwiesen.

Diese Riesenhure! Sie ritt auf dem halben Ort herum und ihn wollte sie festnageln? Im Sitzen ahmte er die Becken-bewegungen nach, eins, zwei, drei. Und dann: »Das kommt vor!«

»Das kommt vor, verdammt noch mal!«, murmelte Accadi bitter.

Er hatte seine Befriedigung gehabt, jetzt aber war keine Zeit zu verlieren.

Und er verlor sie nicht.

»Ich gehe aus!«, rief er, schon an der Tür.

Worauf warten Sie noch?, hätte der Appuntato Marinara am liebsten geantwortet.

»In Ordnung, Maresciallo«, sagte er stattdessen, und wie Musik hörte er das Zuschlagen der Tür und die eiligen Schritte des Vorgesetzten, der fortging, um das Problem zu lösen.

98

So früh hatte die Montani nicht mit ihm gerechnet. Der Laden war noch leer, sie hatte gerade erst geöffnet. Sie sah ihn an, als sähe sie ihn zum ersten Mal.

Was ist los?, wollte sie mit diesem Blick sagen.

Der Maresciallo verstand die Frage und antwortete direkt: »Du kannst mich mal!«

Eine kalte Dusche. Sie riss die Augen auf. Und dann riss die Hutmacherin auch noch den Mund auf.

Der Maresciallo ließ sich nicht erschüttern: »Im Falle, dass«, sagte er.

Dann machte er zwei Schritte und trat mitten in den Laden. Er richtete sich auf, als wollte er Habachtstellung einnehmen. Die Autorität in Person.

»Im Falle, dass?«, fragte die Frau.

Ihre Stimme klang lächerlich.

»Im Falle, dass wir Bäumchen-wechsle-dich spielen und zu dritt die Ehre Ihres Bettes genießen«, erklärte Accadi in scharfem Ton.

Die großen Augen wurden schmal. Falten waren auf der Stirn der Hutmacherin zu sehen. Die Frau zog ihre Wolljacke enger, als fröre sie.

»Wer mich in Bedrängnis bringen will, der muss erst noch geboren werden«, donnerte Accadi.

»Du …«, versuchte die Montani eine Erwiderung.

»Sie«, unterbrach der Maresciallo.

Wieder sah sie ihn groß und erstaunt an.

»Kehren wir zum Sie zurück.«

»Warum?«

»Weil ich in diesem Kommen und Gehen eine Straftat entdecken könnte.«

Ob sie verstanden hatte, was er meinte?

»Auch noch der Bicicli«, sagte er, um die Sache zu bekräftigen.

Dann drehte er sich auf dem Absatz um und verschwand grußlos.

Und jetzt?, fragte sich die Frau – und ihre Augen hatten wieder die normale Größe.

99

Drei Tage Ringe unter den Augen, tief und dunkel. Die Montani wollte sie mit Make-up verbergen. Auch ihre Kunden merkten es.

»Geht es Ihnen nicht gut, Signora?«

»Na ja«, antwortete die Hutmacherin, »diese Tage …«

Wäre das doch bloß der Grund, dachte sie, kämen sie doch endlich, um ihr aus der Patsche zu helfen. Aber: »Und jetzt?«

Am vierten Tag beschloss sie, den Laden nicht zu öffnen. Wegen Krankheit geschlossen. Keine gute Idee. Sie hatte gedacht, wenn sie allein sei, könne sie in Ruhe überlegen, was sie tun konnte.

Doch um sich der Frage »Und jetzt?« zu entziehen, die ihr immer wieder in den Sinn kam, dachte sie über ihr bisheriges Leben nach: San Primo, die Kindheit, die Berge, das Haus der Herrschaften, in dem sie gedient hatte, die ersten Träume, Illusionen, der verschwundene Mann, Gargassa, der vielleicht …

Aber auch der war verschwunden.

Mit Eugenio, der ins Nichts abgetaucht war oder geflohen, war es nicht anders.

Und dann der Maresciallo, der, bevor er sich empfahl, so etwas wie eine Drohung ausgestoßen hatte.

»Auch noch der Bicicli«, hatte er gesagt.

Wer weiß, warum?

Aber der Bicicli ...

Der Bicicli, warum nicht?

100

Eugenio Pochezza war zwei Tage nach der Beerdigung seiner Mutter ans Meer gefahren, fest entschlossen, nicht mehr zurückzukehren. Bevor er aufbrach, hatte er die Kanzlei Resemonti beauftragt, ein Inventar seiner Vermögenswerte zu erstellen.

Er landete in der Pension Tre Palme d'Oro in Vado Ligure an der westlichen Riviera.

In den ersten zehn Tagen machte er nichts anderes, als unter Gewissensbissen zu leiden. Das Bild seiner Mutter, die einsam gestorben war, während er sich in den Armen dieser Frau vergnügte, hinderte ihn daran, irgendetwas zu sehen oder zu spüren. Er war verwirrt, und das merkte man. Der Besitzerin der Pension fiel sofort auf, dass etwas mit ihm nicht stimmte. Deshalb hüpfte sie nicht gerade vor Freude, als er nach Ablauf der vierzehn Tage, für die er sich eingemietet hatte, den Aufenthalt um weitere zwei Wochen verlängerte. Sie musste jedoch bald ihre Einschätzung korrigieren, möglicherweise hatte sie vorschnell geurteilt. Eugenio kam zur Ruhe und verhielt sich entsprechend. Er fühlte sich gut, so einsam und allein. Es war nicht ganz so, wie Mönch zu werden, aber beinahe. Er ging spazieren, sah sich die Landschaft an, genoss die Küche.

Als er dann den Aufenthalt in den Tre Palme eneut um zwei Wochen verlängerte, freute sich die Besitzerin. Eugenio fragte sie dabei nach Immobilienmaklern am Ort. Es war an der Zeit, sich eine Wohnung oder eine kleine Villa zu suchen.

Das Maklerbüro Ponente Abita legte ihm Dutzende von Objekten vor, und so lernte er die Küste zwischen Vado Ligure und Ventimiglia Meter für Meter kennen.

Schließlich fand er, was er suchte, eine kleine Jugendstil-villa. Sie lag in Porto Maurizio. Ein Schmuckstück in einem riesigen Park mit einem herrlichen Blick auf den Golf von Imperia. Der Besitzer war erst vor einem Monat gestorben, und die Erben hatten sie gleich zum Verkauf angeboten.

Eugenio hatte sich auf den ersten Blick in das Haus verliebt, und der Makler wusste das zu nutzen. Der Preis der Immobilie war erheblich, doch Eugenio ließ sich nicht beirren.

Die beiden schlossen per Handschlag ab. Und um das Geschäft zu feiern, schlug der Makler vor, zusammen zu essen. Sie gingen zu Il Titano, einem Fischrestaurant.

Dort aßen sie Krabben als Vorspeise, danach Pasta mit Krabben, dann überbackene Krabben. Dazu tranken sie drei Flaschen Vermentino. Danach Cognac für beide.

Um elf Uhr abends verabschiedete sich der Makler, der schon ziemlich beschwipst war, mit einem Scherz.

Wie es denn mit einem Ringelspiel wäre?, fragte er und begleitete seine Worte mit einer vielsagenden Geste.

Eugenio begriff nicht. Da erklärte ihm der andere, dass Krabbenfleisch eine besondere Eigenschaft habe, nämlich ein Aphrodisiakum sei.

Eugenio lächelte, aber ihm war schwindlig.

Er würde jetzt lieber schlafen gehen, entgegnete er.

Doch der Gedanke, sich ins Auto zu setzen, begeisterte keinen von beiden. Der Makler klingelte mit den Schlüsseln der Villa. Sie könnten dort schlafen, schlug er vor, da das Haus jetzt praktisch Eugenio gehöre.

Eugenio war einverstanden. Er freute sich sogar. Die erste Nacht in seinem neuen Haus.

Etwa eine Stunde später, als er schon unter dem Betttuch lag, das leicht nach Moder roch, taten die Krabben ihre Wirkung.

Im ersten Schlaf. Und dann während einer anstrengenden durchwachten Nacht. Als es hell wurde, war Pochezza erschöpft.

Aber entschlossen.

Er hatte an nichts anderes als die Montani gedacht. Und daran, sie zu sehen, zu riechen, zu berühren, zu küssen, zu umarmen, ihren Namen zu sagen, sie zu streicheln, zu lecken, zu beschnuppern, zu bewegen, zu entkleiden und wieder anzuziehen.

Mit einem Wort: zu begehren.

Entschlossen stand er auf.

Die Montani war seine Frau, und damit basta.

Er musste sie heiraten.

Er sagte dem Makler, er solle alle notwendigen Papiere für den Verkauf vorbereiten.

Er würde seine Angelegenheiten ebenfalls regeln.

Wieder ein Handschlag, und die beiden verabschiedeten sich und machten aus, bald miteinander zu telefonieren.

101

Um 23.40 Uhr am 30. Januar 1951 betrat Eugenio Pochezza am Bahnhof von Bellano wieder heimischen Boden.

Die Köchin hatte von seiner Rückkehr erfahren und empfing ihn zu Hause mit einem kärglichen Lächeln und einer ebensolchen Suppe, so wie sie es bei der guten Seele von Signora Eutrice gelernt hatte. Ein kleines Süppchen, das vertrieb jede Müdigkeit.

»Wie war das Meer?«, fragte die Köchin.

Schön.

»Und ist es Ihnen gut gegangen?«

Ja.

Trotzdem war er wiedergekommen, sagte sich die Köchin.

Eugenio schlürfte die Suppe und schickte die Köchin weg. Als er allein war, streckte er sich auf dem Sofa aus und dachte nach.

Er musste einen passenden Grund finden, um seine lange Abwesenheit zu rechtfertigen.

In der festen Hoffnung, dass in der Zwischenzeit niemand den Platz im Herzen und im Bett der Montani eingenommen hatte, der ein paar Monate zuvor sein Platz gewesen war.

102

In der Villa Ghelfi, die dem Ingenieur Antonio Ghelfi gehörte, einem Mann aus Bellano, der sein Büro und den Erstwohnsitz in Mailand hatte, wurde in der Nacht vom 3. auf den 4. Februar eingebrochen.

Die Diebe nahmen alles mit: Bilder, Teppiche, die kleinen

Möbel, Gold, Silber, Geschirr, Haushaltsgegenstände, Nippes sowie zwei Mäntel.

Dafür hatten – wie der Appuntato Marinara am nächsten Morgen ausrechnete – vier kräftige Männer mindestens drei Stunden hart arbeiten müssen.

Was sich nicht wirklich gelohnt hatte.

Denn der Lastwagen wurde gleich am Vormittag gefunden. Ein Rad hing über dem Rand der unbefestigten Landstraße nach Esino Lario. Das schwer zu transportierende Diebesgut war noch drin. Die leichten Gegenstände jedoch, Silber, Gold und die beiden Mäntel, waren verschwunden.

»Was sagen Sie dazu, Appuntato?«, fragte der Maresciallo Accadi.

Seit er der Hutmacherin und den mit ihr verbundenen Gefahren entronnen war, hatte sich der Vorgesetzte beruhigt. Sein Ton wurde leiser, er brüllte nicht mehr. Er war auch weniger eitel. Eins fehlte noch, damit der Appuntato wirklich sagen konnte, die Gefahr sei vorüber: die Toiletten. Der Maresciallo hatte das Thema nicht mehr angesprochen.

Marinara schnaufte. Es war klar, dass der Lastwagen von der Straße abgekommen war und die Diebe es nicht geschafft hatten, ihn wieder auf die Spur zu bringen. So waren sie zu Fuß geflohen und hatten mitgenommen, was sie transportieren konnten.

»Und sie hatten sicher keinen weiten Weg!«, versicherte er.

»Lokalprominenz«, bemerkte Accadi.

Der Appuntato schloss die Augen zum Zeichen, dass er einverstanden war.

»Wo würden Sie anfangen?«, fragte der Maresciallo.

Da man mit irgendetwas beginnen müsse und es keinerlei Hinweise und Spuren gebe, schlug der Appuntato vor: »Wir könnten den Nachtwächter befragen.«

»Wie bitte?«

»Aber sicher«, bekräftigte Marinara. »Wissen Sie, Maresciallo, die Villa leer zu räumen hat eine Weile gedauert. Und Bicicli könnte auf seiner nächtlichen Tour etwas gesehen oder gehört haben, was uns weiterhilft.«

Und er hatte gute Gründe, sich von der Kaserne fernzuhalten, dachte der Appuntato.

Auch der Maresciallo dachte das.

Doch es war keine dumme Idee.

Der Maresciallo stimmte zu. »Haben Sie Lust, das zu übernehmen?«, fragte er.

Marinara breitete die Arme aus. Wer sonst? Er stand zur Verfügung.

»Danach berichten Sie mir.«

Marinara eilte davon. Er wusste, dass er Bicicli im ersten Schlaf stören würde, aber das war ihm ziemlich gleichgültig.

Doch Bicicli erschien, wenn auch mit müdem Gesicht, gleich an der Tür, eine Schere in der Hand, mit der er sich, wie er sagte, die Nasenhaare schneiden wollte.

»Die Nasenhaare?«, fragte Marinara erstaunt.

»Klar«, antwortete Bicicli mit der größten Selbstverständlichkeit.

Marinara war verblüfft. Denn außer der Sache mit den Nasenhaaren war da noch mehr im Aussehen des Nachtwächters, was nicht stimmte. Es war, als wäre er nicht mehr er selbst. Aber was es war, konnte er nicht auf Anhieb sagen.

Er brauchte mehr als eine Minute, um zu begreifen, worin die Veränderung bestand. Es war die Frisur.

Bicicli hatte einen neuen, modernen Haarschnitt. Dunkel getönt, die Koteletten nur angedeutet, einen richtigen Seitenscheitel und jede Menge Pomade. Und das war noch nicht alles. Er hatte sich auch einen Schnurrbart wachsen lassen. Ganz dünn war er und schien sich an die Oberlippe zu schmiegen.

Der Gipfel war jedoch, dass der Nachtwächter nach Parfum roch. Einem süßlichen, weiblichen Parfum; ein Gestank, der den Appuntato an die in seiner Jugend besuchten Bordelle erinnerte.

Bicicli merkte nicht, dass er Marinara derart verblüffte. Er drehte sich gleich wieder zum Spiegel um – offenbar interessierte ihn nicht, was der Carabiniere von ihm wollte – und setzte seine kosmetische Operation fort.

Der Appuntato trat hinter ihn, sodass er sein Gesicht im Spiegel sehen konnte. »Hör zu, Bicicli«, begann er. »Hast du heute Nacht vielleicht irgendetwas Ungewöhnliches bemerkt?«

Firmato begriff zuerst gar nicht, was diese Frage bedeutete.

Ohne die Operation zu unterbrechen, antwortete er: »Nein, Appuntato, alles …«

Er wollte gerade »normal« sagen, doch dann überkamen ihn Zweifel.

Ob in der Nacht etwas geschehen war?

Er wandte sich zum Appuntato um, kreidebleich im Gesicht. »Ist etwas passiert?«, fragte er.

»Sie haben in der Villa Ghelfi eingebrochen«, erklärte der Appuntato väterlich. »Hast du nichts bemerkt?«

Der Ton des Appuntato traf ihn wie ein Fausthieb. Gelassen, ohne den geringsten Vorwurf.

So redet man mit Schwachsinnigen, dachte Bicicli.

Marinara war soeben gegangen, nachdem er begriffen hatte, dass ihnen der Nachtwächter auch diesmal nicht weiterhelfen konnte. Firmato stand immer noch vor dem Spiegel.

Jetzt betrachtete er sich, den Blick auf den Adamsapfel gerichtet, der rauf und runter sprang, und versuchte, den Kloß hinunterzuschlucken, der ihm plötzlich im Hals saß.

Schwachsinnig, dachte er.

Er sah auf die Pomade, die Nasenhaare, den Seitenscheitel. Er roch das Parfum.

Dann fiel ihm der Bürgermeister ein, und er wurde blass.

Oje.

Beim letzten Mal hatte er ihm verziehen, doch das würde er wohl nicht noch einmal tun.

Er würde ihn dafür verantwortlich machen! Zwei Einbrüche kurz hintereinander.

Und er?

Beim ersten Mal betrunken, beim zweiten …

Er trat vom Spiegel zurück und ließ sich aufs Bett fallen. Er dachte an Balbiani. Der hatte sich für ihn den Arsch aufgerissen. Diesmal war er fähig, ihn zu entlassen.

Bei diesem Gedanken geriet Bicicli ins Schwitzen.

Und danach?, fragte er sich. Was sollte er tun?

Er beschloss, sich zu verteidigen, und es fehlte ihm nicht an Argumenten.

Erstens hatte Ghelfi, der, dem die Villa gehörte, nie den Beitrag für die Nachtwache bezahlt.

Zweitens hatte der Bürgermeister ihm doch befohlen, die

Diebe in Ruhe zu lassen und nur die Arbeit zu tun, für die er bezahlt wurde.

Und drittens lag die Villa Ghelfi in Coltogno, auf der anderen Flussseite, und die meisten Läden waren hier, im alten Ortskern: Er konnte unmöglich beide Gebiete zur selben Zeit bewachen.

Viertens ...

104

Beim vierten Punkt des Plädoyers stand der Bürgermeister Balbiani auf.

Er hatte ihn zu sich gerufen, wie Bicicli schon erwartet hatte. Aber nur, um ihm zu sagen, dass heute im Laden des Uhrmachers Pandolfi Renovierungsarbeiten ausgeführt würden und er ihn besonders im Auge behalten sollte, vor allem nachts, da man leicht einbrechen könne. Pandolfi hatte sich an den Bürgermeister gewandt, damit die Nachtwache besonders achtsam wäre, und er hatte auch ein großzügiges Trinkgeld angeboten.

Bicicli erschien in Balbianis Büro, ließ ihm keine Zeit, den Mund aufzumachen, und hielt ihm seinen Vortrag.

Bei Punkt vier ärgerte sich der Bürgermeister. »Halt!«

Bicicli war sofort ruhig.

»Was erzählst du mir da bloß?«, fragte er. »Was kümmern mich diese Sachen? Überlass die Diebe den Carabinieri, das habe ich dir doch schon mehrfach gesagt. Kannst du nicht begreifen, dass sie schlauer sind als du?«

Ach wirklich?, dachte Bicicli.

Aber er schwieg. Und er schwor zum x-ten Mal Rache.

105

Nachdem Eugenio Pochezza den Text gelesen hatte, zerriss er das x-te Briefchen. Er fand nicht den richtigen Ton. Er wollte sich weder entschuldigen noch um Verzeihung bitten.

»Meine Liebe, die Traurigkeit wegen des Todes meiner armen Mama …«

Seine Mutter mit ins Spiel bringen? Pochezza spürte ein Brennen im Magen. Er dachte wieder an die Nacht, fühlte die Kälte. Aber die Nacht war nicht mehr so dunkel und die Kälte nicht mehr so grausam. »… hat mich lange Zeit daran gehindert, mit heiterem Gemüt …«

Was er da schrieb, war im Grunde gar nicht so falsch. Hatte er in Ligurien nicht wirklich schwere Zeiten durchgemacht?

Hatte ihn das nicht dazu gebracht, ein Haus zu kaufen?

Das Haus!

Es war gut, dass er kein Papier unterzeichnet und keine Vorauszahlung geleistet hatte.

»… auf das Leben zu blicken, das trotz der traurigen Ereignisse weitergeht …«

Ja, genau das war der richtige Ton … Niedergeschlagen, melancholisch, ein wenig müde. Eine unausgesprochene Aufforderung an die Montani, ihn wieder zum Leben und zur Lebensfreude zu erwecken.

»… So bin ich denn jetzt, nachdem ich mich wieder gefasst habe, um zu begreifen, ob die zähe Hoffnung, die ich spüre, nach der Trauerzeit wieder anzufangen, wirklich und möglich ist oder nur eine leere Illusion.

Ich hoffe, Du bist gesund.

Ich umarme Dich,

Eugenio.«

Er leckte am Kuvert, frankierte es, und schon konnte der Brief abgeschickt werden.

106

Der Lieferwagen, mit dem das Diebesgut transportiert worden war und der dann auf der Straße nach Esino liegen geblieben war, gehörte Gaspare Mezzera, dem fahrenden Händler, der immer, wenn er auf Messen und Märkte fuhr, Ciliegia als Hilfskraft beschäftigte. An diesem Tag hatte Gaspare nicht gearbeitet, deshalb hatte er erst am nächsten Vormittag gemerkt, dass sein Fahrzeug verschwunden war, und er war sofort losgerannt, um den Diebstahl anzuzeigen. Er besaß keine Garage, sondern stellte das Gefährt immer in der Nähe der Ratswaage ab, an der Straße, die zum Bahnhof führte.

»Nichts einfacher als das«, sagte Marinara, »einer, der die Schlüssel hat, kann ihn für eine Nacht ausleihen, nennen wir es mal so. Und dann stellt er ihn einfach wieder dahin, wo er vorher stand.«

Der Maresciallo Accadi ließ durch eine Geste erkennen, dass er verstanden hatte. »Die üblichen Verdächtigen also«, sagte er.

»Könnte sein«, bemerkte der Appuntato.

»Vielleicht mit ein wenig Verstärkung.«

»Das sind aber alles Vermutungen«, entgegnete Marinara und ließ die Finger durch die Luft schweben. »Es wäre besser, sie durch ein paar Fakten abzusichern. Leider hat der Einzige, der etwas gesehen oder gehört haben könnte, weder etwas gehört noch gesehen.«

»Der Bicicli?«, fragte der Maresciallo.

»Ja.«

»Haben Sie ihn denn schon befragt?«

»Klar«, antwortete Marinara. »Hat aber nichts gebracht«, fügte er hinzu und schwenkte Daumen und Zeigefinger.

Der Maresciallo strich sich über die Koteletten.

»Obwohl …«, entfuhr es Marinara.

»Ja?«

»Ich weiß nicht, wie ich es sagen soll, Maresciallo, aber er wirkte merkwürdig.«

»Der Bicicli?«

»Genau.«

»Wie merkwürdig?«

»Ich weiß nicht, wie –«

»So wie einer, der etwas weiß und nichts sagen will?«

»Möglich«, räumte der Appuntato ein, »mir gegenüber jedenfalls hat er nichts verlauten lassen.«

Accadi brummte. »Vielleicht sollte ihn mal jemand anderes verhören –«

»Wollen Sie das etwa machen?«, fragte Marinara gereizt.

Der Maresciallo wurde tiefrot. »Ich?«, brüllte er. »Appuntato, wenn er Ihnen nichts gesagt hat –«

»Und?«

»Und«, erklärte der Maresciallo in lehrerhaftem Ton, »ich bin auf die Idee gekommen, dass jemand ihn verhören sollte, von dem er abhängig ist, auch was seine Arbeit angeht, wie zum Beispiel der Bürgermeister …«

107

Bürgermeister Balbiani konnte es kaum erwarten, endlich ins Bett zu kommen. Seit drei Uhr morgens war er schon auf den Beinen.

Da die Saison in den Bergen vorbei war, konzentrierte sich die Jagd ab Januar auf das Seeufer. Zusammen mit einem Mann aus Colico besaß er in der Adda-Mündung ein Häuschen für die Entenjagd. Am Morgen war er dort gewesen und hatte sieben prächtige Stockenten erlegt, vier Krickenten und ein halbes Dutzend Zwergtaucher. Letztere, nachdem er sich ihnen langsam und vorsichtig auf einem Boot genähert hatte.

Jetzt, nachdem er mit dem Sekretär Bianchi die Tagesordnung für die Sitzung des Gemeinderats am Abend vorbereitet hatte, wollte er unbedingt nach Hause, um ein erholsames Schläfchen zu halten.

Doch da kam ihm der Maresciallo Accadi dazwischen.

Seine Uniform saß perfekt, die Haare waren bestens gekämmt und parfümiert. Als Balbiani diesen Geruch wahrnahm, musste er an jenen ganz anderen der Toiletten in der Kaserne denken. Auch diesmal hatte er es versäumt, den Sekretär Bianchi anzuweisen, die Sache auf die Tagesordnung zu setzen. Er hatte noch nicht einmal den pünktlich eingereichten Bericht des Vermessers gelesen.

»Ich muss über eine absolut vertrauliche Angelegenheit sprechen«, sagte Accadi.

Hat also nichts mit den Toiletten zu tun, dachte der Bürgermeister.

War das nun gut oder schlecht?

»Es geht um den Einbruch in der Villa Ghelfi«, erklärte der Carabiniere.

Warum dann diese Geheimnistuerei?, dachte der Bürgermeister. Der Diebstahl war doch in aller Munde.

»Gibt es Neues?«, fragte er und unterdrückte ein Gähnen.

»Könnte sein«, sagte der Maresciallo.

Dann schwieg er.

In dieser Stille hätte der Bürgermeister einschlafen können. Sein Wunsch nach einem Bett wurde übermächtig. »Maresciallo …«, begann er.

Er wollte ihm beibringen, dass er dringend schlafen müsse. Ob sie ihr Gespräch nicht verschieben könnten?

Doch der Maresciallo sagte: »Darf ich?«, und wies auf einen Stuhl.

Widerwillig nickte Balbiani.

»Uns sind die Hände gebunden«, erklärte Accadi.

»Wieso denn das?«

Der Maresciallo machte ein zerknirschtes Gesicht. »Wir wissen, aber wir haben keine Beweise oder Zeugen.«

Der Bürgermeister war am Ende. Schlafen. Von den kryptischen Äußerungen des Maresciallo verstand er nichts. »Maresciallo«, sagte er, »können Sie sich freundlicherweise klarer ausdrücken?«

»Deshalb bin ich ja hier«, lautete die Antwort.

Der Maresciallo schlug die Beine übereinander und zog die Ärmel seiner Jacke zurecht. »Wir haben ermittelt, dass der Nachtwächter der Kommune nichts gesehen oder gehört hat. Das ist wirklich schade, würde ich sagen, denn es bedarf nicht viel, um Namen und Nachnamen der Urheber des Einbruchs zu ermitteln.«

Balbiani hörte zu und grinste. Wenn das alles war, was der Maresciallo zu sagen hatte, dann konnte er in fünf Minuten im Bett sein.

»So ist es leider, Maresciallo«, sagte er. »Auch ich habe bereits mit Bicicli gesprochen, gerade vor einer halben Stunde, und er hat mir gesagt, er habe nichts bemerkt«, fügte er hinzu und wollte schon aufstehen und dem Maresciallo die Hand reichen.

Aber der klebte geradezu auf seinem Stuhl. »Und haben Sie ihm geglaubt?«, fragte er.

Balbiani sank wieder in seinen Sessel. »Was wollen Sie damit sagen?«

»Halten Sie das tatsächlich für möglich?«, fragte der Carabiniere mit scharfem sizilianischem Akzent.

108

War es nach Meinung des Herrn Bürgermeister möglich, dass ein Nachtwächter, der von neun Uhr abends bis sechs Uhr morgens im Dienst war und die Aufgabe hatte, die Straßen und Gassen des Ortes zu durchstreifen, nichts Seltsames bemerkt hatte, das mit dem Einbruch in die Villa Ghelfi in der letzten Nacht in Verbindung stand?

»Dabei weise ich auf folgende Tatsachen hin«, predigte der Maresciallo.

Erstens!

Der von den Räubern benutzte Wagen parke gewöhnlich vor der Ratswaage, einem Ort, der zwangsläufig in die nächtlichen Runden des Nachtwächters einbezogen werden müsse, da die Bar Roma, die Privativa Concetti, das Agrarkonsortium und die Trattoria dello Scalo in der Nähe lägen, Betriebe, deren Inhaber alle an der Finanzierung des Nachtwächters beteiligt seien.

Zweitens!

Der erwähnte Lieferwagen habe einen Dieselmotor und müsse nach dem Zünden vorgewärmt werden, um losfahren zu können. Er erinnere daran, dass die Tatsache, dass Mezzera, der Besitzer des Fahrzeugs, den Motor regelmäßig eine Stunde vor Sonnenaufgang zünde, bereits seit einiger Zeit zu Beschwerden seitens der Anwohner der Siedlung Savoyen führte, die vor der Ratswaage liege. Es sei schon fast zu einer Anzeige wegen Störung der öffentlichen Ruhe gekommen. Wie konnte es möglich sein, dass der Nachtwächter keinerlei Lärm wahrgenommen hatte? Und, wenn doch, wieso hatte er in Anbetracht der Uhrzeit keinen Verdacht geschöpft?

Drittens!

Die Villa Ghelfi hatte zwei Eingänge. Einen für Dienstboten in der Via Loreti, der für die Anfahrt eines Lieferwagens, wie ihn die Diebe hatten, jedoch nicht nutzbar war, den anderen an der Statale 36, von der aus die Diebe demnach in das Haus eingedrungen seien. An dieser Straße müsse Bicicli auf seinen nächtlichen Runden etwa zwanzigmal vorbeikommen, ohne Übertreibung. Und so stelle sich die Frage, wieso er, wenn er schon nicht den Lärm des Lieferwagens gehört habe, dort nichts Merkwürdiges festgestellt hatte.

»Immer in der Nähe!«, was Anlass zu Vermutungen und Fragen gibt.

Hatte Bicicli wirklich nichts gesehen, dann war es wohl gestattet, sich zu fragen, was für eine Art Nachtwächter er war.

»Oder er hat etwas gesehen.«

Aber aus unerklärlichen und in jedem Fall zu ermittelnden Gründen unterließ er es, die Behörden zu informieren.

Ob es irgendeinen Fehler in seinen Überlegungen gebe?

»Nein«, musste der Bürgermeister einräumen, dem inzwischen die Augen tränten. »Allerdings«, fügte er zerknirscht hinzu, »wenn er auch Ihnen gesagt hat, dass er nichts gehört und gesehen hat ...«

»Er hat es dem Appuntato Marinara vor ein paar Stunden gesagt«, stellte der Maresciallo klar.

Und so dumm einer vom Schlage Biciclis auch sein konnte, so glaube er nicht, dass er es so weit treiben würde, seine Version der Dinge plötzlich zu ändern und sich dabei zu verheddern.

»Es sei denn ...«, sagte der Maresciallo und kniff die Augen zu.

Es sei denn, man verhöre ihn noch einmal, und zwar müsse das der Mann tun, der ihn zu dem gemacht hatte, was er war, dem er seine Arbeit verdanke und der ihm alles entlocken konnte.

Ein kleiner Hinweis würde bestimmt genügen.

»Und ich garantiere Anonymität und Straffreiheit«, versprach der Maresciallo.

Der Bürgermeister kratzte sich am Kopf. »Und wenn es wahr ist, dass er nichts gehört oder gesehen hat?«, fragte er.

Der Maresciallo grinste. »Wenn Ihnen das möglich scheint, dann glauben Sie es meinetwegen. Dann legen wir den Fall zu den Akten. Allerdings ...«

»Allerdings?«

»Für einen Nachtwächter wäre das nicht gerade eine Glanzleistung, finden Sie nicht?«

Balbiani antwortete nicht.

»Ein seltsamer Nachtwächter«, sagte Accadi angriffslustig, diesmal wieder mit sizilianischem Akzent.

109

1

»*Ich will den Bicicli hier sehen*, und zwar sofort«, knurrte der Bürgermeister den Amtsdiener an. Seine Müdigkeit war wie weggeblasen.

»Wenn er schläft, soll ich ihn dann wecken?«

»Bring ihn auch her, wenn er schläft«, antwortete Balbiani. »Ich werde ihn schon wach kriegen.«

Firmato war gerade leichten Herzens eingenickt.

Doch hatte er sich erst Ruhe gegönnt, nachdem er die Dose mit der Pomade und die Schere für die Nasenhaare in den Mülleimer geworfen hatte. Dann hatte er sich kurz entschlossen die lächerlichen Koteletten abrasiert.

Der Amtsdiener musste lange klopfen, bis er ihn aus dem ersten Schlaf gerissen hatte.

Firmato gähnte an der Tür und grinste. »Na, Milico«, sagte er, »was gibt's?«

»Der Bürgermeister will dich sprechen.«

»Aber er hat mich doch vor einer Stunde gesehen«, entgegnete Bicicli.

»Da siehst du, wie sympathisch du ihm bist.«

»Aber –«

»Komm, mach keine Geschichten, ich hatte den Eindruck, er war ziemlich wütend.«

Bicicli legte die Stirn in Falten. »Wieso wütend?«

Aber der Amtsdiener hatte ihm bereits den Rücken zugedreht und ging los.

II

Der Bürgermeister fluchte, während er wartete.

Bicicli würde bei all seinen Fehlern nie auf den Gedanken kommen, ihn zu verarschen.

Und dem Maresciallo konnte er keinen Fehler vorwerfen.

Außer, dass er in der Absicht hergekommen war, ihm eine Lektion zu erteilen. Mit dem Gehabe eines wichtigen Offiziellen hatte er ihm zu verstehen gegeben, dass es dumm von ihm gewesen war, einen solchen Tölpel auf diese Stelle zu setzen.

Zugegebenermaßen hatte der Maresciallo in einem Punkt recht: Es war schon seltsam, dass Firmato nichts gesehen oder gehört hatte. Aber noch seltsamer war, dass er nichts sagen wollte.

Balbiani schlug mit der Hand auf den Schreibtisch.

Für Bicicli, der in diesem Augenblick an der Bürotür des Ersten Bürgers des Ortes stand, war dieser dumpfe Schlag ein Vorzeichen schlechten Wetters.

Er klopfte. »Darf ich reinkommen?«, fragte er.

Keine Antwort.

Zwei Schritte knarrten auf dem Parkett. Dann hielt Bicicli inne. Der Bürgermeister stand hinter seinem Schreibtisch. Er sah ihn an, die Augen rot vor Wut und Müdigkeit.

»Gut geschlafen?«, fragte er.

Firmato stotterte ein Danke.

»Wir müssen reden.«

Firmato ging zwei weitere Schritte auf den Schreibtisch zu und wollte sich hinsetzen.

»Bleib stehen«, sagte der Bürgermeister unsanft. »Von dem Einbruch in der letzten Nacht weißt du also nichts«, startete Balbiani seinen Angriff.

O mein Gott, dachte der Nachtwächter.

Was war das nun für eine neue Entwicklung? Vor einer Stunde hatte der Bürgermeister ihm doch gesagt, dass ihn der Einbruch nichts angehe, dass es nicht seine Sache sei, Dieben nachzulaufen, und dass er das den Carabinieri überlassen solle …

»Jetzt interessiert es mich aber«, sagte der Bürgermeister schroff, als könnte er seine Gedanken lesen.

»Nein«, antwortete er mühsam, »nichts.«

»Nichts gesehen, nichts gehört?«

Firmatos Kehle war trocken. Er verneinte, indem er den Kopf schüttelte, wobei er auf seine Schuhspitzen sah.

»Da geht einer durch die ganze Stadt und merkt nichts«, meinte Balbiani ironisch.

Firmato wollte den Mund aufmachen.

»Sei still!«

Bisher hatte auch Balbiani gestanden. Jetzt setzte er sich, lehnte sich an die Rückenlehne des breiten Stuhls und trommelte mit den Fingern auf die Schreibtischplatte. »In Ordnung«, sagte er dann.

Sein Ton hatte sich geändert. Bicicli merkte es und dachte, nun wäre das Verhör beendet. Er hob den Kopf und sah den Bürgermeister an.

»Sag mir eins, Firmato«, sagte Balbiani.

»Ja.«

»Hast du wenigstens gemerkt, dass heute Nacht im Büro des Sekretärs Licht brannte?«

Der Nachtwächter riss die Augen auf.

»Damit du es weißt, ich bin heute Nacht um drei Uhr aufgestanden, und als ich im Auto vorbeifuhr, habe ich es gesehen.«

»Ja«, antwortete Bicicli.

»Ja, wirklich?«

»Ja. Aber –«

»Aber?«

»Aber wegen der ungewöhnlichen Zeit und weil ich nachgeprüft hatte, dass die Eingangstür des Rathauses verschlossen war –«

»Dummkopf«, unterbrach ihn der Bürgermeister.

»Ich fand, das war kein Grund, jemanden zu wecken, um –«

»Du bist ein Dummkopf!«, sagte der Bürgermeister scharf.

Es folgte eine Minute langen Schweigens, in der der Erste Bürger des Ortes sich Papiere ansah, die auf dem Schreibtisch lagen; Bicicli betrachtete indessen einen Stich der Schlucht von Bellano, der an der Wand hing.

»Heute Nacht war das Büro des Sekretärs gar nicht erleuchtet«, sagte Balbiani dann.

»Nein?«, piepste der Nachtwächter.

Der Bürgermeister schüttelte leicht den Kopf.

»Aber ich –«

»Wo warst du?«

»Also –«

»Wo warst du?«, wiederholte der Bürgermeister.

»Bei einer Frau«, gestand Firmato schluchzend.

»Bei einer … Frau?«, fragte Balbiani verblüfft.

Genau.

Der Bicicli? Warum eigentlich nicht.

Ein paar Tage lang hatte die Montani ihn inspiziert, wenn er an ihrem Haus vorbeikam. Nicht gerade elegant, aber immerhin ein alleinstehender Mann. Und ungehobelt war er nicht. Eine gewisse Eleganz beim Gehen, in den Bewegungen seiner Hände. Gut gebaut, ein schönes Gesicht. Und eines Morgens, unter dem Vorwand, zu erfahren, ob er seltsame Vorgänge in der Nähe ihres Ladens beobachtet hätte,

224

machte sie sich an ihn ran. Sie fragte ihn, ob er ihr zehn Minuten seiner Zeit opfern könne.

»Sehr gern«, antwortete er.

Wohlerzogen.

Sie ließ ihn in den Laden. Unauffällig hatte sie ihn beschnuppert.

Kein besonderer Geruch, er war also sauber.

Sie bot ihm einen Kaffee an. »Ich habe hier hinten eine Maschine.«

Nicht nur an diesem Morgen, auch an den folgenden. Von Tag zu Tag wickelte sie ihn mehr ein. Als spräche sie von jemand anderem, gab sie ihm zu verstehen, dass die Haare in Nase und Ohren gestutzt und die Nägel geschnitten werden müssten. Und dass es »sehr moderne« Haarschnitte gebe.

Und vor zwei Tagen hatte sie zu ihm gesagt, dass sie sich oft vorstelle, wie er da draußen in der Kälte seine Runden drehe.

»Wenn Sie Lust haben, einen Kaffee oder ein Likörchen zu trinken …« Dann brauche er nur zu klingeln. »Wenn Licht im Fenster ist, heißt das, dass ich noch nicht zu Bett gegangen bin.«

Gewöhnlich ginge sie nicht früh zu Bett.

Am letzten Abend hatte Bicicli es gewagt, sein Glück zu versuchen. Er ging ins Haus der Montani. Und dann hatte er ein Tête-à-Tête mit einer Frau.

»Willst du mich verarschen?«, fragte der Bürgermeister.

»Nein«, antwortete Bicicli mit verzweifelter Entschlossenheit.

Balbiani stand auf. Er ging um den Schreibtisch herum und baute sich vor dem Nachtwächter auf. »Name und Zuname«, befahl er.

Firmato wollte sich wehren.

»Name und Zuname«, wiederholte der Bügermeister.

Einen, zwei oder drei Tage.

Wie lange brauchte ein in Bellano eingeworfener Brief, um in Bellano anzukommen?

Nach sieben Tagen hatte Eugenio Pochezza die Antwort der Montani in Händen. Die Köchin reichte ihm den begehrten Umschlag. Eugenio beschäftigte sie weiter. Die andere, das Mädchen für alles, das mit der Mutter Karten gespielt hatte, wurde entlassen.

Also Frühstück und Morgenpost.

Pochezza erkannte die Handschrift der Frau. Aber nicht den Duft. Er wartete, bis die Köchin gegangen war, und dann roch er noch einmal gründlich daran. Es war … als rieche die Karte nach …

»Ja, lieber Eugenio, Krankenhaus.«

Desinfektionsmittel, das war der Geruch, der Pochezza in die Nase stieg.

»Nichts Schlimmes, in ein paar Tagen bin ich wieder zu Hause. Eine Frauengeschichte, über die man sich nicht länger auszulassen braucht. Aber Du musst wissen, ich antworte deshalb so spät auf Deinen hochwillkommenen Brief, weil ich es früher nicht konnte. Was den Schmerz um den Verlust Deiner geliebten Mutter angeht, verstehe ich Dich gut. So gut, dass ich – das hast Du sicher gemerkt – in dieser für Dich so harten Zeit Deine Privatsphäre nicht stören wollte und in Ruhe Deine Rückkehr ins Leben abgewartet habe. Es kann weitergehen wie früher, besser als früher, wenn Du es noch willst.«

Was für Worte!

Eugenio las den Brief noch ein paar Mal. Vielleicht hatte er sie falsch eingeschätzt. Sie hatte auf ihn gewartet, ohne dass er ihr etwas versprochen hatte.

In Ruhe, schrieb sie.

Obwohl sie sich schließlich ins Krankenhaus hatte begeben müssen.

Eugenio reckte sich. Er dachte an seinen Plan, sich am Meer zu erholen, ein neues Leben zu beginnen. Er lächelte.

Aber wenn das Leben doch hier war!

Wie früher, besser als früher.

III

Der Maresciallo muss es erfahren, überlegte der Bürgermeister.

Sicher, er hatte recht, aber nur zum Teil. Bicicli war ein Dummkopf, da konnte man nur zustimmen. Aber in diesem Fall hatte er tatsächlich weder etwas gesehen noch gehört, weil …

Bei diesem Gedanken musste Balbiani grinsen: Es gab allen Grund, der Überheblichkeit des Sizilianers einen Dämpfer zu verpassen.

Denn der Bicicli hatte in dieser Nacht mit pflichtbewusstem Bürgersinn einer Frau in Schwierigkeiten beigestanden. Und zwar der Montani. Die nämlich war, dem Bericht zufolge, den Balbiani dem Bicicli abverlangt hatte, indem er ihm ein Wort nach dem anderen aus der Nase zog, nachdem sie eine Stunde lang mit ihm geplaudert hatte, unentschlossen, was sie tun sollte, plötzlich blass geworden und hatte sich die Hand an den Bauch gelegt, hatte angefangen zu schwitzen, hatte begonnen zu jammern und ihn gebeten, den Arzt zu holen. Das hatte er getan, genauso wie er das mit den Koteletten und den Haaren getan hatte und dem Kölnischwasser, mit dem er sich besprüht hatte.

Diese aufgearbeitete Wiedergabe der Fakten rettete die Ziege und den Kohlkopf, also den Bürgermeister und den Maresciallo.

Doch den Bicicli rettete sie nicht. Dem sagte der Bürgermeister daher, bevor er ihn wegschickte, er werde Maßnahmen ergreifen.

»Welche?«, fragte Firmato.

»Du wirst es als Erster erfahren«, antwortete Balbiani.

Dann verließ er, anstatt schlafen zu gehen, das Bürgermeisteramt und eilte zur Kaserne.

112

Der Bürgermeister?

»Was für eine schöne Überraschung!«, rief der Maresciallo.

Balbiano wollte gerade sein Büro betreten, doch Accadi versperrte ihm den Weg.

»Kommen Sie mit, Herr Bürgermeister«, sagte er.

»Wohin?«, fragte Balbiani.

»Entschuldigen Sie mich einen Moment.«

Dann rief er: »Appuntato, tun Sie mir einen Gefallen, gehen Sie aufs Klo.«

Balbiani begriff sofort. Der Appuntato grinste. Endlich war alles wieder in Ordnung. Und mit betontem Ernst hörte er den Vorgesetzten an, der ihm seinen Plan erklärte.

»Ich und der Herr Bürgermeister gehen einen Moment nach oben. Sie sind auf dem Klo. Wenn ich rufe, ziehen Sie an der Spülung, und so können wir dem Bürgermeister vorführen, was dann geschieht.«

»Zu Befehl«, entgegnete Marinara.

Der Maresciallo packte Balbiani am Arm und führte ihn auf die Treppe zu seiner Wohnung.

»Übrigens, was Bicicli angeht …«, begann der Bürgermeister.

Sie standen vor der Wohnungstür.

»Wir gehen jetzt rein, Appuntato!«, brüllte Accadi von der Treppe aus nach unten.

»Ja?«, sagte er dann zum Bürgermeister.

»Ich habe ihn ausgefragt.«

»Gut«, sagte der Maresciallo leicht zerstreut. Sie waren in der Wohnung angekommen.

»Ich habe etwas herausgefunden … den Grund …«

»Nur einen Moment«, unterbrach ihn der Maresciallo.

Er sah sich um, als suche er etwas, dann traf er die Entscheidung. »Sie stellen sich hier hin«, sagte er zum Bürgermeister und wies auf die Schlafzimmertür. »Und dann riechen Sie mal.«

Er ließ Balbiani stehen, wandte sich ins Treppenhaus und schrie: »Appuntato, ziehen Sie!«

Marinara gehorchte. »Erledigt«, teilte er mit.

Der Maresciallo begann tief Luft zu holen.

»Riechen Sie das?«, fragte er Balbiani nach einer Minute.

Der Bürgermeister schnupperte. Er roch nichts.

»Gedulden Sie sich ein bisschen, es ist gleich so weit«, erklärte der Maresciallo.

Und tatsächlich …

Ja, auch der Bürgermeister begann, diesen Geruch wahrzunehmen.

Der Maresciallo schnupperte weiter. »Jetzt ist es eindeutig«, sagte er.

Balbiani nickte. Endlich roch auch er es. Es war der Geruch von …

»Scheiße«, sagte Accadi.

Dann schwieg er. Aber er sah den Bürgermeister mit einem herausfordernden Blick an.

»Wir werden uns darum kümmern«, sagte Balbiani. »Seien Sie unbesorgt, Maresciallo, heute Abend tagt der Gemeinderat.«

Accadi nickte. »Und was wollten Sie mir über Bicicli sagen?«, fragte er zufrieden.

»Ich weiß jetzt, warum er weder etwas gehört noch gesehen hat«, murmelte Balbiani.

»Und? Meinen Sie, Sie können das auch mir begreiflich machen?«

»Deswegen bin ich ja gekommen«, erwiderte der Bürgermeister.

113

I

Der Sekretär Bianchi war zufrieden, dass die Sitzung des Gemeinderats ohne Hindernisse verlief.

Ein Stündchen.

Er hasste es, wenn es abends spät wurde. Es war noch nicht neun Uhr, und es fehlte nur noch ein Punkt auf der Tagesordnung. Die Einstellung eines Gehilfen für den Posten des Straßenkehrers.

Doch da griff Balbiani ein.

»Ich hatte einen anstrengenden Tag«, sagte er und wandte sich an die Anwesenden. »Wenn Sie nichts dagegen haben, beenden wir die Sitzung jetzt. Zumal ich noch, bevor ich endlich schlafen gehen kann, eine Sache mit dem Sekretär zu besprechen habe.«

Niemand erhob Einspruch. Keiner interessierte sich für den Straßenkehrer. Bianchi allerdings ärgerte sich, denn er hatte sich vorgenommen, spätestens um Viertel nach neun in den Federn zu liegen.

Als auch das letzte Ratsmitglied gegangen war, erklärte der Bürgermeister, worum es ging. »Sekretär, der Straßenkehrerposten ist schon vergeben.«

Vielleicht war das ein wenig zu direkt, aber auch er wollte schnell ins Bett.

Bianchi war verblüfft. »Aber …«

Er wollte dem Bürgermeister darlegen, nach welchen Vorschriften öffentlich Beschäftigte eingestellt werden mussten.

Balbiani ließ ihn gar nicht erst zu Wort kommen: »Ich weiß das, aber es ist mir egal«, sagte er. »Wir stellen ihn erst mal als Hilfsarbeiter ein, und nach zwei Monaten machen wir eine Ausschreibung. Er ist der einzige Kandidat und bekommt den Posten.«

»Aber –«, versuchte der Sekretär zu widersprechen.

»Wer ist hier der Bürgermeister?«

»Sie.«

»Gut, vergessen Sie das nicht.«

»Aber –«

»Gute Nacht«, unterbrach ihn Balbiani zum dritten Mal. »Wir müssen uns jetzt beide richtig schön ausschlafen.«

Dann ging er und ließ den Sekretär in tiefem Schweigen in seinem Büro zurück.

II

Es gab allen Grund, über die Dummheit dieses Bürgermeisters zu lachen, dachte der Maresciallo, der sein Abendessen kaum anrührte. Da glaubte er dem Bicicli seine Geschichten. Eine Frau in Schwierigkeiten! Das erzählte er ausgerechnet ihm, der genau Bescheid wusste!

Er hätte Grund zu lachen gehabt, wenn Balbianis Worte ihm nicht die feurigen Nächte in Erinnerung gerufen hätten.

Geschickt war die Montani ja wirklich. Und jetzt gab sie sich einem Individuum wie Bicicli hin!

Da blieb ihm das Lachen im Halse stecken, ihm verging der Appetit, er war nervös.

Irgendwann murmelte er: »Ach!«

Besser, er überließ sich nicht derartigen Vorstellungen.

»Es reicht!«

Aber die Toiletten!

Nach der Vorführung von heute Morgen hatte der Bürgermeister jetzt keine Entschuldigung mehr. Auch Marinara hatte gehört, was er ihm gesagt hatte: Heute Abend auf der Gemeinderatssitzung würde darüber gesprochen.

Er würde jetzt nicht mehr lockerlassen.

Er verließ die Kaserne und ging zum Café an der Anlegestelle, den Blick auf das Bürofenster des Sekretärs gerichtet. Wenn es dort dunkel würde, dann wäre die Sitzung vorbei.

Dann wollte er losgehen und am Ausgang des Rathauses auf den Bürgermeister warten, um zu erfahren, was für eine Entscheidung sie getroffen hatten.

»Möchten Sie einen Kaffee, Maresciallo?«, fragte der Barmann.

Accadi starrte immer noch auf das Fenster und drehte sich nicht einmal um. »Einen schönen starken«, sagte er.

III

Kartoffelpüree und eine Scheibe Kalbfleisch. Danach ein kleiner Cognac, nur ein Tropfen. Auch seine Mutter hatte immer nach dem Essen einen Cognac getrunken. Dann verließ Eugenio Pochezza das Haus.

Er trug einen Kamelhaarmantel, in dem er breiter wirkte, als er war, stieg die Treppen hinunter und gelangte auf die Piazza Boldoni.

Er holte tief Luft. Das Wetter war sehr feucht, als läge ein nasses Tuch über der Gegend. Nur wenige Fenster waren erleuchtet, als schliefe der ganze Ort.

Dabei war er eher in eine morbide Untätigkeit getaucht, in Erwartung der vorgerückten Nachtstunden, in denen man sich anderen Beschäftigungen widmen konnte.

Der Gedanke an die Montani und ihre nackte Schönheit, mit der er sich in wenigen Tagen wieder die Zeit vertreiben würde, ließ Pochezza einen Schauer über den Rücken laufen. Er freute sich. Er genoss seine Freiheit; er musste nun nicht mehr den Blicken seiner Mutter ausweichen, sich keine Ausreden mehr ausdenken. Die Freiheit, die er ihrem Tod verdankte, hatte sie ihr ganzes Leben gehabt, und bis sie achtzig wurde, hatte sie sie genutzt.

Er würde jetzt damit anfangen.

Eugenio zog seinen Kamelhaarmantel fest um sich, er war entspannt und hochzufrieden.

Er war reich, er war allein, Herr seiner Zeit und seiner Taten. Sein Blick glitt über den See, der in dem Dunst, der das gegenüberliegende Ufer verdeckte, unendlich schien.

Langsam ging er auf das Licht des Cafés an der Anlegestelle zu, er freute sich auf einen Cognac, der ihn wärmen und seinen Gedanken und Gefühlen Kraft geben sollte.

Kaum hatte er den Fuß in das Lokal gesetzt, da verging der Zauber. Das Licht, die gedämpften Stimmen der Gäste, alles störte ihn. Und der Maresciallo Accadi verdarb die Stimmung komplett. »Willkommen zu Hause«, begrüßte er ihn.

Er stand immer noch am Fenster des Cafés.

Anstatt zur Theke zu gehen, ging Eugenio auf ihn zu. »Guten Abend, Maresciallo«, entgegnete er. »Gibt es Neuigkeiten?«

Der Maresciallo lächelte leicht. »Das frage ich Sie. Sie sind der Journalist.«

Eugenio lachte. »Ich bin nicht auf dem Laufenden«, sagte er. »Ich habe mir etwas Urlaub gegönnt. Wissen Sie, nach dem Tod meiner Mutter …«

Accadi zog die Augenbrauen hoch. »Schade«, sagte er.

»Ich weiß«, murmelte Eugenio. »Aber sie war im richtigen Alter.«

Der Maresciallo aber meinte gar nicht den Tod von Signora Eutrice. »Also schreiben Sie nichts über den Einbruch in die Villa Ghelfi?«, fragte er.

Eugenio wusste darüber nur, was ihm am Morgen das Hausmädchen erzählt hatte, als es ihm das Frühstück ans Bett brachte, ein paar auf dem Kirchplatz und in den Läden aufgeschnappte Einzelheiten.

»Nein«, sagte Pochezza.

»Schade«, wiederholte der Maresciallo.

»Schade?«, fragte Pochezza.

Sehnte sich der Maresciallo nach seiner Prosa, oder wollte er nur wieder sein Bild in der Zeitung sehen?

»Warum?«, fragte er.

Der Maresciallo schien über eine Antwort nachzudenken. Noch so ein schöner Artikel, den auch der Capitano Collocò zu lesen bekam und durch den dieser erfuhr, dass er weiterermittelte, Spuren verfolgte und so weiter. Beispielsweise könnte er Pochezza zu verstehen geben, dass eine gewisse Dame mit den Dieben unter einer Decke steckte und ein gewisses Subjekt in ihr Bett gelockt hätte, damit die Delinquenten ungestört agieren konnten. Journalisten waren ja Meister in der Kunst, Dinge zu sagen, ohne sie auszusprechen.

Er dachte noch darüber nach, ob er den Schuss abgeben sollte oder nicht, als das Bürofenster des Sekretärs dunkel wurde.

Der Maresciallo konnte nicht anders, als sofort aktiv zu werden. »Wir sprechen später noch einmal drüber«, sagte er plötzlich erregt.

»Wann?«, fragte Eugenio, der noch nicht wusste, ob er die Sache interessant finden sollte oder nicht.

Der Maresciallo war schon gegangen. Eugenio sah ihn schnellen Schrittes über die verlassene Piazza Grossi eilen: Er sah aus wie eine Marionette.

Eine Puppe, dachte Pochezza.

Grinsend ging er an die Bar und bestellte einen Cognac. »Einen doppelten, den französischen«, sagte er zu dem Barmann.

114

Was für ein Scheißort!

Und nach Scheiße roch auch seine Wohnung schon wieder.

Was dachten die sich eigentlich, der Bürgermeister und seine Leute? Die sollten ja nicht auf die Idee kommen, ihn zu verarschen! Und dieser Dummkopf von Bürgermeister am wenigsten!

Obwohl es schon nach Mitternacht war, konnte der Maresciallo Accadi nicht einschlafen. Er hatte es versucht, aber immer wenn er die Augen schloss, sah er diesen wandelnden Leichnam von Sekretär vor sich, den er vor ein paar Stunden gefragt hatte, wie denn die Sitzung des Gemeinderats verlaufen sei und welche Entscheidung sie über die Toiletten in der Kaserne getroffen hätten.

Der hatte mit Grabesstimme erklärt, der Herr Bürgermeister sei schon nach Hause gegangen.

»Na gut«, hatte er erwidert, »aber die Toiletten?«

»Welche Toiletten denn, Signor Maresciallo?«, fragte Bianchi mit letzter Kraft.

Accadi hatte herausgefunden, dass das Thema nicht mal auf der Tagesordnung gewesen war. Das ließ er sich dreimal wiederholen. Dann drehte er dem Sekretär den Rücken zu, um zu verhindern, dass er eine echte Leiche aus ihm machte.

Er ging wieder ins Café an der Anlegestelle, denn er hatte eine Idee. Aber Pochezza war nicht mehr da.

Nicht so schlimm, sagte er sich, aber er schwor Rache.

Um halb acht Uhr morgens kam der Appuntato Marinara zu ihm. »Guten Morgen, Maresciallo«, grüßte er.

»Für Sie mag er ja gut sein.«

Oje!, dachte Marinara, ich halte mich besser zurück.

»Appuntato!«

»Zu Befehl.«

»In einer halben Stunde will ich Pochezza in meinem Büro sehen.«

Marinara runzelte die Stirn. Kündigte sich da neues Unheil an? »Eugenio Pochezza?«, fragte er und biss sich schnell auf die Zunge.

»Kennen Sie andere, die so heißen?«, fragte der Maresciallo giftig.

Er kannte die Gewohnheiten des verwöhnten Herrn, er würde ihn wecken müssen. So dachte der Appuntato. Dabei war Pochezza bereits aufgestanden, da ihn um sieben Uhr das Telefon aus dem Schlaf gerissen hatte.

»Also bist du nicht tot!«, sagte die Stimme am anderen Ende der Leitung.

Diese Stimme …

»Bentipenso!«, rief Eugenio.

Der Chefredakteur.

»Ich dachte, du wärst ausgewandert«, sagte er.

»Aber nein, ich hab nur ein bisschen Ferien gemacht; ich bin hier!«

»Na, ein Glück für dich. Hör zu. Passt es dir, ein bisschen zu arbeiten?«

»Das hängt von der Arbeit ab«, antwortete Eugenio lachend.

»Ich habe gehört, dass neulich Nacht wieder ein Einbruch verübt wurde.«

»Ja, in der Villa Ghelfi.«

»Und? Ihr werdet allmählich berühmt. Schreibst du zwei Zeilen darüber, oder soll ich einen anderen beauftragen?«

Eugenio überlegte. Der Gedanke, wieder zur Feder zu greifen, gefiel ihm eigentlich nicht schlecht. »Nein, nein«, antwortete er, »ich kümmere mich schon darum.«

Dann klingelte es an der Haustür. Da die Köchin erst um zehn mit ihrem Dienst begann, musste er selbst öffnen und stand dem Appuntato Marinara gegenüber, der staunte, den Hausherrn persönlich anzutreffen, wenn auch noch in der Hausjacke.

Nachdem Eugenio sich angehört hatte, was der Carabiniere wollte, sagte er sich, dass er wirklich ein Glückspilz war.

Vor zehn Minuten hatte Bentipenso ihn beauftragt, über den Einbruch in der Villa zu schreiben, und jetzt bestellte ihn der Maresciallo in die Kaserne.

Besser konnte es nicht laufen!

116

Dass sie das Kind verloren hatte, wussten nur sie, der Gynäkologe, der sie behandelt hatte, und der Doktor. Das wurde Marinara klar, als Letzterer ausgerechnet ihm vertraulich sagte, um dieses Problem müsse man sich nun nicht mehr kümmern.

Der Appuntato hielt sich mit einem Kommentar zurück. Er fand die ganze Geschichte schon düster genug, und mit dieser Nachricht kam nur ein weiterer Misston hinzu.

Zehn Tage nach dem Eingriff machte Anna Montani ihren Laden wieder auf.

Sie war noch etwas angeschlagen.

Aber als sie sah, dass Eugenio gerade die Via Manzoni überquerte, um zum Maresciallo zu gehen, leuchteten ihre Augen auf.

Eugenio lächelte wegen des glücklichen Zusammentreffens. »Sieh mal einer an«, murmelte er.

Einen Moment lang wollte er sich instinktiv abwenden und gehen, wie er es zu Lebzeiten seiner Mutter getan hatte, um neugierige Blicke und Geschwätz zu vermeiden. Aber er gab der Versuchung nach. Jetzt war er frei. Er blieb stehen und fragte, wie es der Dame gehe.

»Einigermaßen«, antwortete sie, ohne auf Einzelheiten einzugehen.

Sie sei auf dem Weg der Besserung, brauche nur noch etwas Ruhe. Doch sie könnten vielleicht gemeinsam zu Abend essen und ein wenig plaudern. Das würde ihr nach so viel Alleinsein guttun.

Eugenio war einverstanden und machte sich zur Kaserne auf.

Besser konnte es nicht laufen, dachte er erneut.

117

Er würde sie alle in den Arsch treten, dachte der Maresciallo Accadi. Den Bürgermeister und die Schafsköpfe vom Gemeinderat.

»Wo bleibt der Pochezza?«, brüllte er von seiner Wohnung ins Treppenhaus.

»Er hat gesagt, in einer halben Stunde ist er da«, antwortete der Appuntato. »Also hat er noch zehn Minuten.«

Er soll ja pünktlich sein, dachte der Maresciallo, sonst ist auch er dran.

»Schick ihn hoch, sobald er da ist.«

»Nach oben?«

»Ja, genau, in meine Wohnung.«

Accadi sah auf die Uhr. Es war halb neun. Ihm blieb noch eine Stunde, und er wollte auf keinen Fall Zeit verlieren. Denn der Zug nach Lecco, der um halb zehn fuhr, würde sicher nicht auf ihn warten.

Lecco, die zweite Station seiner Rache. Das Büro des Maresciallo maggiore Utrighi, der für die Instandhaltung von Gebäuden zuständig war. Keiner konnte ihm besser raten, was gegen den Bürgermeister zu unternehmen war, um ihn zu zwingen, die verdammten Toiletten in Ordnung zu bringen.

Endlich klopfte es. »Wer ist da?«, fragte der Maresciallo.

Eugenio nannte seinen Namen. »Sie wollten mich sprechen, Maresciallo?«

»Kommen Sie nur herein.«

Accadi war im Schlafzimmer und zog sich gerade fertig an, Zivilkleidung. Nach dem Gespräch mit dem Maresciallo Utrighi wollte er sich ein ordentliches Mittagessen im Restaurant Tre Platani gönnen und dann einen kleinen Besuch an einem gewissen Ort. Der Gedanke an die Montani brachte ihn immer noch in Erregung, und die musste zur Ruhe kommen.

Er band sich die Krawatte, aber der Knoten gelang ihm nicht. Er wollte einen kleinen haben, doch er wurde schief und dick.

»Nur einmal überschlagen«, riet ihm Pochezza.

»Wie?«

»Gestatten Sie«, sagte Eugenio, und mit drei geschickten Bewegungen machte er ihm einen perfekten Knoten.

»Danke«, sagte der Maresciallo.

»Keine Ursache«, entgegnete Pochezza.

Allerdings, fügte er lächelnd hinzu, glaube er nicht, dass der Maresciallo ihn in die Kaserne habe kommen lassen, um seine Krawatte zu binden.

»Ich vermute, Sie wollen mir ein paar Dinge erzählen, die mit dem Einbruch in der Villa Ghelfi zu tun haben«, sagte er.

Der Maresciallo schloss die Augen. »Das auch«, sagte er geheimnisvoll.

Denn zuerst …

118

Zuerst wollte der Maresciallo mit Pochezza das gleiche Experiment machen, das er auch mit dem Bürgermeister durchgeführt hatte. Der einzige Unterschied war, dass er diesmal den Carabiniere Flachis zur Wasserspülung schickte.

Das Gurgeln des Wassers in den Rohren drang durch die Stille der Wohnung.

»Riechen Sie das?«, fragte der Maresciallo.

Was denn?, wollte Pochezza fragen.

Accadi gab ihm ein Zeichen zu warten.

Dann begann der Journalist es wahrzunehmen.

Er schnupperte mehrere Male.

»Und?«, rief der Maresciallo, als er sah, dass Pochezza die Nase rümpfte.

»Was?«, fragte der.

»Ich meine, riecht es nach Scheiße oder nicht?«

Da war kein Zweifel, es war durchdringend, ekelerregend, unerträglich.

»Und ich muss damit leben. Verstehen Sie?«

Eugenio versuchte, ihn zu unterbrechen.

»Seit acht Monaten rede ich darüber. Aber niemand hört hin. Sie machen Versprechungen, eine ganze Sammlung. Und jetzt reicht es mir! Mit dieser Sache muss Schluss sein, schreiben Sie das in der Zeitung, erzählen Sie den Leuten, unter welchen Bedingungen der Kommandant der Kaserne leben muss!«

Pochezza schluckte. »Sicher, aber –«

»Aber?«, fragte der Maresciallo.

Wollte er ihm denn nichts über den Einbruch in der Villa sagen?

»Ja, doch«, sagte der Maresciallo geheimnisvoll.

»Wenn ich darüber berichte, kann ich auch etwas über das andere Problem schreiben«, sagte Pochezza und hielt sich die Nase zu.

Der Maresciallo seufzte. »Ich zähle auf Sie«, sagte er.

»Das können Sie«, versicherte Pochezza.

119

War es nicht seltsam, dass innerhalb weniger Monate zwei nächtliche Einbrüche stattgefunden hatten und der Nachtwächter angeblich nichts davon bemerkte?, fragte der Maresciallo.

»Beim ersten Mal war er betrunken«, entgegnete Pochezza.

»Er kann das auch vorgetäuscht haben«, wandte der Maresciallo ein.

»Und beim zweiten Mal?«, fragte der Journalist.

Da habe er sich erneut an der Nase herumführen lassen, noch angenehmer für ihn, erzählte Accadi.

»Ach ja?«

»Und ob! Er verbrachte die Nacht in den Federn einer untröstlichen Witwe.«

Pochezza musste lachen. Bicicli und eine Frau! Das konnte er sich nicht vorstellen.

»Da gibt es nichts zu lachen«, sagte der Maresciallo.

Die Frau könne schließlich eine Komplizin der Einbrecher sein.

»Daran hatte ich nicht gedacht«, gab Eugenio zu.

»Ich aber«, erklärte der Carabiniere.

Zuerst mussten sie Bicicli aus dem Verkehr ziehen, dann

hätten die Diebe ihren Coup in aller Ruhe ausführen können.

»Also gehen Ihre Nachforschungen in diese Richtung?«, fragte Pochezza.

»Äußerste Wachsamkeit«, versicherte der Maresciallo. »Alle Verdächtigen unter Kontrolle.«

Ach so, Sie kennen sie also?, wollte der Journalist wissen.

Ja, genau, ließ Accadi ihn wissen.

Pochezza musste wieder lachen.

Was daran so lächerlich sei, fragte der Maresciallo.

Dazu gehöre ja schon einiges, antwortete Eugenio. Dazu gehöre schon etwas, sich mit einem wie Bicicli ins Bett zu legen. »Ich würde etwas darum geben, zu wissen, wer sie ist«, schloss er.

Der Maresciallo schüttelte den Kopf. Namen könne er nicht nennen.

Er habe keineswegs vor, ihn zu veröffentlichen, versicherte Pochezza. Er wolle es nur wissen, damit die Atmosphäre in seinem Artikel auch stimme.

»Namen erfahren Sie zu gegebener Zeit«, sagte Accadi entschlossen.

»Und Nachnamen?«, scherzte Eugenio.

»Den Geburts- oder den Ehenamen?«, fragte der Maresciallo.

»Hatten Sie nicht gesagt, dass sie Witwe ist?«, erlaubte sich Pochezza zu fragen.

»Eine untröstliche Witwe«, erläuterte der Carabiniere.

Seit ihr Mann in Russland verschollen sei.

120

Besorgt, ob er sich nicht verhört hatte, brachte der Ober im Café an der Anlegestelle Pochezza, was er bestellt hatte: Cognac, doppelt, französisch.

Das bestellte Eugenio zwar oft, aber nicht um zehn Uhr morgens.

Pochezza stürzte den Cognac hinunter, ohne etwas zu schmecken.

Welche Madonna hatte ihn gerettet? Die aus der Kirche von Lezzeno oder die von Tirano? Welche hatte ihn davor bewahrt, ins Unglück zu stürzen und sich lächerlich zu machen?

Vielleicht keine von beiden. Eher seine Mutter. Sie hatte wohl dem Maresciallo die Worte in den Mund gelegt. Im Übrigen hatte sie es immer gesagt, vom ersten Tag an: »Für mich ist das eine von denen!«

So ein Weitblick. Was für ein starkes Stück, den Bicicli ins Bett zu locken und auch noch mit den Dieben gemeinsame Sache zu machen!

»Ruhig«, murmelte Eugenio, wobei er an die Worte dachte, die ihm die Montani geschrieben hatte. »Nach all der Zeit des Alleinseins …«

Zusammen mit …

Der Cognac stieg ihm zu Kopf. Er bestellte einen zweiten, zum Erstaunen des Obers, der sich nicht beherrschen konnte.

»Einen zweiten?«, fragte er.

Wer weiß, wie viele sonst noch, war die schweigende Antwort von Pochezza. Wenn sie sich tatsächlich den Bicicli ins Bett geholt hatte … dazu gehörte was!

»Noch einen«, sagte Eugenio nach ein paar Sekunden.

Und er Idiot hatte sie heiraten und mit ihr ans Meer ziehen wollen! Am Ende hätte er dagestanden wie ein Dummkopf, wäre vielleicht sogar Komplize geworden …

»Nein.«

Da war nichts zu machen. Er war gewarnt.

Gesegnet sei der Maresciallo, gesegnet sei seine Mutter, die ihm die Worte eingegeben hatte!

Sollte diese Schlampe doch sehen, wie sie klarkam!

121

Kein Beratungsgespräch mit dem Maresciallo Utrighi.

Kein Mittagessen im Restaurant Tre Platani.

Vom Besuch im Bordell ganz zu schweigen.

Es war eine qualvolle Reise für den Maresciallo Accadi.

Kaum hatte er die Kommandantur betreten, stand er dem Capitano Collocò gegenüber, der ihn eine Minute ansah, als gelänge es ihm nicht, ihn einzuordnen. Dann trat er näher und sagte: »Schon da?«

Accadi antwortete nur: »Warum?«

Weil Collocò vor einer halben Stunde in der Kaserne von Bellano angerufen und nach ihm gefragt hatte. Der Appuntato Marinara hatte sich jedoch nicht getraut zu sagen, dass der Vorgesetzte vor einer Stunde in Zivilkleidung weggegangen sei und er nicht wisse, wohin.

»Im Moment ist er nicht da.« So hatte er sich herausgeredet.

Trocken wie immer teilte Collocò ihm mit, er müsse dringend mit dem Maresciallo reden. Er solle ihm so schnell wie möglich sagen, dass er ihn anrufen solle.

So erklärte sich die Verblüffung des Capitano, als er Accadi vor sich sah. War er nach Lecco geflogen?

»Wenn Sie schon da sind«, sagte er, »kommen Sie doch gleich in mein Büro und bringen wir es hinter uns.«

»Und«, fügte er hinzu, während er vorausging, »um es gleich zu sagen, Sie sollen wissen, dass ich Sie lieber in Uniform hier sähe.«

Bei dieser Äußerung gab Accadi den Gedanken an das Mittagessen und das Bordell auf, während sich in seinem Mund ein metallischer Geschmack ausbreitete, der Geschmack drohenden Unheils.

122

»*Wollen wir in Bellano nicht mal* den einen oder anderen Dieb verhaften?«

So begann der Capitano Collocò und kam damit ohne Umschweife auf das Thema.

»Im September hat mich der Präfekt angerufen«, berichtete er.

Und vorgestern habe ihn der General Della Santa angerufen, für dessen Tochter, was für ein Zufall, der Ingenieur Ghelfi die Wohnung in Mailand umgebaut habe.

»Was soll ich dem erzählen?«, fragte Collocò.

Sollte er ihm sagen, die Kaserne von Bellano lasse sich von einem einzigen Nachtwächter in den Schatten stellen, bei dessen willkommenem Eingreifen die Diebe schleunigst die Flucht ergriffen?

Oder dass das Diebesgut, das nicht auf dem Lieferwagen geblieben war, wieder aufgetaucht sei?

»Wieso wieder aufgetaucht?«, fragte Accadi dazwischen.

Wieder aufgetaucht, bestätigte Collocò.

Aber offensichtlich nicht mit Ihrer Hilfe, fügte er hinzu, das merke man an der Überraschung, mit der der Maresciallo die Neuigkeit aufgenommen habe.

»Wir …«, versuchte der Maresciallo Accadi eine Erwiderung.

Er hatte vor, zu seiner Verteidigung die Liste aller Missstände aufzuzählen, die er sich mit Marinara ausgedacht hatte, aber Collocò gestattete es ihm nicht.

»Muss ich das nächste Mal mit einem Anruf des Präsidenten der Republik rechnen?«

Es folgte eine Minute Schweigen.

»Ich habe Ihnen gesagt, was ich zu sagen hatte, Maresciallo«, begann der Capitano erneut. »Sie tragen die Konsequenzen.«

Dann schickte er ihn weg. Aber an der Schwelle seines Büros hielt er ihn noch einmal auf.

»Übrigens«, fragte er, »können Sie mir sagen, wie Sie es so schnell nach Lecco geschafft haben?«

Accadi seufzte. »Besser nicht«, murmelte er, grüßte noch einmal und legte dabei die Hand an die Stirn, obwohl er in Zivil war.

123

Der Artikel?

Ob er ihn wirklich schreiben sollte?

Bentipenso rief gegen Mittag an, um zu fragen, wie weit er sei.

Eugenio hatte den dritten doppelten Cognac im Blut und den Mut eines Löwen auf der Zunge. Er hatte allerdings einige Schwierigkeiten, die Worte deutlich auszusprechen. Aber es gelang ihm schließlich, auch wenn er sie auf Bitten von Bentipenso hatte wiederholen müssen.

Er wolle mit dieser Geschichte nichts mehr zu tun haben, nichts mit dieser und nichts mit den anderen, die noch folgen würden. Er habe sich eingebildet, Journalist zu sein, müsse aber jetzt zugeben, dass er sich getäuscht habe.

Nachdem er aufgelegt hatte, sagte Pochezza zur Köchin, er wolle heute allein zu Hause bleiben, da er beschäftigt sei.

In Wahrheit legte er sich gleich ins Bett, um sich vom Cognac zu erholen und die immer stärkeren Kopfschmerzen loszuwerden.

Er schlief noch, als ihn am Nachmittag das Telefon weckte.

»Der Artikel?«, fragte der Maresciallo Accadi.

Er schien besorgt, seine Stimme klang dumpf.

Kaum hatte er das Büro des Capitano verlassen, fiel ihm der Artikel ein und all die vertraulichen Mitteilungen an Pochezza, die er sich ausgedacht hatte. Was war er doch für ein Idiot! Es fehlte noch, dass Collocò eine Geschichte voller irrer Hypothesen zu lesen kriegte und noch wütender wurde. Dann konnte er wirklich seine Sachen für Sardinien packen.

»Sehen Sie …«, begann Eugenio.

»Ja?«

»Ich habe mir gesagt, bevor ich bestimmte Theorien veröffentliche –«

»Ja?«

»Also, es erscheint mir besser, den Dingen genauer nachzugehen, zu prüfen, ob sie wirklich stimmen, sie zu vertiefen –«

»Ja, aber der Artikel?«

»Der Artikel, also wenn Sie einverstanden sind, Maresciallo, warte ich damit noch etwas …«

Eugenio hörte ein Geräusch, als ob Accadi Rauch ausstieße. Aber er rauchte nicht, da war er sich sicher.

»Vollkommen einverstanden«, sagte der Maresciallo erleichtert.

Er beendete das Gespräch und wünschte ein schönes Wochenende, denn am nächsten Tag war Samstag.

124

Ein grauer Samstag.

Der See machte den Eindruck, als wäre er den Winter leid, aber noch nicht bereit zum Frühjahrstänzchen. Es war ein langweiliges Leben, eines, das dem Appuntato Marinara das Gefühl gab, der Boden rutsche ihm unter den Füßen weg. Er verlor die Lebenslust und fand keinen Geschmack an den leckeren Mahlzeiten, die seine Frau ihm vorsetzte.

Und wenn er schon an Essen dachte, der Maresciallo erschien ihm heute Morgen bitter wie ein Teller verbrannter Reis.

Daher wagte er zu sagen: »Maresciallo, wenn ich mir die Frage erlauben darf, ist etwas vorgefallen?«

»Ich würde eher sagen, etwas ist nicht vorgefallen«, antwortete sein Vorgesetzter.

Und ohne dass Marinara weiter nachfragte, legte er ein Geständnis ab. Er habe die Küste Sardiniens und vor allem die Bergsilhouette vor Augen. Collocò war ziemlich deutlich geworden.

Ob der Appuntato wisse, dass dieser Ghelfi der Freund eines Armeegenerals sei?

Und dass er mithilfe eines Vermittlers das gesamte Diebesgut wiedergefunden hatte?

»Einem von hier«, erklärte der Maresciallo.

Der Capitano hatte Wert darauf gelegt, es ihm genau zu sagen. Er hatte ihn auch mit einem Grinsen gefragt, ob er sich vorstellen könne, wer es sei.

»Was hätten Sie geantwortet, Appuntato?«

Der Intraken, dachte Marinara. Oder Menaken, wie andere ihn nannten.

»Keine Ahnung«, sagte er stattdessen. Man brauche Beweise, und die habe er nicht. Aber wenn sich in Bellano einer auf gewisse Händel verstehe, dann sei das der Intraken.

»Genau«, sagte der Maresciallo zustimmend.

Eine stumme Szene. Und er hatte auf dem Gesicht des Capitano sogar etwas wie Mitleid gelesen.

Marinara zuckte mit den Schultern. Es sei noch nicht alles verloren, meinte er.

»Es wäre sicher besser, in Zukunft keine Fehler mehr zu machen«, sagte er dann.

»Das ist leicht gesagt«, entgegnete der Maresciallo. Denn da sie nur zu dritt waren, war es ein Kinderspiel, sie an der Nase herumzuführen.

»Wir alle, die zum Wohl der Gemeinde arbeiten, müssen uns zusammentun«, schlug der Appuntato vor.

Einer wie der Bicicli zum Beispiel. Er war bis auf wenige Ausnahmen jede Nacht unterwegs, er konnte bestimmte Dinge sehen oder hören und Informationen weitergeben.

»Der soll bloß wegbleiben«, sagte Accadi.

Sicher, es habe Missverständnisse gegeben. Aber die könne man ausräumen.

»Er müsste sich nur in seine soziale Rolle wieder einfinden«, schlug Marinara begeistert vor.

»Liegt er Ihnen so am Herzen?«, fragte der Maresciallo.

Marinara schluckte. Er wusste nicht, was er antworten sollte. Aber nachdem er den Bicicli benutzt hatte, um der Geilheit seines Vorgesetzten Einhalt zu gebieten, konnte er es kaum abwarten, sich von seiner Schuld zu befreien. Es war seine Pflicht, den Nachtwächter vor Accadi zu rehabilitieren.

»Man könnte mit dem Bürgermeister darüber reden«, meinte der Appuntato.

»Auch so eine Pfeife!«, entfuhr es dem Maresciallo.

»Ich kann mich darum kümmern, wenn Sie wollen.«

Der Maresciallo wandte den Blick zum Fenster, das auf den See hinausging. Das jenseitige Ufer war dunkel, düster, aber die Küste Sardiniens war sicher noch schlimmer …

»Wann könnten Sie das tun?«, fragte er.

»Gleich«, antwortete Marinara. »Am Samstagmorgen hat der Bürgermeister zwischen zehn und zwölf Sprechstunde.«

125

Der Samstag war grau, und er hatte noch leichte Kopfschmerzen. Es war neun Uhr, als Eugenio aufwachte.

Er hatte Hunger. Gestern hatte er zwangsläufig Mittag- und Abendessen verpasst. Aber er hatte keine Lust, aufzustehen und Frühstück zu machen. In einer Stunde kam die Köchin, sie würde sich darum kümmern.

Er gähnte und blickte zum Fenster. Grau. Er konnte kaum die Baumwipfel der Kastanien auf der Piazza Boldoni erkennen. Und die Bucht von Menaggio, wo die Straße nach Porlezza begann, und der Himmel, der sich über der Schweiz verlor, waren ein einziges Bleigebilde, ein Anblick fauliger Ruhe, ohne Perspektive, ohne Form.

Es kam Eugenio vor, als wäre schon Sonntag, zu Lebzeiten der Mutter der schlimmste Tag der Woche.

Dann waren sie allein gewesen, ohne die Köchin und das Dienstmädchen, das frei hatte, und er hatte sich um alles zu kümmern, dauernd musste er den Anweisungen seiner Mutter folgen, sich einem eisernen Tagesablauf beugen.

Um zehn Uhr Messe in der Probsteikirche.

Mittagessen um halb eins im Cavallino.

Bei passendem Wetter ein Verdauungsspaziergang.

Rückkehr nach Hause zwischen drei und vier.

Kartenspiel zwischen sechs und sieben.

Dann endlich Gemüsesuppe.

Die Sonntage endeten mit einem großen Gähnen. Und jetzt, überlegte Pochezza, endeten nicht nur die Sonntage so, sondern auch die Montage, Dienstage und so weiter.

Nein.

Er hatte sich eingebildet, er könne mithilfe von dieser da neue Farbe in sein Leben bringen. Er war ihr entkommen. Zurück zum Ausgangspunkt. Es war Zeit, die Situation in den Griff zu bekommen.

Er musste zuerst die Kanzlei Resemonti anrufen und fragen, ob sie mit ihrer Aufstellung fertig waren. Dann den Immobilienmakler, sich entschuldigen, dass er nichts von sich hatte hören lassen, und den Kauf der kleinen Villa zum Abschluss bringen. Dann entscheiden, welche Möbel und Familienstücke er in seine neue Bleibe mitnehmen wollte.

Es gab noch ein paar Dinge zu tun, sagte sich Pochezza, bevor er diesem Grau und dieser Öde endgültig Ade sagte.

Er musste sie erledigen, und er würde es auch tun. Aber erst nachdem er ein schönes Frühstück verzehrt hätte.

Eugenio schloss die Augen, es dauerte noch eine halbe Stunde, bis die Köchin kam.

126

Eine Viertelstunde vor Mitternacht hatte Anna Montani am Abend das Warten aufgegeben.

Hatte sie Eugenio vielleicht missverstanden?

Das konnte sein.

Von dem Eingriff, der Narkose, den Spritzen, dem Liegen im Krankenhaus war ein dumpfes Gefühl zurückgeblieben, von dem sie sich nur schwer freimachen konnte. Als wäre sie immer im Halbschlaf. Und außerdem war scheußliches Wetter.

Sie wartete also nicht mehr auf ihn und schlief ein.

Als sie am Samstagmorgen hörte, wie die Straße zum Leben erwachte, kam sie zu dem Schluss, dass sie ihn tatsächlich falsch verstanden haben musste, es konnte nicht anders sein.

Eugenio hatte sie begeistert, überschwänglich begrüßt. Er hatte viele Dinge gesagt und dabei sehr schnell gesprochen, wie ein Maschinengewehr. Er hatte sie verwirrt, und sie hatte ihn missverstanden.

Also bedeutete das, dachte sie, während sie noch im Bett lag, dass er an diesem Abend kommen würde.

127

Scheißsamstag.
Immer das gleiche Gejammere, ein ständiges Klagen.
Offenbar lief in diesem Ort nichts richtig.
Die Leute beschwerten sich über alles und jedes. Die Straßen, die Beleuchtung, die Wassergräben, die Kanaldeckel, die Ladenöffnungszeiten, den Fahrplan der Schiffe, den Lärm der Werkstätten, den Gestank der Hühnerställe, den Aufgang zur Mole, die bellenden Hunde, streitende Nachbarn, den Zustand der Parks, der Brunnen, die geringen Budgets der Einrichtungen, Vereine, der Kinderbetreuung, des Musikkorps und der Ortsvertretung Pro Loco, das Leitungswasser in den Vororten und den öffentlichen Toiletten, die Maultierpfade, das Krankenhaus, den Friedhof, die Baumwollspinnerei, die Molkerei. Und irgendwer hatte auch etwas gegen die Vorschriften beim Decken von Rindern einzuwenden.

Wer hatte ihn nur dazu gebracht, sich das Leben zur Hölle zu machen aus lauter Ehrgeiz, Bürgermeister zu sein?

Diese Frage stellte sich Balbiani gegen halb elf. Gerade hatte er einer Frau versprochen, alles in seiner Macht Stehende zu tun, um ihren Mann zu überzeugen, nicht jeden Abend betrunken nach Hause zu kommen, und er wollte nicht daran denken, was hinter seiner Bürotür noch an Problemen wartete, die ihm auf die Eier gehen würden.

Auch er hatte am Morgen gut zehn Minuten am Schlafzimmerfenster gestanden und in das vom Nebel milchig weiße Dunkel geblickt, unentschlossen, ob er auf die Jagd gehen sollte oder nicht. Bei einem solchen Dunst war das Risiko groß, mit leeren Taschen heimzukommen. Aber seine Leidenschaft war größer. Er war losgegangen und hatte

Erfolg gehabt. Am Ufer der Adda wimmelte es von Gänsen, die im Nebel die Orientierung verloren hatten. Bis acht Uhr hatte er in seinem Boot gejagt und an nichts gedacht. Als er dann ans Ufer zurückkehrte und seine Hütte betrat, fiel ihm ein, dass Samstag war und er um zehn zur Bürgersprechstunde im Rathaus sein musste. Dumpfe Wut war in ihm aufgestiegen und verdarb ihm die Freude über seine letzten Schüsse.

Im Auto fuhr er nach Bellano zurück, ein Auge auf die Straße gerichtet, das andere auf die Wasserfläche, wo er die Enten auf Nahrungssuche fliegen sah, und er stieß eine endlose Reihe von Flüchen aus.

Wer hatte ihn nur dazu gebracht?

»Darf ich, Herr Bürgermeister?«

Die Stimme des Appuntato Marinara unterbrach Balbianis Gedanken; er starrte den Carabiniere wortlos an.

Die Toiletten der Kaserne! Der Maresciallo Accadi schickte frische Spähtruppen.

»Was möchten Sie?«, seufzte er.

Marinara machte ihm einen Vorschlag. Eine Art runden Tisch, an dem auch der Bicicli sitzen sollte, um den Dingen auf den Grund zu gehen und ihn in einen Plan einzubeziehen, bei dem –

»Unmöglich!«, unterbrach der Bürgermeister ihn.

Denn, so erklärte er, vor zwei Tagen habe er, wie es in seiner Macht stehe, den Bicicli vom Nachtwächterdienst suspendiert, da er seinen Aufgaben nicht entsprechend nachgekommen sei; der frühere Nachtwächter gehöre jetzt zu den Mitarbeitern der Kommunalverwaltung.

»Wirklich?«, fragte der Appuntato.

»Natürlich nicht im Büro«, erklärte Balbiani. Straßenfeger. Als Hilfsarbeiter.

Samstag war der beste Tag, dachte die Köchin.

Denn danach war Sonntag. Und das sollte der erste sein, den der Signorino Eugenio nach dem Tod der Signora Eutrice allein zu Hause verbrachte.

Sie hatte ihre Rede gut vorbereitet. Sie hatte zwei Monate Zeit gehabt, um sich ihre Strategie zu überlegen. Irgendwann hatte sie schon gefürchtet, sie könne sie nicht in die Tat umsetzen. Doch als der Junge vom Meer zurückkam, war ihr klar, dass sie keine Zeit mehr verlieren durfte.

Also am Samstag, dem besten Tag. Auch dieses graue, traurige Wetter, als wäre Totengedenktag, konnte ihr von Nutzen sein.

Als sie mittags mit der Arbeit fertig war, ging sie zum Angriff über. Mit einem Hustenanfall zog sie die Aufmerksamkeit des Jungen auf sich. Er schien heute den Kopf in den Wolken zu haben. Nach dem Frühstück hatte er nichts anderes gemacht, als von einem Zimmer ins nächste zu rennen und unverständliche Worte zu murmeln.

»Ich wollte fragen«, begann sie, »ob Sie für morgen irgendwelche Wünsche haben.«

Eugenio runzelte die Stirn. »Morgen ist doch Sonntag«, bemerkte er.

»Genau«, entgegnete die Köchin.

Gerade weil Sonntag sei, wolle sie wissen, ob sie etwas zu essen vorbereiten sollte, vielleicht eine kalte Mahlzeit oder etwas, was er aufwärmen könne.

Eugenio hatte keine Lust, sich damit zu beschäftigen. »Nein, nein«, sagte er unbekümmert.

»Also?«, fragte die Köchin beharrlich.

Also was?

»Sie wollen doch sicher nicht ohne Begleitung essen gehen?«, wagte sie zu fragen.

»Ich weiß nicht, was ich mache«, antwortete Eugenio, »das muss ich mir noch überlegen.«

»Wenn …«, sprudelte die Köchin hervor.

»Ja?«

»Wenn Sie wollen …«

An diesem Sonntag, dem ersten, den er ohne seine Mutter zu Hause verbringe, könne er zu ihr zum Mittagessen kommen.

»Aber nein –«

»Es gibt gefülltes Huhn.«

Eines seiner Leibgerichte.

»Mit Polenta?«, fragte Eugenio.

Natürlich, ohne ging es doch nicht.

»Also gut«, sagte er.

Und Montag würde er alles hinter sich bringen.

»Erlauben Sie mir, Kuchen mitzubringen«, bat Eugenio höflich.

»Aber machen Sie sich doch keine Mühe –«

»Ich bestehe darauf.«

Er wüsste gern, wie viele sie bei Tisch wären, um genügend zu bestellen.

»Aber wir sind nur unter uns«, sagte die Köchin.

Sie, ihr Mann und er.

Und ihre Tochter Ersilia.

129

Als Anna Montani auf die Uhr sah, war es schon Sonntag, zehn Minuten nach Mitternacht.

Es war unmöglich, dass sie ihn derart missverstanden hatte. Von Eugenio immer noch keine Spur.

Ob etwas passiert war?

Ob es ihm schlecht ging, so allein zu Hause?

Sie löschte das Licht. Sie konnte nicht schlafen und zählte die Stunden. Sie dachte wieder an die Begegnung mit Eugenio, und ihr schien, dass er davon gesprochen hatte, am Sonntag mit ihr zusammen zu Mittag zu essen.

Aber jetzt war sie sich nicht mehr sicher.

So ein Durcheinander …

Sie musste einfach selbst mal nachsehen.

130

»Gehst du, Ersilia?«

Pochezza musste lachen.

»Gehst du, Ersilia?«, murmelte er.

Bildete sich die Köchin etwa ein, dass er ihr Spielchen nicht durchschaute?

Am Sonntagmorgen war Eugenio in bester Laune wach geworden. Nicht etwa wegen des Wetters, das immer noch grau war. Außerdem fiel ein feiner leiser Regen, der auf die Wasseroberfläche bei der Mole unendlich viele Kreise zeichnete. Das Wetter war ihm jetzt völlig gleichgültig, sollte es doch bis ans Ende aller Tage regnen. Wenn der Sonntag vorbei war, dann tschüss, Berge! Er machte seine Toilette, pfiff fröhlich vor sich hin und versuchte sich vorzustellen, welche Aufregung jetzt wohl im Haus der Köchin herrschte, wo sie alles für seinen Besuch vorbereiteten.

Bad, Bart, Aftershave, Parfum.

Eine ausgiebige Stunde. Diesen Sonntag keine Messe.

Was sollte er anziehen?

Er wählte einen rauchgrauen Anzug aus London. Er sah sich im Spiegel an, hochelegant. Vielleicht, so dachte er, zu elegant für die Köchin und ihre Pläne, die sich in Wohlgefallen auflösen würden.

Er hatte natürlich alles durchschaut. Er, ein junger Mann, alleinstehend, reich – und ihre Tochter, die kleine Lehrerin … Nichts da!

Er ging mit dem Regenschirm aus und machte sich auf den Weg zur Pasticceria. Sie seien zu viert bei Tisch? Zwanzig *pasterelle*?

Die Messe war gerade erst vorbei. Die Leute waren auf den Kirchplatz geströmt, auf die Piazzetta di Santa Marta und in die umliegenden Gassen. Eugenio hatte bemerkt, dass ihn viele ansahen, weil er das Kuchenpaket am Zeigefinger baumeln ließ. Früher hatte seine Mutter es immer so getragen. Er grüßte und lächelte. Er bog in die Via Manzoni ein, kam am Laden von dieser da vorbei und sah nicht einmal hin. Dann kam er zur Via Pradegiana und stieg zur kleinen Kirche San Nicolao hinauf, wo in der Nummer 35 die Köchin wohnte. Im zweiten Stock. Eine enge, feuchte, düstere Treppe, wo es nach Katzen roch; kleine Teller mit Speiseresten standen vor den Türen.

Adelmo Canotti, der Name war mit der Hand auf die Wand unter der Klingel geschrieben.

Er läutete.

»Gehst du, Ersilia?«

Er konnte nicht umhin zu lächeln.

Der Blitzschlag traf Pochezza an der Stelle, an der sich seine Emotionen entluden, in den Knien. Als er merkte, dass sie nachgaben, stützte er sich mit einer Hand am Türrahmen ab. Er schluckte und war unfähig, vor Ersilia zu sprechen.

»Ich fühle mich geehrt«, sagte er dann, etwas anderes war ihm nicht eingefallen.

»Freut mich, ich bin Ersilia«, entgegnete sie und ließ ihn in ihr Paradies ein.

131

In der Messe hatte sie ihn nicht gesehen. Dabei hatte er, als die Mutter noch lebte, keine einzige versäumt.

Ob er wirklich krank war und Hilfe brauchte?

Das war eine gute Entschuldigung, um zu seinem Haus zu gehen, das Heiligtum zu entehren.

Die Montani eilte blitzschnell davon.

Nein, sie wäre gern blitzschnell davongeeilt, aber sie hatte während der Messe ganz vorn gesessen, wo sonst immer Eugenio mit seiner Mutter gesessen hatte. So musste sie sich der Langsamkeit der Leute anpassen, die ohne jede Eile hinausgingen.

Draußen, auf dem Kirchplatz und der Piazza, begegnete sie zwei Kundinnen. Guten Tag, schönen Sonntag. Eine dritte hielt sie auf, damit sie ein Kleid bewunderte, genäht aus einem Coupon, den sie vor ein paar Wochen bei ihr gekauft hatte. Schön, wunderschön, ich gratuliere. Entschuldigen Sie, ich habe es eilig.

Sie bog in die Via Cavour ein, während Eugenio in entgegengesetzter Richtung die Via Porta hinaufging. Sie lief durch die Via XX. Settembre, ging auf Pochezzas Haus zu, während er durch die Via Manzoni lief, unterwegs zum Haus der Köchin.

Sie standen beide im selben Moment vor der jeweiligen Haustürklingel.

Klingelst du, klingle auch ich. Aber das Tor zum Paradies öffnete sich nur für einen.

132

Hunger hatte er überhaupt nicht.

Als hätte Ersilia ihm jeglichen Hunger genommen. »Ich bin deine Speise.«

Eugenio hatte sich noch nicht zu Tisch gesetzt, da überlegte er schon, was er tun könne, um mit dem Mädchen allein zu sein. Die Köchin hatte die Wette gewonnen, in Ordnung. Aber das Spiel wollte er in der Hand behalten.

Er aß, obwohl er sich satt fühlte. Von allem zwei Portionen: Vorspeise, gefülltes Huhn, Polenta, Käse. Vier kleine Kuchen.

Als es schließlich drei Uhr nachmittags schlug, trank er einen Kaffee mit Grappa und ließ sich im Sessel zurücksinken. »Ich glaube, es wäre gut, ein paar Schritte zu gehen«, sagte er.

Aber die Köchin musste die Küche aufräumen und die Teller abwaschen.

Und Adelmo war schläfrig.

»Geh du, Ersilia!«

Der Plural ging Eugenio leicht über die Lippen, als gehörte er schon zur Familie. »In einer Stunde sind wir wieder da.«

133

Seit mindestens einer Stunde saß Anna Montani im Teeraum des Cafés an der Anlegestelle.

Sie war allein, parfümiert, elegant und geschminkt. Sie wollte den Eindruck erwecken, hier auf jemanden zu warten; es sollte nicht so aussehen, als hätte sie ein Geheimnis zu entschlüsseln und müsste kontrollieren, wer kam und ging. Was war nur aus Eugenio geworden?

Sie saß an einem Tisch an der Ecke, von dem aus sie unbeobachtet durch zwei Fenster blickte. Eines ging auf den See, die Mole, den Garten des Cafés mit den in einer Ecke aufgestapelten Eisenstühlen, das andere auf die Piazza Grossi, die tropfenden Kastanienbäume, das Monument des nachdenklichen Dichters, die Toiletten, aus denen hin und wieder ein sonntäglicher Säufer kam.

Irgendwann riss die Stimme des Maresciallo Accadi sie aus ihren Gedanken. Eine Weile vergaß die Montani das Geheimnis und quetschte sich in die Ecke, um nicht gesehen zu werden. Der Maresciallo bestellte einen Kaffee und trank ihn militärisch in zwei Schlucken. Dann zahlte er und ging. Die Hutmacherin entspannte sich und wandte den Blick nun der Seepromenade zu. Ein Schiff war gerade um die Punta della Puncia herumgefahren und näherte sich der Mole. Zwischen das Schiff und die Augen der Frau trat der Bicicli. Allein, die Hände in den Taschen, den Kopf zwischen den

Schultern, ging er ziellos umher. Die Montani zog sich wieder zurück wie eine Schnecke. Es schlug drei Uhr.

Vielleicht war es besser, dachte sie, noch einmal zu Eugenios Haus zu gehen und zu klingeln.

Sie stand auf und tat so, als wäre sie innerlich völlig ruhig.

»Ob es bald aufhört zu regnen?«, fragte sie den Barmann.

»Es regnet schon seit über einer Stunde nicht mehr«, antwortete er und gab ihr das Wechselgeld.

Die Montani lächelte.

Sie verließ das Café und ging in die Via Privata dell' Achille.

Als sie dort eingebogen war, sah sie vor sich Eugenio.

Er ging spazieren und unterhielt sich.

An seinem Arm ging eine, wie vor wenigen Monaten seine Mutter.

Einen Moment wurden der Hutmacherin die Beine schwach.

134

Die Beine waren Biciclis Problem.

Das hatte Firmato am ersten Tag seiner neuen Tätigkeit gemerkt, seit dem Abend des gestrigen Tages.

Um die Zeit, zu der er, als er noch Nachtwächter war, üblicherweise aus dem Haus ging, verspürte er eine Art Nervosität, eine Unruhe, die sich in seinen Beinen bemerkbar machte. Als wollten sie ihm nicht gehorchen, sich der neuen Lage nicht anpassen, als versuchten sie, ihn aus dem Haus zu treiben. Bicicli ging in der Küche auf und ab, um sie müde zu machen. Aber jegliche Mühe war umsonst. Als dann die Zeit gekommen war, in der er wirklich zur Arbeit musste, lag er schnarchend auf der Couch. Der Amtsdiener musste ihn zur Pflicht rufen.

Er sprach mit dem Bürgermeister darüber. Der reagierte, indem er ihm einen Wecker schenkte. Er sprach auch mit dem Doktor darüber, der ihm Geduld empfahl, es sei eine Frage des Biorhythmus.

Aber es war nichts zu machen. Die Beine von Bicicli wollten nicht glauben, dass sich auch ihr Leben verändert hatte. Sie waren stur, dickköpfig und stärker als er.

Abends wollten sie weggehen, sich bewegen, weil sie daran gewöhnt waren.

In Ordnung, beschloss Bicicli. Und er folgte ihrem Willen.

Zuerst ein paar Schritte nach dem Abendessen. Dann die doppelte Zahl. Und damit war er schon bei der Osteria del Ponte. Zwei weitere Schritte, und er war drin. Die Gesichter waren noch dieselben, der Cognac hatte sich auch nicht verändert.

Ein, zwei kleine Cognac, vier Tänzchen, vielleicht eine Partie Karten. Gegen elf verabschiedete er sich von den Gästen und lief weiter im Ort umher.

Gegen Mitternacht kam er nach Hause. Erst dann schienen auch die Beine ein bisschen Ruhe brauchen zu können. Anfang März war dieser Kompromiss dann zur Regel geworden.

135

An diesem Abend fiel ein trostloser Regen, und es war kalt.

Man konnte sich nur schwer vorstellen, dass in vierzehn Tagen der Frühling anfangen würde, jedenfalls auf dem Kalender.

Vor dem Hintergrund der tropfenden Kastanien an der Seepromenade wirkte Bicicli wie ein übernatürliches Wesen, das den schwarzen Wassern des Sees entstiegen war.

Der neue Straßenkehrer war wieder ganz der Alte. Die Haare in Nase und Ohren waren wieder gewachsen, das Haar auf dem Kopf hatte wieder die übliche Welle. Schicksal.

An diesem Abend war er ein wenig angetrunken. Kurz zuvor war er in der Osteria in schlechte Gesellschaft geraten. Er hatte Wein und Cognac durcheinandergetrunken und war dem Angebot weiterzutrinken, gerade noch rechtzeitig entkommen, um einen schlimmen Kater zu vermeiden.

Auf halbem Weg, vor der verschlossenen Tür der Apotheke der Petracchi, blieb er stehen, knöpfte den Regenmantel auf, kramte im Hosenstall und pinkelte auf eine Pflanze, mit dem Rücken zum See.

Während er pinkelte, sah er sich das Gebäude an, das er vor Augen hatte, und dachte an den Schlaf der Bewohner, über den er gewacht hatte, als er noch Nachtwächter gewesen war. Der Urinstrom versiegte, aber Bicicli blieb weiter stehen. Er wusste aus Erfahrung, dass er noch einen Moment warten und seiner Blase Gelegenheit geben musste, den unausbleiblichen Rest loszuwerden.

Und während er wartete und der Regen stärker wurde, hörte er ein Geräusch, eine Art Knarren.

Firmato schärfte seine Sinne. Das Knarren ertönte erneut. Es war ein Geräusch, als bewegten sich verrostete Türangeln, vielleicht an einem Gittertor.

Drinnen bellte ein Hund.

Firmato war auf der Hut und versteckte sich hinter einer Kastanie.

Der schwache Lichtschein einer Tischlampe erleuchtete für ein paar Augenblicke eines der Fenster im Obergeschoss der Apotheke, wo die beiden Petracchi wohnten. Doch gleich wurde das Fenster wieder dunkel.

Ende des Schauspiels, dachte Bicicli, als er einen Schatten auftauchen sah: Er kam von einer Seitenterrasse des Gebäudes aus dem Dunkel. Von da ließ er sich herunter und sprang auf das Vordach des Nebeneingangs, der auf einen kleinen Weg zwischen der Apotheke und einer Reihe umzäunter Gärten führte.

Firmato presste sich an die Kastanie.

Der Mann sprang vom Vordach und landete auf dem kleinen Weg. Dann verschwand er Richtung Seepromenade.

Bicicli erwartete ihn dort, bis der andere ihm in die Arme lief.

Firmato hatte eine Taschenlampe bei sich, alte Gewohnheit. Er leuchtete dem anderen ins Gesicht. »Du bist verhaftet, Picchio!«, sagte er.

Picchio war rot im Gesicht und schnitt eine Grimasse. »Ach, Bicicli«, antwortete er, »du hast den Hosenstall offen.«

136

Firmato musste eine ganze Weile klingeln, bis im Erdgeschoss der Apotheke das Licht anging.

Mit einer Hand hielt er den Picchio am Kragen, auch wenn der gar keine Anstalten machte zu fliehen, mit der anderen hatte er geläutet, womit er erst aufhörte, als er drinnen hinter der schweren Eingangstür die raue Stimme von Gerbera Petracchi hörte.

»Wenn das kein echter Notfall ist!«, krächzte sie.

»Es ist einer«, versicherte Bicicli.

»Wer bist du?«, fragte Gerbera, während sie die Schlüssel im Schloss drehte.

»Bicicli.«

Da brach das Geräusch der Schlüssel sofort ab. »Bicicli? Der Hilfsarbeiter?«

»Ja«, antwortete Firmato wütend, »der frühere Nachtwächter!«

»Und was ist los?«

»Ich habe einen Dieb gefasst.«

Das Scheppern der Schlüssel war wieder zu hören.

»Einen Dieb?«

Gerbera öffnete, aber nur einen kleinen Spalt. Ihr müdes Gesicht zeigte sich, Tränensäcke unter den Augen, Hängebacken.

»Was hat der Dieb gestohlen?«, fragte sie.

»Das weiß ich nicht, aber ich weiß, dass er aus Ihrem Haus kam«, antwortete Bicicli und schob Picchio nach vorn.

»Lass mal sehen«, sagte die Petracchi.

»Der soll das sein?«, fragte sie dann, nachdem sie einen Blick auf den Jungen geworfen hatte.

»Genau.«

Gerbera rieb sich die Augen. »Und was willst du jetzt machen?«, fragte sie.

»Jetzt rufen wir die Carabinieri!«, sagte Bicicli.

Die Frau lächelte müde. »Ach, die Carabinieri«, sagte sie.

Firmato sah sie verwirrt an.

»Kommt doch mal rein«, schlug Gerbera vor, »dann können wir darüber reden.«

Bicicli begriff nicht, was sie vorhatte. Die Dinge waren doch klar. Reinzugehen fand er in Ordnung, aber warum sollten sie reden?

Er trat ein und hielt Picchio immer noch am Kragen. Dieser war dem Wortwechsel stumm gefolgt und verzog das Gesicht zu einer komischen Fratze.

Die Petracchi hütete sich, sie zum Sitzen ins Wohnzimmer oder in die Küche einzuladen. Biciclis tropfender Regenmantel hinterließ eine Pfütze auf dem Boden.

»Wir müssen eine Liste machen und nachsehen, was fehlt: Schmuck, Geld, Wertstücke«, meinte Firmato.

»Hast du ihn nicht durchsucht?«, fragte Gerbera.

»Im Regen?«, erwiderte Bicicli.

»Du hast ihn beschuldigt, ein Dieb zu sein, aber was hat er gestohlen?«

Firmato war bestürzt. Was wollte diese Frau denn noch? Sie schien das Ganze irgendwie zu bedauern.

»Aber er kam doch aus Ihrem Haus!«

Gerbera wies mit dem Zeigefinger auf den früheren Nachtwächter und wollte gerade antworten, doch da ertönten Schritte im Obergeschoss, und sie schwieg.

»So, jetzt habt ihr sie geweckt«, sagte sie dann.

»Ihre Schwester?«, fragte Bicicli.

Gerbera bejahte, ihre Schwester Austera bewege sich im Obergeschoss.

Firmato dachte an den schwachen Lichtschein, den er von der Straße aus gesehen hatte. Wenn die Frau geschlafen hatte, dann sicher noch nicht lange.

»Umso besser«, sagte er, »denn wir müssen auch sie befragen.«

An diesem Punkt griff Gerbera ein. »Langsam, langsam, Bicicli. Du bist nur Hilfsarbeiter und hast keinerlei Befugnis.«

Firmato wurde rot. »Ich bin ein Bürger und tue meine Pflicht«, erwiderte er.

Da schnaufte Picchio und zog die Aufmerksamkeit der beiden auf sich. »Wenn ihr fertig seid, gehe ich schlafen.«

Gerbera machte eine zustimmende Geste.

Bicicli wollte etwas sagen.

»Was ist los?«, fragte da Austera in kindlichem Ton.

Sie stand oben auf der Treppe. Bicicli hatte sie noch nie gesehen. Sie trug ein rosa Negligé mit langen Ärmeln, Kragen und Ärmelaufschlägen aus Spitze. Ihr Haar war zerzaust, und sie wirkte im Halbdunkel bleich.

Gerbera durchbrach das Schweigen mit rauer Stimme. »Geh ins Bett zurück, Austera!«

»Entschuldigung«, sagte Bicicli, »aber da Ihre Schwester eh wach ist, können wir die Gelegenheit doch nutzen, um zu sehen –«

»Sehen?«

»Nachzusehen, ob oben etwas fehlt.«

Gerbera wollte gerade antworten.

»Aber was ist denn passiert?«, fragte Austera dazwischen.

»Geh zurück ins Bett, nichts ist passiert«, schimpfte ihre Schwester.

Nichts?, dachte Bicicli.

Also war er ein Dummkopf, der sich die Dinge nur einbildete.

»Wieso nichts? Sie sind bestohlen worden!«, protestierte er.

»Bestohlen?«, schrie Austera.

»Ja«, antwortete Firmato, »und der hier ist der Dieb!«

»Das behauptest du!«, widersprach Gerbera.

Picchio blickte hoch und sah Gerbera an. »Ich habe nichts gestohlen«, sagte er.

»Ach nein?«, sagte Bicicli. »Und warum bist du dann aus dem Fenster in der zweiten Etage geklettert?«

»Ich –«, begann Picchio.

»Das reicht«, ging Gerbera dazwischen.

Eine Weile schwiegen alle.

»Du kannst ruhig losgehen und deine Carabinieri holen«, sagte sie dann zu Bicicli.

»Aber …«, widersprach Picchio.

Ein vielsagender Blick von Gerbera brachte ihn zum Schweigen.

»Und wer passt auf den hier auf?«, fragte Bicicli und wies auf seinen Gefangenen.

»Darum kümmere ich mich schon«, sagte Gerbera mit tiefer Stimme.

Bicicli war einverstanden. Er wäre nicht gern an Picchios Stelle gewesen, allein mit diesem Drachen von Frau.

137

Der Appuntato Marinara versuchte, auf einer Pritsche zu schlafen, die nicht mehr den Vorschriften entsprach, doch es gelang ihm nicht. Besonders bequem war es wirklich nicht. Er war auch ein bisschen erkältet, doch das raubte ihm nicht den Schlaf. Es war eher ein Gedanke, der ihn, seit er vor drei Tagen einen Brief seiner Schwester Agostana bekommen hatte, nicht mehr losließ. Allein die Tatsache, dass seine Schwester ihm schrieb, hatte nichts Gutes ahnen lassen. Er zerknüllte den Brief aus Furcht vor irgendeinem Unglück. Er hatte sich alles Mögliche ausgemalt: gewaltsamen Tod, Erpressung, Raub. Was er dann las, war noch schlimmer als all das zusammen.

Agostana schrieb ihm, um ihn daran zu erinnern, dass in diesem Jahr alle Italiener durch das Gesetz Vanoni verpflichtet waren, ihre Einkünfte offenzulegen; das müsse er tun, da ihm das halbe Elternhaus gehörte, in dem sie und ihr Mann in Bagnara Calabra lebten. Es sei denn, fuhr Agostana fort, er habe beschlossen, sich mit dem Gedanken abzufinden, nie mehr in sein Dorf zurückzukehren, und würde ihnen seine Hälfte des Eigentums verkaufen. So könne er es sich sparen, die Formulare für seine Besitzerklärung auszufüllen.

»Die Hoffnung stirbt zuletzt«, kommentierte Marinara ihre x-te Aufforderung, zu verkaufen.

Seine Schwester ging ja noch, aber diesem Idioten von Schwager wollte er auf keinen Fall entgegenkommen. Er war bereit, seine Einkünfte offenzulegen, denn für die Haushälfte, in der Schwester und Schwager wohnten, bekam er nur eine winzige Miete. Und im *Corriere della Sera* hatte er eine Art Anleitung zum Ausfüllen der Erklärung gefunden.

Aber Jesus Maria! Was er da alles anführen musste! Möbel, Einrichtung, investierbares Kapital, Abzüge, Tabelle A, B, C, D …

Er bat den Maresciallo Accadi um Rat, und der hatte ihm gesagt: »Nehmen Sie das doch nicht so ernst!« Dann hatte er sich an den Gemeindesekretär Bianchi gewandt, der ihm erklärte, auf dem Amt warteten sie noch auf die Formulare, danach würde er sie sich erst genau ansehen. Im Grunde habe er bis Oktober Zeit für die Erklärung. Doch Marinara war in heller Aufregung. Und als er die Türklingel hörte, fuhr er hoch wie von der Tarantel gestochen.

Als er durch den Spion sah und Bicicli erkannte, mit durchnässtem Haar, das ihm am Kopf klebte, sah es für ihn so aus, als ob der ehemalige Nachtwächter weine.

»Was ist los, Bicicli?«, fragte er beim Öffnen.

»Ich habe einen Dieb gefangen«, antwortete der Hilfsarbeiter entschlossen.

Dem Carabiniere stieg ein leichter Cognacgeruch in die Nase. »Aber du hast doch früher nie welche geschnappt«, entgegnete Marinara lachend. »Wie kommt's? Hatte er sich in der Mülltonne der Straßenreinigung versteckt?«

Firmato wurde kalt. Er war blass und hatte blaue Lippen. »Es ist der Picchio«, sagte er.

Da verging dem Appuntato auf der Stelle die Lust zu scherzen. »Und wo ist er?«

»In der Apotheke.«

Marinara runzelte die Stirn. »Hat er dort gestohlen?«

»Er behauptet, nein. Aber er ist aus einem Fenster im zweiten Stock gestiegen.«

»Und du hast ihn geschnappt«, seufzte der Appuntato.

»Was sollte ich denn tun?«, fragte Bicicli. »Ihn laufen lassen?«

Der Apppuntato antwortete nicht.

»Gehen wir mal nachsehen«, sagte er schließlich.

138

Zu sehen war nichts. Nur zu hören. Gerbera hatte den Fall gelöst.

Als die beiden in die Apotheke kamen, erklärte die Petracchi es den beiden, ohne ihre zwischen den Lippen klemmende brennende Zigarette herauszunehmen.

»Hat er gesungen?«, fragte Bicicli, halb zufrieden, halb erstaunt. Aber er hatte sich schon gedacht, dass der Picchio in der Hand dieser Gorillafrau …

Gerbera würdigte ihn keines Blickes. »Es handelt sich tatsächlich um Diebstahl«, sagte sie zum Appuntato.

Der zuckte nicht mit der Wimper.

»Haben Sie verstanden, Appuntato?«

Marinara sagte, ja, er habe begriffen. Aber er hatte keine Lust, Fragen zu stellen. Er dachte daran, dass Bicicli ihm kurz vorher gesagt hatte, der Picchio habe alles abgestritten.

Und jetzt das hier?

Diese Frau, die wirkte wie ein Mann, gefiel ihm nicht.

Und ihre Überheblichkeit, ihre distanzierte Art ebenso wenig.

Es passte ihm auch nicht, dass sie ihn einfach so im Flur stehen ließ.

»Was ist gestohlen worden?«, fragte er widerwillig.

Er hatte noch keinen Blick auf Picchio geworfen, der an der Wand lehnte und zu Boden blickte.

»Ein Schmuckstück«, antwortete Gerbera.

Ein Erbstück.

»Das Kreuz des Königs«, erklärte sie.

Marinara verzog das Gesicht. »Und was soll das sein?«

Gerbera stieß Rauch aus, die Zigarette war zu Ende. Sie warf die Kippe in einen leeren Schirmständer.

So nannten sie ein Schmuckstück, das eine ihrer Tanten, die Schwester der Mutter, ebenfalls mit Namen Gerbera, die in der Villa Reale in Monza gearbeitet hatte, im Dienst Seiner Majestät Umbertos I. König von Italien –

»Der im Juli 1900 von dem Anarchisten Bresci ermordet wurde …«, erläuterte die Petracchi.

»Ich kenne die Geschichte«, sagte der Appuntato.

… sie habe es von der Königsfamilie geschenkt bekommen, als sie in Pension ging, als Dank für ihre Dienste. Und als die Tante starb, hätten sie es geerbt. Aber jetzt hätten sie es nicht mehr, weil der Junge es gestohlen habe.

»Besser gesagt, er hat versucht, es zu stehlen«, korrigierte sich Gerbera.

»Dank dem Eingreifen des Straßenfegers –«

Bicicli war wütend. »Auch ich habe einen Namen und einen Vornamen.«

Gerbera nutzte die Unterbrechung, um sich die nächste Zigarette anzuzünden. Dann redete sie weiter, als gäbe es Firmato gar nicht.

»… der Dieb konnte den Einbruch nicht zu Ende führen.«

Deshalb brauche man ihn auch nicht zu durchsuchen.

»Warum?«

Diese Frage hätte logischerweise Marinara stellen müssen. Doch der schwieg. Gerbera fragte es selbst. Und sie gab auch die Antwort.

Weil der Junge, nachdem er das Schmuckstück in seinen Besitz gebracht hatte, es auf den Weg unter dem Fenster geworfen habe, um es später dort aufzuheben. Er habe durch den Dienstboteneingang flüchten wollen. Aber da habe ihn ein Geräusch erschreckt. Sie selbst habe es verursacht, weil sie im Sessel eingeschlafen war, mit einem Buch auf dem Schoß, das auf den Boden fiel. Deshalb habe der Junge auf die bewusste abenteuerliche Weise das Haus verlassen, was ihn dann direkt in die Arme des Straßenfegers geführt habe.

»Sieh an«, sagte Bicicli verärgert.

Jetzt müssten sie, so schloss Gerbera, nur noch nach draußen gehen und den Weg absuchen, um das Diebesgut zu finden. Sie könne ihnen eine Taschenlampe leihen, sie selbst wolle sich dem schlechten Wetter nicht aussetzen.

Marinara übernahm die Aufgabe, das Schmuckstück zu finden. Wortlos gab er es Gerbera zurück.

»Morgen Vormittag«, sagte er dann, »müssen Sie in die Kaserne kommen und offiziell Anzeige erstatten.«

Dann sah er Bicicli an: »Und du siehst zu, dass du trocken wirst«, befahl er.

Dann wandte er sich an Picchio: »Wir gehen jetzt.«

Schweigend legten sie den Weg zur Kaserne zurück.

Erst vor der Arreststube begann der Appuntato zu sprechen. »Ist das alles wahr?«, fragte er.

Picchio nickte.

»Gut«, sagte Marinara, »dann erklär mir mal, wie du da reingekommen bist, ohne dass es jemand bemerkt hat.«

Picchio sah weg. Er antwortete mit Achselzucken, und Marinara schloss ihn in der Zelle ein.

Dann legte er sich wieder auf die Pritsche. Mit dem Gesetz Vanoni waren seine Gedanken nun nicht mehr beschäftigt.

Eugenio Pochezza pfiff. Seit dem Sonntag, an dem er bei
der Köchin zum Mittagessen eingeladen gewesen war und
Ersilia kennengelernt hatte, fiel ihm nichts Besseres ein, um
seine Freude zum Ausdruck zu bringen. Denn er hatte weder
Freunde noch Vertraute, denen er seinen Gemütszustand
offenbaren konnte.

Er pfiff *Grazie dei fior* und Ähnliches, fast das gesamte
Repertoire des Festivals von San Remo. Er pfiff und zählte
die Tage.

Wie viel Zeit musste er verstreichen lassen, bis er ihr
einen Heiratsantrag machen konnte, ohne dabei überstürzt
zu wirken?

Drei Monate, hatte er ausgerechnet. Zu Beginn des Sommers würde er den Schritt wagen.

Bis dahin zählte er die Tage, pfiff und beobachtete die
Köchin.

In diesen langen, unausgefüllten Stunden überkam ihn oft
der feige Gedanke, Ersilia könnte Nein sagen.

Dann nahm er sich zusammen und folgte der Logik. Die
Anhänglichkeit des Mädchens ließ wirklich nicht auf Ab-
lehnung schließen. Und doch hielt sich der Gedanke hartnäckig.

Deshalb beobachtete er die Köchin, der Ersilia sicher etwas
anvertraut hatte, Eindrücke, Hoffnungen, Gefühle.

Aber die Köchin ließ nichts durchsickern. Sie war neutral
und streng wie ein Offizier. Sie ließ sich nicht von dem bisschen Vertrauen beirren, das durch die sonntäglichen Mittagessen zwischen ihnen entstanden war. Sie hatte es sogar abgelehnt, sich mit ihm zu duzen.

Sie hatte sich auferlegt, sich nicht in die Sache der beiden einzumischen. Das war für eine künftige Schwiegermutter das Beste. In diesen Tagen aber hätte sich Pochezza weniger Unnachgiebigkeit gewünscht.

An jenem Morgen ging die Köchin ans Telefon. Eugenio war noch im Bett, es war kurz vor neun. Aber der Maresciallo wollte ihn so schnell wie möglich sehen. Das sagte die Frau, als sie ins Dunkel seines Schlafzimmers eindrang.

»Hat er Ihnen gesagt, warum?«, fragte Eugenio gelangweilt.

Eine wichtige Angelegenheit. Mehr habe der Maresciallo nicht gesagt und das Gespräch schnell beendet.

140

Accadi saß auf glühenden Kohlen, er fühlte sich verurteilt, als beobachtete ihn ein unsichtbares Auge, als hinge seine Zukunft an einem seidenen Faden. Die Ansichtskarte von Sardinien war ins Zentrum seiner Gedanken gerückt. Seit Tagen war er gereizt, das Geringste konnte ihn in Rage versetzen.

Zum Beispiel heute Morgen.

Kaum war er ins Büro gekommen, wurde er wütend, weil die Tür zur Arrestzelle geschlossen war.

Verdammt, die sollte doch offen bleiben! Wie oft sollte er das noch sagen? Verstanden die kein Italienisch? Oder waren hier alle taub?

Of-fen!

Damit alle, die in die Kaserne kamen, um befragt zu werden oder aus welchen Gründen auch immer, ins Innere der Zelle sehen konnten, auf den Tisch, den Eimer, das vergit-

terte Fenster, und einen Schreck bekamen bei dem Gedanken, sie könnten dort landen!

Die Zelle solle nur geschlossen werden, wenn jemand drin
sei, erinnerte er mit bitterem Lächeln.

»Genau«, sagte Marinara, nachdem der Maresciallo seine
Wut abgelassen hatte.

»Genau?«

Es war einer drin. »Ein Dieb«, erklärte der Appuntato.

Der Maresciallo war verblüfft.

»Er ist geständig«, präzisierte Marinara.

»Und wer ist es?«

Eraldo Pozzi, auch Picchio genannt.

Der Maresciallo klatschte in die Hände. »Schöner Coup!«,
sagte er freudig.

»Ja, aber ...«, begann der Appuntato eine Erklärung,
nachdem er den Rest der Nacht über immer wieder über
die fadenscheinige Geschichte der Petracchi nachgedacht
hatte.

Doch der Maresciallo war schon in sein Büro geeilt.

141

»*Name, Familienname, Adresse*«, sagte Accadi. »Auf frischer
Tat ertappt. Täter ist geständig. Er ist hier in der Arrestzelle
und steht uns zur Verfügung.«

Eugenio Pochezza schrieb müde alles auf, was der Maresciallo von sich gab. Er interessierte sich nicht mehr für Skan-
dalgeschichten, ob sie nun schwarz, gelb oder rosa waren.
Nur für Ersilia.

Aber wie hätte er das hier dem Maresciallo abschlagen

können? Für den es offenbar äußerst wichtig war, die Verhaftung von Picchio publik zu machen.

Wir sollen endlich mal einen Dieb in Bellano verhaften?

Bitte sehr, Capitano! Das hatte er sich an diesem Morgen etwa hundertmal gesagt.

»Schreiben Sie ruhig«, fuhr Accadi fort, »dass die Carabinieri schon seit einiger Zeit ein Auge auf das Subjekt geworfen hatten, weil sie ihn anderer Diebstähle verdächtigten. Und jetzt ist der Zeitpunkt gekommen, auch die anderen Dinge aufzuklären.«

Marinara erschien in der Tür. Der Maresciallo machte eine Pause.

»Appuntato, Sie sind noch da? Sie waren doch die ganze Nacht auf den Beinen. Warum gehen Sie nicht schlafen?«

Auf dem Gesicht des Vorgesetzten war keine Spur mehr von schlechter Laune zu entdecken. Er hatte seine Uniformjacke ausgezogen, stand hinter dem Schreibtisch und gestikulierte vor Pochezza, mit dem Gesicht eines Besessenen, wie Marinara auffiel.

»Richtig«, antwortete der Appuntato, »wenn Sie mich nicht brauchen, gehe ich mich ein bisschen erholen.«

Accadi beugte sich vor. »Seien Sie beruhigt, Appuntato, hier ist alles unter Kontrolle«, antwortete er. »Ruhen Sie sich aus, Sie sehen reichlich mitgenommen aus …«

Was meinst du, wie du aussiehst?, dachte Marinara.

Er überquerte die Straße und ging ins Café an der Anlegestelle, um einen Espresso zu trinken.

Ein außerordentliches Zugeständnis, wenn man an seinen Hungerlohn dachte. Aber er brauchte eine Stärkung.

»Sie haben ihn also erwischt«, sagte der Wirt.

Marinara sah ihn an. »Wer hat dir das gesagt?«, fragte er.

Der Mann zuckte mit den Schultern. Es hatte sich schon rumgesprochen. »Genau wie der Vater«, bemerkte er dann.

Anstatt nach Hause zu gehen, lief der Appuntato in Richtung Seepromenade.

Es regnete nicht mehr. Blaue Stellen am Himmel, Pfützen am Boden. In der Luft hing ein schwerer Geruch nach feuchtem Asphalt, Fischen und Algen. Eine ergiebige Mischung, der Schweiß eines übernatürlichen Körpers.

Als er die Mitte der Seepromenade erreichte, blieb Marinara vor der Apotheke stehen.

Der Intraken entfernte gerade die schweren Läden vor den Vitrinen neben dem Eingang.

Er sah ihn und grüßte mit einem Kopfnicken. Marinara erwiderte den Gruß und trat näher.

»Gehen Sie spazieren, Appuntato?«, fragte der Intraken.

»Nein«, antwortete Marinara trocken. »Ich frage mich, wie es möglich ist, in die Apotheke zu gelangen, um etwas zu stehlen. Sie sieht einbruchssicher aus wie ein Bunker.«

Der Intraken sagte nichts.

»Wie würdest du das machen?«, fragte der Appuntato beharrlich.

Der Mann stellte den zweiten Laden ab. »Ich?«, fragte er. »Ich bin doch kein Dieb!«

»War nur so dahergesagt«, erklärte der Appuntato.

Der Mann machte trotzdem ein beleidigtes Gesicht. »Ihr habt ihn gefasst«, sagte er. »Also fragt doch ihn, wie er es gemacht hat.«

Da kommt noch was Schönes auf uns zu, dachte Marinara.

143

Angelina hatte die x-te Zigarette im Mund und rauchte im Stehen vor dem Waschbecken. Rauch und Feuchtigkeit sättigten die Luft wie in manchen Dorfkneipen. Spelunken, in denen Luftaustausch gesetzlich verboten schien.

Der Appuntato hatte die Tür offen vorgefunden und war eingetreten, doch sie nahm keine Notiz von ihm.

»Hallo!«, rief er.

Angelina drehte sich um. Zum Ausdruck ihres Erstaunens nahm sie einen tiefen Zug und stieß den Rauch durch die Nasenlöcher wieder aus: Was für ein Anblick!

»Wissen Sie, wo Eraldo ist?«, fragte der Appuntato.

»Er wird wohl auf der Arbeit sein«, sagte die dicke Frau.

»Haben Sie sich heute Morgen gesehen?«

Angelina schüttelte den Kopf.

»Und gestern Abend?«

Wieder nein.

»Wohnen Sie nicht mehr zusammen?«, scherzte Marinara.

Angelina nahm die Kippe aus dem Mund und warf sie ins Waschbecken. »Ich sehe ihn oft nicht«, sagte sie.

Sie erklärte, manchmal komme Picchio zum Schlafen gar nicht nach Hause. Er bleibe fort.

»Und was macht er dann?«

Was er dann mache, das wisse sie nicht. Aber manchmal, wenn es spät würde, käme er nicht nach Hause und ging direkt zur Arbeit. Dann sähen sie sich vielleicht am Abend danach.

»Vielleicht«, flüsterte der Appuntato.

Angelina bestätigte es.

»Und wie lange geht das schon so?«

»Eine Weile«, antwortete sie.

»Ach ja?«, fragte der Appuntato. »Wenn es Sie interessiert, kann ich Ihnen sagen, wo Ihr Sohn die letzte Nacht verbracht hat und wo er auch in den nächsten Nächten sein wird.«

Dann erzählte der Appuntato knapp, was in der Nacht geschehen war, denn die Müdigkeit setzte ihm jetzt wirklich zu. »Haben Sie begriffen?«, fragte er abschließend.

Zur Antwort zündete sich Angelina die nächste Zigarette an.

144

In dieser Nacht konnte Bicicli nicht schlafen. Er war zu aufgeregt. Er hatte immerhin den ersten Dieb seines Lebens verhaftet. Und außerdem hatte er den Picchio in die Enge getrieben.

Sollte der doch jetzt den Maresciallo angrinsen und vor ihm Grimassen schneiden oder vor dem Amtsrichter.

Ohne die Verhaftung von Eraldo hätte er wahrscheinlich eine elende Nacht verbracht. Am Morgen nämlich fand die Bewerbungsprüfung für den Posten des Straßenkehrers statt.

Eine praktische und theoretische Prüfung.

Balbiani hatte ihm gesagt, er solle sich keine Sorgen machen. Er sei der einzige Bewerber, und da gäbe es kein Risiko.

Aber, so hatte er noch gesagt, das befreie ihn nicht davon, der Kommission zu beweisen, dass er sich in der Sache auskenne.

Die praktische Prüfung, bei der er die Freitreppe des Rathauses kehren musste, fing nicht gut an, weil der Bicicli von unten nach oben fegte.

Der Sekretär Bianchi, der durch das Fenster seines Büros den Anwärter auf den Posten des Straßenkehrers beobachtete, machte den Bürgermeister darauf aufmerksam. »Wenn das jemandem auffällt, könnte er eine bestandene Prüfung infrage stellen«, meinte er.

»Und wem soll das auffallen, Sekretär?«, fragte Balbiani. Dennoch schickte er, um Missverständnisse zu vermeiden, den Amtsdiener zu Firmato, um ihm zu sagen, seit Anfang der Welt würden Treppen von oben nach unten gefegt, nicht umgekehrt.

Bei der theoretischen Prüfung gab es keine Probleme. Bicicli bewies, dass er die richtigen Ausdrücke für die wichtigsten technischen Hilfsmittel kannte.

Um elf Uhr vormittags war alles vorbei. Der Bürgermeister schickte Firmato nach Hause und sagte: »Ab morgen bist du ein offizieller Angestellter unserer Kommune. Sorg dafür, dass ich das nicht bereuen muss.«

Firmatos Augen leuchteten. Er dankte dem Bürgermeister und verließ grinsend das Rathaus, um in die Osteria del Ponte zu gehen, wo die übliche Clique wartete, um sich einen ausgeben zu lassen.

Sie tranken auf die neue Zukunft von Bicicli, und nach drei

283

Runden beschloss der zu erzählen, was er unbedingt loswerden musste.

»Ich habe ihn erwischt«, sagte er.

Zuerst verstand niemand etwas.

Firmato war das völlig recht. Er hatte nämlich große Lust, sein nächtliches Abenteuer haargenau zu erzählen.

145

Der Maresciallo Accadi wagte es, genau wie sein Kollege zwanzig Jahre zuvor, dem Amtsrichter einen persönlichen Rat ins Ohr zu flüstern, nämlich den, er solle dem Jungen eine abschreckende Lektion erteilen, aus der auch seine beiden Kumpel Nutzen ziehen konnten.

Picchios Prozess fand am Mittwochmorgen, dem 14. März, statt. Accadi hatte sich selbst um die Überführung des Jungen von der Kaserne ins Amtsgericht gekümmert. Eraldo kam zu Fuß in den Gerichtssaal, in Handschellen, geführt vom Maresciallo und dem Carabiniere Flachis.

Der Amtsrichter, ein gewisser Dr. Scannati, stand im Ruf, ein unbeugsamer Richter zu sein. Nachdem er den Vorschlag des Maresciallo gehört hatte, sagte er mit Bestimmtheit, dass er sich nicht beeinflussen lasse. Er wies darauf hin, dass der Angeklagte nicht vorbestraft sei, was die Möglichkeiten des Richters einschränke.

»In jedem Fall«, fügte er grinsend hinzu, »werden die sehr schnell rückfällig, und dann zahlen sie für alles zusammen.«

Es waren nicht viele Zuhörer im Saal. Eugenio Pochezza saß in der ersten Reihe. Er wäre eigentlich viel lieber woanders gewesen, aber der Maresciallo hatte ihn bekniet und

Bentipenso ebenfalls, sodass er wieder für die Panoramaseite schrieb.

Während der Sitzung ließ Accadi ihn keinen Augenblick aus den Augen. Mit auffälligen Kopfbewegungen signalisierte er Zustimmung und versuchte so, auf die Passagen hinzuweisen, die es seiner Meinung nach verdient hatten, in dem Artikel vorzukommen. Irgendwann tauchte Aristide Oleandri auf, der Wächter des Bezirksgefängnisses, jedoch nur, um sich zu versichern, dass ihm an diesem Morgen kein neuer Gast ins Haus stand. Mit schlenderndem Schritt ging er wieder, den Blick zur Erde gerichtet, und so stieß er mit dem Intraken zusammen, genau in dem Moment, in dem der Richter den Urteilsspruch verkündete:

Einbruchdiebstahl, zwei Jahre auf Bewährung. »Der Nächste«, fuhr der Richter fort.

Accadi nickte ausgiebig mit dem Kopf, sah Pochezza an und zuckte mit den Schultern. Mehr war nicht drin, wollte er sagen, so wollte es das Gesetz. Eugenio notierte sich den Urteilsspruch und warf dem Maresciallo einen einvernehmlichen Blick zu. Länger hielt er es nicht mehr aus. Er wollte weg, seine Arbeit schnell zu Ende bringen und den Rest des Tages Ersilia widmen, der er eine Bootstour versprochen hatte, nach Bellagio, der ideale Rahmen für eine Liebeserklärung.

Als er sah, dass sich auf der Anklagebank ein anderer Mann erhob, nämlich Venanzio Melchiorri aus Tremenico, dem man unerlaubtes Weiden zum Vorwurf machte, verließ auch der Intraken den Saal.

Picchio hatte kein Wort gesagt, er schien nicht zu wissen, was er tun sollte. Bis der Carabiniere Flachis ihm sagte, er könne jetzt gehen. Da verließ der Junge pfeifend, mit den Händen in den Taschen, den Ort des Geschehens.

146

Die Liebeserklärung kam ihm über die Lippen, als er im Bug des Bootes saß, auf dem Rückweg, den Ort schon im Blick.

Den ganzen Nachmittag hatte Eugenio Pochezza nichts anderes getan, als auf den richtigen Moment zu warten. Der war gekommen, als die Tour fast zu Ende war und sich die Umrisse Bellanos für die beiden immer deutlicher abzeichneten.

Das beeindruckte vor allem ihn, sodass er sich bei dem Gedanken an die Einsamkeit, die ihn bald wieder umgeben würde, ein Herz fasste. »In mein Haus muss Leben kommen«, umschrieb er, was er sagen wollte.

Ersilia hatte nur darauf gewartet. Leicht verschämt, stimmte sie ihm jedoch nicht gleich zu. »Ich habe das Gefühl, das Haus schon zu kennen«, entgegnete sie.

»Wieso?«, fragte Eugenio.

Die Mama habe es ihr beschrieben, erklärte das Mädchen, so oft, in allen Einzelheiten, dass sie meine, schon dort gewesen zu sein.

»Willst du eine Minute mit reinkommen?«, fragte Eugenio, als sie von Bord gingen.

Es war halb sechs, in der Luft war etwas Sehnsuchtsvolles, der Gesang der Amseln, Düfte …

Anstatt Ja zu sagen, nahm Ersilia ihn beim Arm und lenkte seine Schritte.

147

Es war ja möglich, dass der Maresciallo dem Capitano Collocò lieber heute als morgen einen Dieb vorführen wollte. Und es war ebenfalls möglich, dass der Amtsrichter nichts anderes hatte tun können, als zu glauben, was der Maresciallo ihm ins Ohr geflüstert hatte.

Aber er schwamm schon seit zu vielen Jahren in diesem Wasser, um das alles so einfach zu schlucken.

Seit dem Abend der Festnahme hatte Marinara gespürt, dass es sich hier um einen Schwindel, ein Geheimnis handelte.

Die Apotheke war eine Festung. Wie sollte der Picchio da hineingekommen sein? Wer hatte ihm gesagt, dass es dort dieses Schmuckstück gab? Warum hatte er gegenüber dem Bicicli die Tat geleugnet und eine Viertelstunde später alles zugegeben? Was machte der Junge in den Nächten, in denen er nicht zu Angelina nach Hause kam? Und warum war der Intraken im Gerichtssaal aufgetaucht?

Es regnete endlos viele Fragen, ein Heer von Zweifeln stürmte auf den Appuntato ein, der ohnehin schlecht schlief, weil er ein Pfeifen im Ohr hörte. Sklerose des Trommelfells, hatte der Doktor gesagt, und da brauchte er bei Gott nicht noch mehr Gründe, nicht zu schlafen.

Sollte er Angelina noch mal verhören?, fragte er sich am nächsten Morgen während des Prozesses.

Sinnlos, von Picchios Leben wusste er mehr als sie.

Besser die beiden Kumpane, Fès und Ciliegia.

Er versuchte es, aber ohne Ergebnis.

Sie hatten den Picchio in dieser Zeit kaum gesehen, antworteten sie im Chor.

Eraldo mache in letzter Zeit seinen Scheiß allein, sie ließen ihn machen, jeder müsse schließlich wissen, worauf er sich einließ. Von der Apotheke habe er nie gesprochen. Wenn er es getan hätte, dann hätten sie ihm gesagt, dass das der letzte Scheiß wäre.

Das war alles, was Marinara aus ihnen herausholen konnte. Er runzelte die Stirn.

Wenn er den Jungen nicht bei dem mutmaßlichen Einbruch in der Kommune gedeckt hätte, dann hätte der ihm jetzt einen schönen Schrecken einjagen können …

Stattdessen hatte er sich zwei Jahre eingefangen.

»Das hat er verdient«, hatte der Maresciallo dazu bemerkt.

Er hatte darauf verzichtet, dem beizupflichten. Denn er hatte seine Zweifel, dass der Junge das wirklich verdient hatte. Irgendwas an dieser Sache war faul. Irgendwas stimmte hier nicht.

148

Auch der Bicicli fand, dass etwas nicht stimmte.

Nicht mal eine Zeile, nicht der geringste Hinweis. Weder im Bericht über die Festnahme noch über den Prozess.

Firmato hatte die beiden Artikel immer wieder gelesen, vielleicht hatte er ja etwas übersehen. Aber nein, angeblich alles das Verdienst der blöden Bullen!

»Nach einer langen Zeit präziser Ermittlungen und Überwachungen«, so war zu lesen, »wurde Picchio festgenommen, und damit wurde vermutlich der Kopf einer Bande erwischt, die seit einiger Zeit die Gegend unsicher machte.« Die strenge Lektion des Richters würde allen zur Abschreckung dienen, die wie der junge E. P. glaubten, et cetera, et cetera.

»Und nun?«, murmelte Bicicli.

Wie konnte er sich jetzt noch in der Osteria blicken lassen?

Am Tag nach der Festnahme, als er die Aufnahmeprüfung bestanden hatte, war er in die Osteria gegangen, um einen auszugeben, und hatte einen großen Auftritt gehabt, als er sein Abenteuer haargenau erzählte. Dabei waren die Pferde mit ihm durchgegangen, und er hatte die Schilderung gestenreich untermalt. Er hatte auch ein paar Dinge erfunden und die Geschichte ausgeschmückt, aber nicht zu sehr. Das meiste entsprach der Wahrheit. Aber jetzt sah es so aus, als wäre alles nur den Bullen zu verdanken.

Und nun?

Bicicli fegte und dachte nach. Gerade reinigte er die Treppen, die vom Kirchplatz zum Eingang in die Schlucht des Orrido und zum Friedhof führten.

Was einmal schwarz auf weiß dasteht – nie war ihm klarer gewesen als jetzt, was das bedeutete. Er spürte schon die Verachtung all derer, vor denen er seine Erlebnisse zum Besten gegeben hatte. Sie würden die alte Geschichte vom mutmaßlichen Einbruch ins Rathaus wieder aufwärmen, als er irrtümlicherweise in der Zeitung erwähnt wurde.

Vielleicht, so überlegte er, war es besser, der Osteria eine Weile fernzubleiben. Mit der Zeit würde wohl auch diese Geschichte in Vergessenheit geraten.

Von dieser Entscheidung beflügelt, machte sich Firmato wieder kraftvoll an die Arbeit. Die Anweisungen des Bürgermeisters waren eindeutig: Bis zum Abend mussten das Unkraut an der Treppe, Papier und Müll verschwunden sein. Am Sonntag würde der Orrido wieder für Touristen geöffnet, denen Balbiani einen schmucken, perfekt sauberen Ort bieten wollte.

149

»Perfekt«, sagte die Montani.

Und mit einer einfachen Geste, einem kleinen Klopfen, entfernte sie eine Falte in dem leichten perlgrauen Kostüm, das Ersilia anprobierte.

»Wirklich wunderbar«, sagte die Köchin, die aus der Küche kam.

»Ich will mich nicht selbst loben«, zwitscherte die Hutmacherin, »aber das ist wirklich eine gute Arbeit.«

Das Mädchen würde damit auf einer Taufe, einer Firmung oder einem Ball einen wirklich guten Eindruck machen, fügte sie hinzu.

Selbst für eine Beerdigung wäre es passend.

Da lachte die Köchin. Zum Glück handele es sich nicht darum. Auch nicht um eine Firmung oder Kommunion.

»Ach nein?«, fragte die Hutmacherin.

»Meine Tochter verlobt sich. Wir geben ein kleines Fest hier zu Hause.«

»Ach, meine Liebe«, sagte die Hutmacherin schmachtend und gab Ersilia einen Kuss auf die Wange.

Und wann ist der große Tag?

Am Sonntag.

Am Sonntag, dem 25.

Oh, dem ersten Sonntag im Frühling.

Ob sie fragen dürfte, wer der Glückliche sei?

150

Sechzig Jahre wurde er am 21. März und war noch nie beim Arzt gewesen. »So ein Glück!«, sagte Balbiani zum Sekretär Bianchi.

»Hoffen wir, dass es noch sechzig Jahre so weitergeht«, fügte er hinzu.

Aber sicher, entgegnete der Sekretär ermutigend.

»Allerdings …«, meinte der Bürgermeister.

Man weiß im Leben nie, und man wird nur einmal sechzig. Deshalb schien es ihm richtig, alle Angestellten der Kommune zu einem Abendessen einzuladen. Die Osteria del Ponte war dafür zweifellos der passende Ort. Familiäre Umgebung, guter Wein und Hausmannskost.

Er beauftragte Bianchi, die Leute zwei Tage vor dem Ereignis einzuladen. Er erwarte, dass niemand fehle.

Seit vier Tagen ging Firmato an der Osteria vorbei und sagte sich, dass er noch etwas Zeit vergehen lassen musste, bevor er sich dort wieder blicken lassen konnte.

Die Einladung des Bürgermeisters überraschte ihn. »Ich kann da nicht«, sagte er sofort.

»Das ist doch nicht möglich«, entgegnete der Sekretär.

»Ich muss da etwas erledigen«, log Bicicli. Allerdings log er schlecht, denn er wurde rot.

Der Sekretär durchschaute ihn. »Der Bürgermeister hat sehr deutlich gemacht, dass alle mit ihm zusammen diesen glücklichen Tag begehen sollen«, sagte er im Predigerton.

Bicicli versuchte, etwas zu sagen, aber Bianchi hinderte ihn daran.

»Wenn Sie etwas zu erledigen haben, was Sie daran hindert, mit uns zusammen zu sein, dann seien Sie so freundlich und erklären mir, worum es sich handelt, damit ich Ihre

Abwesenheit bei unserem Ersten Bürger rechtfertigen kann,
der, das wissen Sie ja sicher noch, es nie versäumt hat, sich
Ihre, sagen wir, Probleme besonders zu Herzen zu nehmen.«

Nach dieser Tirade von Bianchi war Bicicli verwirrt und
sprachlos.

»Also?«, fragte der Sekretär.

Firmato gab auf. »In Ordnung«, sagte er.

»Dann ist es ja gut«, schloss Bianchi. »Also übermorgen.
Nicht vergessen, pünktlich um acht.«

151

Es stimmte also.

Die Halbsätze, Anspielungen und Gerüchte waren endlich
bestätigt.

Es war für die Montani ein wahrer Leidensweg.

Begonnen hatte er, als die Köchin zu ihr kam, um ein
schönes Stück Stoff zu kaufen. Dann ging es weiter, als sie
bei dem Mädchen Maß nahm. 90–60–90, fabelhaft.

Und schließlich die letzte Anprobe und der Name des
Glücklichen.

Wenn sie nur daran dachte, stieg der Montani die Röte
ins Gesicht, aus Wut, Enttäuschung, Scham. Ihr brannten
die Wangen wie nach den Ohrfeigen von Gargassa.

Sie war auch etwas kurzatmig und schwitzte. Waren das
etwa Anzeichen einer frühen Menopause, die Aufforderung,
die letzten Karten in der Hand rechtzeitig auszuspielen?

152

»*Sieh an, der Bicicli!*«, sagte der Wirt.

Beim Ton der Stimme, dem Blitzen in den Augen und der Kopfbewegung, womit der Inhaber der Osteria ihn am Abend des Geburtstagsessens begrüßte, begriff Firmato, dass noch nichts in Vergessenheit geraten war.

Er hatte dem Moment, in dem er das Haus verlassen musste, mit dem quälenden Gefühl einer nahenden Katastrophe entgegengesehen. Um Viertel vor acht überlegte er, ob er nicht wegbleiben sollte.

So zu tun, als wäre er krank.

Aber was sollte ihm fehlen?

Er konnte sich irgendeine Entschuldigung ausdenken.

Aber welche?

Also ging er.

Traurig, bedrückt und ohne den geringsten Appetit.

Warum hatte sich Balbiani ausgerechnet die Osteria del Ponte ausgesucht?

In der Via Cavour schielte er, bevor er die Osteria betrat, von draußen durch das Fenster. Viele Leute waren nicht drin. Auch keiner der Angestellten der Kommune. Natürlich hatte der Chef sie in den Saal gesetzt, in dem er große Gesellschaften unterbrachte, und es waren bestimmt schon alle da. Es konnte gut gehen, dachte Bicicli.

Er musste reingehen und zu den anderen in den Saal schlüpfen. Er musste ruhig und still dasitzen und so die gefährliche Zeit verstreichen lassen, zwischen neun und elf, spätestens Mitternacht, wenn die Nachtschwärmer nach dem Abendessen kamen, mit denen er sonst zusammensaß: das Publikum, dem er seine Heldentaten erzählt hatte.

Mit dieser Hoffnung im Herzen betrat er die Osteria.

Die Begrüßung des Wirts war entmutigend.

Wenn da noch ein Fünkchen Hoffnung gewesen war, war dieses nun auch erloschen.

Und gleich darauf, während er zu dem Saal schlurfte, aus dem er die fröhlichen Stimmen der Tischgesellschaft hörte, rief ihm der Wirt hinterher: »Haben sie dich auf eine Sondermission geschickt, dass wir dich so lange nicht gesehen haben?«

153

Die Trockenfrüchte, wie die beiden Angestellten vom Einwohnermeldeamt und Standesamt genannt wurden, verließen die Feier um zehn Uhr abends.

Ungeduldig wartete der Sekretär Bianchi, nachdem die beiden Frauen weg waren, aus Höflichkeit das akademische Viertel ab, dann verschwand auch er.

Da bestellte der Amtsdiener Grappa. Da dieser nicht kam, übernahm der Schutzmann Anziani die Aufgabe, ihn zu holen.

»Eine Flasche?«, fragte der Wirt.

»Eine Flasche«, bestätigte der Schutzmann.

Sie brachten ein paar Trinksprüche aus, und der Bürgermeister trank mit. Dann ging auch Balbiani, nicht ohne vorher die Gesellschaft darauf hinzuweisen, dass er von jedem auch am nächsten Tag äußerste Pünktlichkeit bei der Arbeit erwarte. Ärztliche Atteste würden nicht akzeptiert. Um Viertel nach elf gingen der Schuldiener Lenticchia, der Totengräber Grezzi und die Schulhausmeisterin Scazzoletti, die bis dahin gesoffen hatte wie ein Mann.

Um halb zwölf ging der Amtsdiener Milico. Als er fort war, herrschte am Tisch Schweigen.

Der Schutzmann Anziani brauchte frische Luft. Er sah Bicicli an, der von Wein und Grappa ganz benebelt war, und fragte. »Gehen wir?«

»Geh du«, antwortete Firmato, »ich bleibe hier.«

Der andere rülpste. »Was willst du hier noch?«, fragte er.

»Das ist meine Sache«, lautete die Antwort.

»Arschloch«, erwiderte Anziani, stand auf und kippte dabei seinen Stuhl um.

Mit unsicheren Schritten ging er zum Ausgang. Er musste sich an der Theke festhalten, als der Wirt ihm den Abschiedstrunk reichte.

»Sie können ihm schon das Bett machen«, sagte er und wies mit dem Kopf zum Saal, in dem nur noch der Bicicli saß. »Heute Nacht will er nicht nach Hause.«

Um Mitternacht saß der Straßenfeger noch immer auf seinem Platz und sah auf den letzten Schluck Grappa in der Flasche.

Er blickte zur Decke, und ein kleines Lächeln erschien auf seinen Lippen. Im Lokal herrschte Schweigen. Der Abend war zu Ende, er hatte die Schlacht gewonnen und konnte in aller Ruhe nach Hause gehen.

Er goss sich den Rest Grappa ein, und gleich danach stand der Wirt vor ihm.

»Hör zu, Bicicli«, sage er, »ich schließe jetzt. Du musst gehen.«

Firmato sah ihn aus zwei kleinen roten Augen an. »Ich gehe ja schon«, sagte er.

Dann stand er mühsam auf.

»Und danke«, sagte er, bevor er den Raum Richtung Bar verließ.

Da sah er sie.

Welche Überraschung!

Es waren acht, zehn, vielleicht mehr.

Bicicli hatte Mühe, sie zu zählen.

Sie saßen an den Tischen, halb volle Gläser in der Hand.

Schweigend warteten sie auf ihn.

»Da kommt er ja, der Schrecken der Diebe«, sagte einer.

Das war der Anfang vom Ende.

154

Gegen ein Uhr gab es für den Wirt der Osteria del Ponte nur noch eine Lösung, nämlich die Carabinieri zu rufen.

Vielleicht würden sie es schaffen, den Bicicli zu beruhigen, der wie besessen war, und ihm gut zureden, damit er nach Hause oder zum Teufel ging. Von hier sollte er jedenfalls weg, er ging allen schwer auf die Eier.

Schon um Mitternacht, nach dem Essen des Bürgermeisters, war er sternhagelvoll gewesen. Und dann ging alles schief. Als er zu seiner Clique kam, die nur auf ihn gewartet hatte, um sich über ihn lustig zu machen, geriet er völlig außer sich.

Er begann zu schreien, die anderen zu beschimpfen. Er kriegte auch ein paar Stupser von einem, der immer schnell an die Decke ging und den sie rasch entfernten, um Schlimmeres zu vermeiden.

Aber Bicicli wollte sich nicht beruhigen.

Damit er bald hinüber war und sie ihn auf dem Rücken nach Hause tragen konnten, gaben sie ihm noch mehr zu trinken.

Der Straßenkehrer konnte heute Wein, Cognac, Grappa oder Amaro trinken, aus allem zog er Energie.

Er kippte ein Glas nach dem anderen hinunter, ohne darauf zu achten, was drin war, und fing wieder von vorn an: Er schrie, erzählte die Geschichte, wie er den Picchio festgenommen hatte, phantasierte herum, dass man es nur als Dieb zu etwas bringen könne und dass die ehrbaren Leute geflickte Hosen und löchrige Schuhe tragen müssten et cetera.

Irgendwann legte ihm der Wirt die Hände auf die Schultern und versuchte, ihn rauszuwerfen.

Aber Bicicli war wie ein wildes Tier. »Nimm die Hände weg!«

Da sprang einer aus der Runde auf. »Wir können hier nicht bis morgen früh bleiben«, sagte er. »Rufen wir die Carabinieri!«

»Hast du gehört, Bicicli?«, fragte der Wirt in einem letzten Versuch, ihn zu erschrecken und zu beruhigen.

»Nur zu«, antwortete er.

Und da riefen sie sie, im Grunde hatte er es ja selber gewollt.

155

*Aber auch in der Ausnüchterungszell*e beruhigte er sich nicht.

Als der Appuntato von der Türschwelle aus einen Blick hineinwarf, benahm sich Bicicli wie ein Affe im Zoo.

Er war ständig in Bewegung, rannte hin und her und redete unverständliches Zeug.

Der war wirklich sturzbetrunken.

Aber im Gegensatz zu vielen, die Marinara hier drin für

eine Nacht beherbergt hatte, gerade lange genug, damit der Rausch verging, hatte der Bicicli nicht ganz den Durchblick verloren, legte sogar – der Appuntato konnte es nicht anders sagen – eine gewisse Hellsichtigkeit an den Tag.

Ja, genau so ist es, sagte sich Marinara.

Es war klar, dass der Bicicli hinüber war, aber nicht völlig.

Nachdem er ihn zwanzig Minuten beobachtet hatte, wünschte ihm der Appuntato eine gute Nacht, schloss die Tür und kehrte auf seine Pritsche zurück.

Um drei Uhr sah er sich gezwungen einzugreifen, Firmato weinte wie ein Kind, die Tränen flossen in Strömen.

»Ach, Bicicli«, sagte Marinara, »es ist doch Zeit, ein bisschen zu schlafen.«

»Was?«, fragte Firmato.

»Schlafen!«, schrie der Carabiniere.

Der Straßenfeger schloss die weinenden Augen. »Schlafen? Ich habe auch nicht geschlafen, als ich gewacht habe. Du musst nur deine Pflicht tun, und sie verarschen dich. Bist du aber ein Dieb, dann kannst du dir ein Motorrad kaufen!«

O Gott!, dachte Marinara. Jetzt phantasiert er.

Sollte er vielleicht besser den Arzt rufen?

»Hör zu, Bicicli, leg dich hin und schlaf ein paar Stunden. Wie willst du es sonst morgen zur Arbeit schaffen?«

Firmato antwortete lachend: »Mit dem Motorrad.«

»Hör doch mit dem Motorrad auf!«, entgegnete Marinara verärgert.

»Krieg ich morgen auch ein Motorrad?«, fragte Firmato.

Der Appuntato schnaufte. »Von welchem Motorrad redest du denn? Bist du verrückt? Schlaf! Siehst du nicht, wie fertig du bist?«

»Ja, fertig!«, rief Bicicli. »Tu deine Pflicht und sie verarschen dich …«

»Ach ja.«

»Ja, genau. Und bist du ein Dieb, kriegst du ein Motorrad!«

Marinara ging zwei Schritte auf den Straßenfeger zu. »Und jetzt«, sagte er und wies mit dem Zeigefinger auf ihn, »jetzt verpasse ich dir, wenn du nicht mit der Geschichte aufhörst, ein Schlafmittel.«

»Na toll«, antwortete Bicicli lachend. »Anständige Leute kriegen Ohrfeigen! Und Diebe fahren mit dem Motorrad rum.«

»Bicicli!«, rief der Appuntato.

Aber der Straßenfeger lachte nur. »Wir können ja den Picchio rufen, damit er mich mit seinem Motorrad abholt. Ich will mit dem Motorrad zur Arbeit fahren. Wächter und Dieb gemeinsam, brumm, brumm …«

Marinara trat näher auf ihn zu. Er stand jetzt direkt vor ihm. Er streckte den Arm aus und griff ihm unters Kinn. »Wovon redest du?«, fragte er todernst. »Welches Motorrad meinst du?«

Auch Bicicli machte nun ein ernstes Gesicht.

Er wurde blass.

»Vorsicht«, ermahnte ihn der Appuntato, »komm bloß nicht auf die Idee, hier zu kotzen, sonst lass ich es dich mit der Zunge sauberlecken. Von welchem Motorrad redest du da?«

Firmato reckte sich und fröstelte. »Von Picchios Motorrad«, antwortete er. »Von seiner Vespa. Alle Diebe brauchen ein Motorrad. So können sie schneller abhauen.«

Marinara sah ihm in die Augen. »Verarschst du mich?«

Bicicli schüttelte den Kopf. Auf dem Gesicht des Straßenfegers war nicht die Spur eines Grinsens. Sein Rausch begann abzuklingen. Er war blass und todmüde.

»Willst du jetzt ein bisschen schlafen?«, fragte Marinara.

Bicicli bejahte mit einem Kopfnicken, er konnte kein Wort mehr sagen. Der Appuntato schloss nicht einmal mehr die Tür ab. Er legte sich wieder auf die Pritsche, aber von Schlafen konnte keine Rede mehr sein.

Er dachte an das Motorrad von Picchio.

Mit welchem Geld hatte er es gekauft?

Verflucht noch mal!, sagte er sich. War es möglich, dass es dem Jungen gelungen war, ihn an der Nase herumzuführen?

In jedem Fall musste er ihm diesmal Rede und Antwort stehen, klar und überzeugend.

Die Vespa, dachte er und fiel in leichten Schlaf.

156

Bicicli schlief noch fest, als Marinara ihn weckte. Er lag auf der Pritsche, das Gesicht zur Decke, den Mund offen. Er schnitt Grimassen, vielleicht träumte er, denn als Marinara ihn weckte, hob er ruckartig den Kopf und ließ ihn gleich wieder zurückfallen, ein dumpfer Schlag.

In diesem Moment zerriss der Lärm einer Sirene die Stille.

»Ist es schon sechs?«, fragte der Bicicli mit schwerer Zunge.

Marinara grinste. »Das ist die Feuerwehr, nicht die Sirene der Baumwollspinnerei. Wenn du dich auf den Beinen halten kannst, dann mach dich auf den Weg, bevor der Maresciallo runterkommt.«

Firmato richtete sich auf. Als er stand, taumelte er. »Oje«, murmelte er.

»Hart, was?«, bemerkte Marinara.

Es war hart, aber es gelang ihm, hinauszugehen. Gerade rechtzeitig. Die Tür hatte sich soeben hinter ihm geschlossen, da tauchte der Maresciallo Accadi auf.

»Was ist passiert, Appuntato?«, frage er. «Ich habe gerade die Feuerwehrsirene gehört.«

Der Appuntato breitete die Arme aus. »Wir haben noch keinerlei Informationen, Maresciallo«, antwortete er. »Wahrscheinlich ein Brand, eine Überschwemmung oder …«

In diesem Augenblick klingelte das Telefon.

Der Maresciallo Accadi grinste. »Ich wette, in einer Minute wissen wir, was passiert ist«, sagte er.

Marinara grinste auch, wettete aber lieber nicht.

Er wollte schnell fort. Er wollte sich den Picchio schnappen. Der würde was zu hören kriegen. Die Geschichte mit der Vespa lag ihm gehörig im Magen.

»Hier ist Maresciallo Accadi«, sagte sein Vorgesetzter ins Telefon und hielt den Appuntato mit einer Handbewegung auf.

157

Einen guten Kilometer verlief die Strecke von Bellano nach Dervio geradeaus. Danach kamen zwei Kurven kurz hintereinander.

Auf der einen Seite der Straße waren Felsen, auf der anderen lag der See.

Picchio hatte mit großer Schnelligkeit das Ende der Geraden erreicht.

Er bremste zu spät. Das Motorrad glitt ihm aus der Hand. Er flog vom Sitz.

Die Vespa fuhr noch zwanzig Meter auf der Gegenfahrbahn und raste in eine schwere 1100er-Maschine, die aus Dervio kam. Durch den Aufprall schleuderte die Vespa über die Brüstung und landete im See.

Picchio prallte mit dem Kopf gegen den Felsen.

Er schlug mit dem Hinterkopf auf.

Der Appuntato Marinara betrachtete ihn. Es sah aus, als hätte er sich an den Felsen gelehnt. Im Gesicht kein Kratzer. Aber die Schädeldecke war weg. Sein Gesicht wirkte wie in Stein gemeißelt.

Die Arme hingen nach unten, die Beine waren gespreizt.

Der Fahrer der 1100er war weiß wie die Wand.

Trotz seines Schreckens war er nach dem Zusammenstoß mit der Vespa noch zweihundert Meter bis zum nächsten Haus weitergefahren.

Dort hatte er um Hilfe gebeten, mit Tränen in den Augen.

Die Frau, die ihm öffnete, rief das Krankenhaus und die Carabinieri an.

Die Feuerwehr hatte nichts damit zu tun.

Sie war wegen einer Überschwemmung nach Dervio gefahren und kurz vor dem Unfall an dieser Stelle vorbeigekommen.

158

Picchios Beerdigung wurde von der Kommune bezahlt. Die karitativen Damen von San Vincenzo schenkten Angelina ein neues dunkles Kleid.

Die Kirche war überfüllt. Der Tod des Jungen hatte Emotionen geweckt. In seiner Predigt sprach der Priester von diesem Tod als einer Warnung, einer äußerst tragischen Mahnung.

Während der Messe begann es zu regnen, ein feiner, aber kalter Regen fiel, in den der Tivano blies. Am Ausgang wurden alle davon überrascht, keiner hatte einen Regenschirm, und nur wenige gingen im Leichenzug mit.

Picchio wurde von Fès, Ciliegia und zwei anderen Freiwilligen auf den Friedhof getragen. Angelina ging nach Hause, die Treppe hinauf zum Friedhof hätte sie nie geschafft. Dem Sarg folgten nur der Kaplan Don Luigi, ein paar Messdiener, vier oder fünf Bekannte von Picchios Vater und die Hausmeisterin Scazzoletti, die keine Beerdigung versäumte.

Ganz hinten ging Marinara. Er war nicht aus dienstlichen Gründen hier, hatte aber trotzdem etwas zu erledigen.

Die Familie Pozzi besaß kein Grab, und Picchios Sarg wurde vorläufig in dem der Familie Ernesti untergestellt. Darum hatte sich der Bürgermeister Balbiani auf Vorschlag des Appuntato gekümmert.

Die Beisetzung ging schnell vonstatten. Der Tivanello wehte in heftigen Böen auf dem Friedhof, es war kälter geworden. Dennoch ertönte in der Luft ein Konzert von Vögeln, die den Abend begrüßten.

Der Priester segnete den Sarg, und nach dem Zeichen des Kreuzes gingen alle nach Hause.

Jetzt schritt Marinara zur Tat. Er ging zu Fès und Ciliegia und nahm sie beiseite. »Ihr zwei seid mir eine Erklärung schuldig«, sagte er.

Die beiden sahen sich an und zuckten mit den Schultern.

»Wenn ihr damit rausrückt, dann bleibt die Sache unter uns. Andernfalls erzähle ich dem Maresciallo sofort ein paar Dinge. Ich fange mit dem berühmten Einbruch im Rathaus an, der eigentlich ein anderes Ziel hatte. Ich weiß nicht, ob ich mich deutlich genug ausgedrückt habe. Es liegt an euch. Entweder ich oder der Maresciallo. Aber beeilt euch, denn meine Geduld ist zu Ende, und passt auf, dass ihr mich nicht verarscht.«

Fès sah seinen Genossen an. »Hier auf dem Friedhof?«, fragte er.

»Ja«, sagte Marinara.

Ciliegia fuhr sich mit einer Hand durchs nasse Haar. »Aber es regnet doch«, wandte er ein.

Bei anderen Gelegenheiten stört ihn das Wasser nicht, dachte der Appuntato.

»Stellen wir uns unter«, sagte er.

Und er zeigte ihnen den Aufbau über dem Massengrab, in dem, vermischt mit vielen anderen, auch die Knochen von Picchios Vater lagen.

159

Der Appuntato Marinara war im November 1945 nach Bellano gekommen. Er konnte sich an das Datum noch genau erinnern, es war der 24., weil es mit der ersten Krise der ersten italienischen Regierung nach der Befreiung zusammenfiel.

Alessio Mattoni, der Intraken, war einer der Ersten, auf die er stieß, als er Akten im Archiv las, um sich mit dem neuen Posten und den Leuten, mit denen er es zu tun haben würde, vertraut zu machen. Eine unauffällige Akte unter denen der wirklich gefährlichen Subjekte. Unmoralisch, unangenehm. Auf dem Intraken lastete der nie bewiesene Verdacht der Kollaboration mit dem deutschen Kommando, das in Colico stationiert gewesen war. Er war nie einer richtigen Arbeit nachgegangen und lebte von seiner Frau. Als die an Herzversagen starb, versuchte er das gleiche Spiel mit seinen Kindern, einem Sohn und einer Tochter.

Doch das klappte nicht. Der Junge emigrierte kurz nach dem Tod seiner Mutter in die Schweiz und arbeitete dort als Kellner. Das Mädchen heiratete mit kaum achtzehn Jahren und zog mit ihrem Mann nach Mariano Comense. Beide zahlten eine monatliche Summe an den Vater, mit der der Intraken gerade die Miete für seine beiden Zimmer begleichen konnte. Für alles Weitere musste er selbst aufkommen.

Als Mattoni fünfzig wurde, das war 1945, bot er auf der Piazza alle möglichen Hilfsarbeiten an, die nicht zu anstrengend waren und mit denen er schnell etwas Geld verdienen konnte: Besorgungen, Gartenarbeit, Umzüge, mal dies, mal jenes.

Als dann die Schwestern Petracchi in den Ort kamen und er der Mann ihres Vertrauens wurde, änderte sich sein Leben.

Alles hatte vor einem knappen Jahr angefangen. Fès war der Erste, mit dem der Intraken Kontakt aufnahm. An einem Mittwochabend in der Bar Roma, gegen elf.

Fès spielte gerade allein Billard. Mattoni ging zu ihm und fragte, ob er gegen ihn spielen wolle.

»Um wie viel?«, fragte Fès.

»Zweihundert«, antwortete der Intraken.

Die er dann in fünf Minuten verlor.

Fès war nicht dumm. Er hatte es gespürt. Keiner hatte den Intraken je Billard spielen sehen, schon gar nicht um zweihundert Lire, als wäre er Millionär. Irgendetwas stimmte da nicht. Nach dem Spiel redete der Intraken mit ihm. Lauter Dummheiten, nur um das Gespräch in Gang zu halten. Als er zahlte, legte er schließlich los.

Fähige Leute könnten viel mehr als zweihundert Lire verdienen. Er kenne eine, die junge Männer, die zur Verfügung standen, gut bezahlen würde.

»Zur Verfügung wozu?«, fragte Fès.

Zu dem, was normalerweise Ehemann und Ehefrau machen.

Fès lachte. Die musste ja ganz schön hässlich sein, wenn sie dafür bezahlte.

Nicht mal so sehr, sagte der Intraken. Vielleicht ist sie etwas seltsam, ein bisschen kindlich in solchen Sachen. Sie fände es auch schön, einfach hinzuschauen und nichts anzufassen.

Hauptsache, es befriedigte sie.

Wo denn diese nie versiegende Geldquelle sei?, fragte Fès.

Hier am Ort, war die Antwort.

Ich muss drüber nachdenken, meinte der Fès.

»Sag mir bis morgen Abend Bescheid«, sagte der Intraken.

Am nächsten Abend trafen sie sich im Park von Puncia.

Das komme ihm alles viel zu einfach vor, sagte Fès sofort.

Ein Risiko beinhalte das Ganze schon, erklärte ihm der Intraken. Man könne ihr Haus nicht betreten wie eine Bar oder einen Laden, es sei ein angesehenes Haus, den Blicken der Leute ausgesetzt ... Wenn man ein solches Stelldichein habe, dann müsse man heimlich hinein und hinaus schleichen.

»Wie ein Dieb?«, fragte Fès.

»Wie ein Dieb«, bestätigte der Intraken. Und wie ein Dieb müsse er sich auch verhalten, wenn irgendetwas schieflaufe. Aber es lohne sich, es gehe schließlich um gutes Geld.

»Machst du mit?«, fragte der Intraken.

»Wir sind mehrere«, meinte Fès. Er habe noch zwei Kumpel, die auch mitmachen wollten.

Umso besser, sagte der Intraken. So könnten sie sich abwechseln. Geld sei genug für alle da.

Einverstanden, sagte Fès.

»Wer ist es?«, fragte er dann.

Der Intraken sprach leise. Und sagte es ihm.

Fès riss die Augen auf. »Die mit der Hose?«, fragte er.

Nein, antwortete der Intraken. Austera, die andere.

Natürlich bekam der Intraken eine Beteiligung. Er hatte die Sache schließlich eingefädelt. Er hatte sich umgesehen, beobachtet, aufgepasst. Und begriffen, dass etwas bei den beiden nicht stimmte.

Die gesamte Arbeit zum Beispiel machte Gerbera, während Austera sich tagelang nicht blicken ließ. Und Gerbera war manchmal ruhig und manchmal so nervös, dass man nicht mit ihr reden konnte.

Eines Morgens begegnete er Gerbera, die einen Hexenschuss hatte und sich nicht bewegen konnte. Sie bat ihn, auf die Post zu gehen und die Briefe aus dem Postfach zu holen. Er tat es und sah sich die Kuverts an. Das genügte. Die gesamte Korrespondenz ging an die Dottoressa Austera Petracchi. In den nächsten Tagen vergewisserte er sich. Es kam ihm seltsam vor, doch er schwieg.

Aber eines späten Nachmittags, als niemand in der Apotheke war und sich die Dunkelheit über See und Berge ausbreitete, legte er los. »Warum hängen wir nicht Ihres neben das Ihrer Schwester?«, fragte er.

Gerbera sah ihn an, ohne zu verstehen, was er meinte. Als er den Mund nicht mehr aufmachte, folgte sie der Richtung seines Blicks. Der richtete sich auf das Diplom von Austera Petracchi, das eingerahmt an der Wand der Apotheke hing, rechts vom Eingang.

»Wenn Sie es mir geben, dann hänge ich es morgen daneben oder davor«, fügte der Intraken hinzu.

Gerbera schloss die Apotheke, dabei war es noch eine halbe Stunde zu früh. »Ich habe kein Diplom, das ich an die Wand hängen könnte«, erklärte sie.

Der Intraken schwieg.

»Und diese Dinge gehen Sie nichts an«, sagte die Frau.

Doch, das gehe ihn etwas an, sagte der Mann.

Denn irgendwann könne vielleicht der eine oder andere Verdacht schöpfen. Wie es ihm gegangen war. Nur wegen der Adresse auf einem Brief.

»Und nun?«, fragte Gerbera.

Nichts, antwortete der Intraken, er könne schweigen wie ein Grab. Er habe verstanden, dass es darum gehe, Austera zu schützen.

Aber wovor?

Gerbera begriff, dass sie in die Falle getappt war.

Vor sich selbst, vor einem Laster, einer Krankheit, die sich in ihrer Studienzeit entwickelt habe. Sie mochte Männer, sah sie gerne an, berührte sie vielleicht auch, und das genügte. Möglichst jung, je mehr Zeit verging, desto jünger.

Sie hatten Seregno, wo zu viele Leute sie kannten, so schnell wie möglich verlassen, bevor es zum Skandal kam.

Sie wollte ihren Frieden haben und ganz normal leben, ihre Schwester schützen und für sie einen Weg finden, um …

Der Intraken versicherte ihr, dass sie ihren Frieden haben würde.

Der Ort sei zwar klein, sagte er, aber es gebe alles, was man brauche, für sie und ihre Schwester.

Das Geschäft lief. Dann war Picchio an jenem Abend dem Bicicli in die Hände gefallen. Daraus hätte ein schönes Drama entstehen können, man stelle sich das vor: eine Frau, die behauptet, Apothekerin zu sein, es aber nicht ist, und die wahre Apothekerin treibt ihr Spiel mit den Jungen aus dem Ort. Picchio wollte schon alles erzählen, nur damit Bicicli nicht recht bekam. Aber Gerbera war ihm zuvorgekommen, sehr schlau. Sie schickte Bicicli die Bullen holen, um mit Picchio allein zu sein. Und sie versprach ihm etwas dafür, dass er den Mund hielt.

Picchio ließ sich überreden und sagte, was er verlangte:

Eine Vespa 125, das neueste Modell!

Gerbera hätte ihm in diesem Moment sogar zwei geschenkt.

Dann riss sie ihrer Schwester das Kreuz vom Hals und warf es nach draußen, damit ihre Inszenierung etwas Glaubwürdiges hatte.

160

»*Dann sind Sie gekommen, Appuntato*. Alles Weitere wissen Sie besser als wir«, schloss Fès.

Es war inzwischen dunkel und regnete heftig.

»Wenn der Totengräber abgeschlossen hat, dann müssen wir rausklettern«, bemerkte Ciliegia.

»Daran habe ich nicht gedacht«, murmelte Marinara.

»Pech für Sie«, grinste Fès. »Wir sind es gewohnt.«

161

I

Die Köchin, die Eugenio inzwischen Olga nannte, sagte es ihm.
Um Gottes willen, er solle nichts sagen, es sei ein Geheimnis, von dem nicht einmal Ersilia etwas wisse.

Ihr hatte es das Dienstmädchen gesagt, das im Haus des Volksschulleiters von Bellano arbeitete, Onorato Paglietti. Sie hatte ein Gespräch zwischen dem Ehepaar belauscht, nachdem er in Como bei der Verwaltungsbehörde gewesen war: Ersilia hatte eine Stelle in Aussicht.

Pochezza zuckte mit den Schultern.

Wenn Ersilia unbedingt arbeiten wolle …

»Ja«, sagte die Köchin und, beharrlich bei ihrem Sie bleibend: »Und wissen Sie auch, wo?«

In Pizzighettone. Nicht gerade um die Ecke.

Eugenio runzelte die Stirn. Der Name war ihm nicht neu, aber wo der Ort auf der Karte zu finden war, wusste er nicht.

»Und Ersilia?«

Sie wisse noch nichts, sie selbst habe es ja auch gerade erst erfahren. Aber er könne sicher sein, dass sie die Stelle annehmen werde. Davon könnte sie nichts und niemand abbringen.

»Also keine Hochzeit im Oktober«, schloss Olga. Sie müssten noch ein Jahr warten. Es sei denn, er sei bereit, in diesen Ort zu ziehen und von Brot und Nebel zu leben oder die frischgebackene Ehefrau dort oben allein zu lassen.

»Und wenn wir den Termin vorziehen?«, fragte Eugenio.

Ob die Hochzeit nun im Oktober stattfand oder ein paar Monate früher, das mache doch kaum einen Unterschied.

»Das könnte eine Lösung sein«, meinte Olga.

Vorausgesetzt natürlich, Ersilia war einverstanden.

»Wenn sie bereit ist, mich im Oktober zu heiraten, dann sehe ich keinen Grund, warum sie es nicht auch im Mai will«, sagte Eugenio.

Mai? Dieser Monat gefalle ihr nicht, weil sich da auch die Esel verliebten, bekannte Olga.

Mai, beharrte Pochezza, denn dann hätten sie für die Flitterwochen den Juni, einen idealen Monat zum Reisen.

Olga entschuldigte sich. Zu ihrer Zeit war von Reisen nicht die Rede. Aber sie habe ja auch keinen Herrn, sondern einen einfachen Mann geheiratet, einen Hungerleider.

»Mai ist sehr gut«, sagte sie dann und ging im Namen ihrer Tochter auf den Vorschlag ein.

II

Vierzig, fast einundvierzig.

Um acht Uhr abends, am 25. Mai, sagte die Haushälterin dem Pfarrer, wie hoch sein Fieber war.

»Chinin«, meinte der Priester,

»Ich bin doch nicht verrückt«, antwortete die Haushälterin.

»Wollen Sie mich sterben lassen?«

»Ich rufe den Doktor.«

»Auf gar keinen Fall.«

»Schon geschehen.«

Als der Arzt das Fieber des Pfarrers kontrollierte, hatte es einundvierzig erreicht.

»Und morgen will er eine Hochzeitsmesse halten«, sagte die Haushälterin.

»Das geht Sie nichts an«, entgegnete der Pfarrer.

»Das ist doch nicht wahr, oder?«, fragte der Doktor.

»Ich bin allein in der Gemeinde«, rechtfertigte sich der Pfarrer.

»Allein oder nicht«, sagte der Doktor, »wenn Sie eine Fahrkarte ins Jenseits kaufen, dann ohne meine Erlaubnis.«

»Übertreiben –«

»Sie haben eine Lungenentzündung, damit ist nicht zu scherzen. Es gibt ungewöhnliche, bösartige Formen.«

»Aber –«

»Halt!«, rief der Doktor. »Darüber wird nicht diskutiert. Unter sieben Tagen Bettruhe und Pflege kommen Sie nicht weg.«

»Und die Hochzeit?«

»Das ist nicht meine Sache«, erwiderte der Doktor lächelnd.

»Wir brauchen doch nur den Kaplan zu rufen«, schlug die Haushälterin vor.

»Ist er noch da?«, stieß der Priester hervor.

»Lassen Sie ihn rufen, dann ist die Hochzeit gerettet. Das ist doch kein Problem«, sagte der Doktor.

Nein. Aber es ist eine Sünde, die Exerzitien von Don Luigi zu unterbrechen.

III

Olga nahm es nicht gut auf.

Als sie erfuhr, dass nicht der Herr Pfarrer selbst die Trauung zelebrieren könne, verspürte sie einen Stich. Es war ein unglückliches Vorzeichen. Dann begann sie einen Rosenkranz zu beten. »Wie schade, wie schade.« Am nächsten Morgen ging sie Gesuina auf die Nerven, einer Nachbarin, die ihre Hilfe angeboten hatte.

»Jetzt reicht's!«

Ob sie sich um jeden Preis den Tag verderben wolle?, fragte Gesuina.

Sie solle sich diesen wunderbaren Tag mal ansehen, anstatt sich mit ihrem Gejammere zu quälen. Der Vater im Himmel höchstpersönlich wolle das Brautpaar segnen!

Ein klarer Himmel, Schwalben und Lindenblütenduft in der Luft. Und dazu Ersilia mit ihrer strahlenden Schönheit. Und Eugenio? War er nun die beste Partie im Ort oder nicht? Und wer heiratete ihn? Irgendeine andere oder ihre Tochter?

Sie solle lieber dem Himmel dankbar sein. Denn wenn Don Luigi seine Exerzitien anderswo durchgeführt hätte und nicht in der Kirche der Madonna della Neve oben in den Alpen in Biandino, dann wäre ihr Tag ruiniert gewesen und sie hätten die Hochzeit verschieben müssen.

Sie solle dem Himmel danken und auch dem Küster Pregolesti.

IV

Mit einer Taschenlampe in der Hand, zu Fuß und beim Sprechen seinen Atem vergeudend, machte sich der Küster Pregolesti, als er Premana erreicht hatte, am Abend des 25. sofort zur Kirche Madonna della Neve auf.

Als er die Neuigkeit hörte, antwortete der Kaplan Don Luigi: »Zu Ihrer Verfügung.«

Aber inzwischen war es dunkel. In Premana gab es kein Verkehrsmittel, das ins Tal fuhr. Es hatte keinen Sinn, gleich aufzubrechen.

Der Küster war einverstanden und verbrachte die Nacht bei dem Geistlichen im Gästehaus der Wallfahrtsstätte.

Im ersten Morgenlicht des 26. Mai brachen sie auf. Um sieben waren sie in Premana und saßen schon im Bus nach Bellano. Auf der Höhe von Tacena aber platzte dem Bus ein Reifen. Ihn zu flicken war kompliziert. Zuerst versuchte es der Busfahrer allein. Als er nicht weiterkam, holte er Hilfe bei einem Mechaniker, der seine Werkstatt in Primaluna hatte.

Nach neun Uhr fuhr der Bus nach Bellano weiter, und nachdem er in Portone, an der Abzweigung nach Biosio und Bonzeno gehalten hatte, konnten endlich die Passagiere, wütend über anderthalb Stunden Verspätung, am Bahnhofsplatz von Bellano aussteigen.

Es war noch eine halbe Stunde bis zur Trauung. Don Luigi, der noch zum Pfarrer hatte gehen wollen, um sich nach dessen Gesundheit zu erkundigen, musste darauf verzichten. Er hatte gerade noch Zeit, in die Sakristei zu schlüpfen, die Gewänder anzulegen und vor den Altar zu treten.

Als er den Kirchplatz erreichte, drängte sich dort bereits eine große Schar Gäste, die auf die Braut wartete.

Er grüßte, ohne stehen zu bleiben, und verschwand in der Kirche, um eine Viertelstunde später vor dem Altar zu erscheinen.

V

Eugenio Pochezza war um Punkt zehn in der Kirche. Stehend, neben der Kniebank, wartete er auf Ersilia, die von einem lauten Murmeln empfangen wurde.

Schön.

Sie ging am Arm ihres Vaters, ihre Mutter einen Schritt hinter ihnen.

In diesem Moment tauchte Don Luigi auf.

Er kniete vor dem Tabernakel nieder und sammelte sich kurz. Er bekreuzigte sich. Dann stand er auf, drehte sich um und ging auf das Brautpaar zu, um es zu begrüßen, bevor er die Feier eröffnete.

Erst da wurde ihm klar, wen er da trauen sollte.

Er wurde blass.

»Also, warum …«, murmelte er.

Er blieb zwischen dem Altar und den beiden stehen.

Er wandte sich um und verschwand eiligen Schrittes in der Sakristei.

»Was ist los?«, fragte Pregolesti.

»Was soll schon los sein«, antwortete der Kaplan.

VI

Fünf Minuten später kam Pregolesti aus dem Dunkel der Sakristei und trat zu dem Brautpaar. Er müsse ihnen etwas ausrichten.

Don Luigi habe einen kleinen Kollaps erlitten. Sie sollten sich etwas gedulden. Die Anstrengung der letzten Stunden, die unterbrochenen Exerzitien, der Höhenunterschied zwischen der Wallfahrtsstätte und dem Seespiegel, das Fasten in der Abgeschiedenheit …

Sie riefen den Arzt.

»Und die Trauung?«, fragte Eugenio.

Pregolesti brummte.

Warten wir in aller Ruhe …

»Aber was ist? …«, fragte Ersilia.

»Ja, was …?«, wiederholte Olga düster.

Sollte doch der Pfarrer die Angelegenheit in Ordnung bringen, denn …

VII

Als er den Kaplan am Fuß des Bettes auftauchen sah, fragte ihn der Pfarrer, dessen Fieber sich auf einundvierzig Grad eingependelt hatte, was er dort mache, anstatt an seiner Stelle in der Kirche zu sein.

»Genau das ist der Punkt!«, antwortete der Kaplan.

»Genau was?«, fragte der Pfarrer.

»Es ist, weil –«

»Mein Sohn, beruhige dich«, riet der Pfarrer.

Und erkläre, was los ist.

»Entschuldigen Sie, Hochwürden, aber Sie haben es gerade selbst gesagt.«

»Ich? Und was?«

Dass er, antwortete der Kaplan, ja eigentlich die Trauung zelebrieren müsse …

»Natürlich, aber mit dieser Lungenentzündung –«

»Also deswegen, weil …«, erklärte Don Luigi weiter, als hätte er die Worte des Priesters nicht gehört.

Weil diese Frau vor einer Woche, als sie zur Beichte kam und nur Don Luigi angetroffen hatte, reagiert hatte, als sei sie enttäuscht. »Kann ich denn nicht beim Herrn Pfarrer beichten?«

Er habe ihr gesagt, dass ein Priester so gut wie der andere sei, wenn es um die Sünden gehe.

»Aber nicht, wenn es ums Heiraten geht. Und zwar um diese Heirat«, betonte Don Luigi.

Denn weil sie wisse, dass der Herr Pfarrer die Trauung von Ersilia und Eugenio vornehmen würde, wolle sie ihm sagen, worum es gehe.

»Um was?«

Etwas, was ein schwerwiegendes Hindernis für diese Ehe sei.

Der Priester hustete, aber nicht wegen der Lungenentzündung.

Die Haushälterin rief vom Flur aus. »Schluss jetzt!«

»Seien Sie still«, rief der Pfarrer.

Leider habe er vergessen, mit ihm darüber zu sprechen, gestand der Kaplan. Er habe die Exerzitien vorbereiten müssen und so viel im Oratorio zu erledigen gehabt. Und dann habe ihm der Pfarrer ja auch gesagt, bestimmte Dinge, die man bei der Beichte höre, solle man nicht zu eng sehen.

»Der Beichtstuhl ist kein Ort, an dem Rachepläne geschmiedet werden, und wir Priester sind keine Auftragskiller.«

Deshalb habe er das, was die Frau ihm durch das Gitter zugeflüstert habe, nicht so ernst genommen.

Nämlich, dass der Bräutigam …

VIII

Die Raucher unter den Gästen genossen auf dem Kirchplatz ihre Zigarette. Der Küster bahnte sich einen Weg durch die Menge, taub für die Fragen derer, die wissen wollten, was passiert war. Begleitet von einem Murmeln betrat er die Kirche, die Hände vor der Brust gefaltet.

»Der Herr Pfarrer möchte Sie sofort sehen«, sagte er zu dem Brautpaar.

»Sie auch«, sagte er zu Olga, die auf ihre Tochter ein wachsames Auge hatte.

»Ich gehe auf jeden Fall mit!«, sagte die Frau.

»Und ich?«, fragte ihr Mann.

»Du bleibst hier«, befahl sie.

Sie machten sich auf den Weg, der Küster Pregolesti ging voran.

Eugenio hatte einen dummen Ausdruck im Gesicht.

Die junge Braut war ganz blass.

Hinter ihnen ging die Köchin Olga im Feldwebelschritt, mit Raubtierblick, als wollte sie eine Flucht verhindern.

Wenige Minuten später tauchte die Montani auf der Piazza auf.

»Wie geht es der Braut?«, fragte sie fröhlich eine ihrer Kundinnen, die aus Neugierde gekommen war.

»Haben Sie das Kleid genäht?«

»Nein«, antwortete die Hutmacherin, »und auch nicht den Anzug des Bräutigams«, fügte sie hinzu.

In diesem Moment erreichte Eugenio Pochezza die Pfarrhaustür. Er war puterrot im Gesicht. Er warf einen bösen Blick auf alle, die da warteten, er suchte den Platz ab. Wenn er sie gesehen hätte, dann hätte er sie auf der Stelle erwürgt. Wer außer ihr konnte für diesen Akt verantwortlich sein.

Er lächelte wegen des zweideutigen Ausdrucks und vergaß die bösen Gedanken und Worte, die ihm im Zusammenhang mit der Montani in den Sinn kamen. Diese zog sich, als sie ihn kommen sah, eilig zurück, nachdem sie ihrer Kundin Auf Wiedersehen gesagt hatte.

»Wollen Sie denn nicht auf die Braut warten?«

»Ich habe zu tun«, log sie.

Als sie zur Kirche zurückgingen, führte Eugenio das Quartett an.

Hinter ihm ging Ersilia, immer noch blass.

Pregolesti ging an dritter Stelle und am Ende der Reihe Olga, betrübt, als hätte man ihr die Feldwebelabzeichen weggenommen.

Als Don Luigi wieder am Altar erschien, wandte sich der Brautvater seiner Frau zu.

»Darf man wissen, was passiert ist?«, fragte er.

»Nichts!«, antwortete die Frau, die ihren Kasernenton wiedergefunden hatte.

Eugenio seufzte. Er konzentrierte sich auf den Augenblick, sagte kein Wort, betete und kommunizierte mit dem Priester nur in Gedanken bis zu dem Moment, als er laut das schicksalhafte »Ja« aussprach.

Epilog

Hätte er nur Ja gesagt, aber nicht vor dem Altar, wo er es getan hatte.

Hätte er nur Ja gesagt, vor dem Herrn Pfarrer, als der ihm zwischen zwei Hustenanfällen mitteilte – im Beisein seiner künftigen Ehefrau und Schwiegermutter und Don Luigis, der zugegen war, um zu bestätigen, was ihm eine Sünderin in der Beichte anvertraut hatte, und der Haushälterin, die vom Flur aus lauschte –, ihm sei ein wichtiger Grund zur Kenntnis gebracht worden, der dieser Eheschließung im Wege stehe.

»Soll das ein Witz sein?«, sagte er stattdessen.

Womit er knapp der Köchin Olga zuvorkam, die mit einer Stimme, die klang, als käme sie aus der Hölle, alle Anwesenden erschauern ließ. »Und was soll das heißen?«

»Das soll heißen, dass …«, antwortete der Pfarrer eisig und lüftete das Geheimnis.

Und da, in diesem Augenblick, hätte er sagen müssen, laut schreien sollen: »Ja, ich bin impotent!«

Er hätte die Gelegenheit beim Schopf ergreifen sollen, die ihm die Hutmacherin – wer sollte es sonst gewesen sein – geboten hatte! Mit dieser Lüge hätte er die Hochzeit platzen lassen sollen.

Stattdessen reagierte er wie ein Dummkopf. Blind vor Wut, ohne auf irgendwas zu hören, ungezügelt und hemmungslos. »Da gibt es jede Menge Zeuginnen«, sagte er.

Und dann: »Fragen Sie doch Ersilia.« Und dann zur künftigen Schwiegermutter, die vergeblich versuchte, ihn zum Schweigen zu bringen: »Auf dem Rokokosofa …«

Das verschlug ihr die Sprache; das verschlug allen die Sprache, auch der Haushälterin.

Bis in der Stille die Stimme des Pfarrers zu vernehmen war, der die Sache mit der Bemerkung abschloss: »Es wäre besser, die Leute in der Kirche nicht länger warten zu lassen.«

Also, hätte er damals Ja gesagt, dann wäre er nicht in dieser Lage, in der er sich jetzt, sechs Monate später, befand.

Mit Olga, die nicht mehr die Rolle der Köchin, sondern die der Schwiegermutter spielte, die immer im Haus war, die ihm stets in die Quere kam und ihre Nase überall hineinsteckte, die im Befehlston Ratschläge gab und endlose Nachmittage lang mit Ersilia heimliche Gespräche führte.

Und dann Ersilia.

Schön war sie, da konnte man nichts sagen, von Tag zu Tag blühte sie mehr auf.

Aber irgendwas hatte sie immer.

Einmal war es der Magen, dann der Rücken, der Kopf, die Beine, der Darm, die Eierstöcke, und so ging es immer weiter, immer die gleiche Leier.

Eugenio ging am einsamen Seeufer spazieren.

Was für ein Leben erwartete ihn?

Ein Scheißleben.

Umso besser, dass er weiter für die Zeitung schrieb, so konnte er sich ab und zu von dem unerträglichen heimischen Herd zurückziehen.

Wie an diesem Abend, wegen der langen Tagesordnung des Gemeinderats. Jede Menge Themen.

Die Wasserleitung, die Straße nach Vendrogno, die Räume der Ortsvertretung Pro Loco, eine Streichung im Haushaltsplan, um Reparaturarbeiten in der Kaserne der Carabinieri zu finanzieren, der Vorschlag, eine öffentliche Apotheke einzurichten, da die Petracchi-Schwestern seit ein paar Monaten fort waren und noch niemand die Apotheke übernommen hatte.

Diese Sitzung, überschlug Pochezza mit einem Blick auf den See, der mit dem Himmel und den Bergen zu verschmelzen schien, würde bis ein, vielleicht zwei Uhr nachts dauern.

Vor zehn Uhr wartete die Montani nicht auf ihn.

So hatte er Zeit genug, sagte er sich, noch ein paar Schritte in seliger Einsamkeit spazieren zu gehen und einen doppelten Cognac zu trinken, einen französischen.

Und was in Bellano sonst noch geschah ...

Leseprobe aus Andrea Vitalis Roman

TANTE ROSINA
UND DAS VERRÄTERISCHE MIEDER

I

Mercede Vitali, vom gleichnamigen Wäschegeschäft in der Via
Balbiani 27 in Bellano, war bleich und klapperdürr.

Unverheiratet.

Jungfrau.

Vegetarierin.

Sie war vierzig Jahre alt.

Seit ihrem zwanzigsten Lebensjahr hatte sie keine einzige
Morgenmesse verpasst. Sie betete, und danach verkaufte sie
ihre Miederwaren.

Das junge Mädchen wartete vor verschlossener Ladentür
auf sie.

Es war am Morgen des 12. Februar 1931. Es war noch nicht
ganz hell, die Luft war kalt, und das ganze Viertel roch nach
dem frischen Brot von Barberis Backstube.

Die Vitali hatte die Gewohnheit, Selbstgespräche zu führen. Sie hielt kleine Reden, noch öfter erzählte sie Geschichten. Die Liste der Leute, die ihr Geld schuldeten, konnte sie
herunterleiern wie einen Rosenkranz. Manchmal dachte sie
sich Briefe an den Duce aus, die sie jedoch nie abschickte.
An diesem Morgen allerdings hatte sie sich nichts zu erzählen. Schweigend hatte sie die Kirche verlassen, um zu
ihrem Laden zu gehen, und als sie in die Gasse bog, in der er
lag, sah sie im schwachen Morgenlicht verschwommen die
Gestalt.

Sie ging ein paar Schritte näher heran und erkannte das Mädchen. Es war Renata Meccia, die einzige Tochter des Bürgermeisters Agostino Meccia. Renata war vierundzwanzig und sehr temperamentvoll, wie ihr Großvater, der Cavaliere Renato.

Was wollte sie bloß von ihr?

»Guten Morgen, Mercede«, grüßte das Mädchen.

»Guten Morgen.«

Noch bevor die Vitali die Tür öffnen konnte, hatte ihr Renata Meccia gesagt, warum sie gekommen war. Nun verstand Mercede auch, warum sie eine so ungewöhnliche Zeit gewählt hatte.

Das Mädchen bat sie ausdrücklich, ihre Besorgung gut einzupacken und mit niemandem darüber zu sprechen.

Ein problematischer Fall.

An diesem Tag verdiente die Vitali nur wenig. Am Abend lagen gerade ein paar Centesimi in der Kasse. Mercede zuckte angesichts dieses Elends nur mit den Schultern. Sie hatte das Problem vom Morgen noch nicht gelöst. Vielleicht konnte ihr der Priester einen Rat geben.

Um sechs schloss sie den Laden. In der Gasse pfiff ein eisiger Wind. Die Luft trug Männerstimmen zu ihr herüber, die Osterien waren voll. Allein in der Via Manzoni gab es sieben.

Die Frauen kamen aus der Abendmesse, zerstreuten sich und gingen nach Hause. Mercede schritt durch die plaudernde Menge.

Eine von ihnen blieb stehen, als sie sie sah. »Ich wollte gerade zu Ihnen kommen«, sagte sie. »Ich brauche einen Meter Schrägband.«

Mercede sah sie an.

Einen Meter, dachte sie, na großartig.

»Ich habe geschlossen«, antwortete sie.

»Wieso denn so früh?«

Der forschende Ton gefiel Mercedes nicht. »Bin ich Ihnen Rechenschaft schuldig?«, fragte sie.

Die andere war sprachlos.

Mercede ließ sie stehen und ging weiter. »Bin ich der Rechenschaft schuldig?«, murmelte sie und hatte endlich etwas, was sie sich erzählen konnte.

Sie war keinem für das, was sie tat, Rechenschaft schuldig. Das musste man sich mal vorstellen! Und der da schon gar nicht. Einen Meter Schrägband! Wenn die sich mal nicht ruinierte! Wenn es nach der gegangen wäre, hätte sie zurückgehen und den Laden wieder öffnen sollen für Schrägband zu vier Centesimi …

Sie landete direkt vor dem Bauch des Signor Prevosto, der gerade das Eingangsportal abgeschlossen hatte und nun aus einer Seitentür der Kirche trat.

Der Priester hatte es eilig.

Er sagte es auch gleich, denn er kannte die Vitali. Wenn sie einmal angefangen hatte, redete sie wie ein Wasserfall, sogar in der Beichte.

Bei den ersten Worten der Frau: »Ich muss mit Ihnen sprechen«, wurde ihm klar, dass er sich nicht verständlich gemacht hatte.

»Ich habe es eilig«, wiederholte er.

»Aber es ist von allergrößter Wichtigkeit«, erklärte Mercede.

»Und es kann nicht bis morgen früh warten?«

»Ich möchte niemandem den Respekt verweigern …«

»Was für einen Respekt denn?«

»Respekt, den man der Autorität schuldet.«

»Welcher Autorität?«

»Dem Bürgermeister. Ist er eine Autorität, oder nicht?«

Schweigen. Der Priester war ein guter Freund des Bürgermeisters. Er gehörte praktisch zur Familie und ging oft zum Abendessen dorthin.

»Was hat der Bürgermeister damit zu tun?«

»Ich bin ja gerade hier, um Ihnen das zu erklären«, antwortete Mercede.

»Also, was gibt's?«, fragte der Geistliche resigniert.

Mercede sprach mit gesenktem Kopf. Vor ihr stand der füllige Priester und hörte zu, hocherhobenen Hauptes, die Hände hinter dem Rücken verschränkt. Zwei Schatten, fast so dunkel wie die Nacht, die nun hereingebrochen war.

2

Als der Priester die Neuigkeit gehört hatte, wusste er nicht, ob er lachen oder weinen sollte. »Und was hat der Bürgermeister jetzt damit zu tun?«, fragte er.

»Ich erkläre es Ihnen«, sagte Mercede. Sie erläuterte, warum und wieso diese Bestellung sie so verstört hatte. So sehr, dass sie nicht wusste, was sie tun sollte, und nun seinen Rat suchte.

Am Ende der Erklärung war der Priester erschöpft. »Sind Sie ganz sicher?«, fragte er.

»Ich bin seit dreißig Jahren im Beruf«, antwortete Mercede.

»Aber das …« Der Priester blieb mitten im Satz stecken. Ob sie tatsächlich meine, dass sich hinter einer solchen Bestellung eine bestimmte Absicht verbarg?

Mercede zuckte mit den Schultern. »Das ist doch ganz

klar, Hochwürden! Ein solches Ding ist dazu da, um gezeigt, um berührt zu werden ...«

»Ist gut, ist gut«, unterbrach der Priester. Er hatte sie schließlich nicht gebeten, derart ins Detail zu gehen.

»Was soll ich jetzt tun?«, bedrängte ihn die Wäschehändlerin.

Der Priester holte tief Luft, und sein Bauch wölbte sich dabei. »Versuchen Sie, Zeit zu gewinnen«, riet er.

»Einverstanden«, sagte Mercede. »Einen oder zwei Tage. Und dann?«

Der Priester schnappte nach Luft.

»Ich will keinen Ärger. Sie wissen doch, wie der Bürgermeister ist«, bemerkte Mercede.

»Aber ich ...«, brummte der Prevosto.

»Kommt seine Frau nicht jeden Freitag zur Beichte?«, erkundigte sich die Vitali.

Es stimmte. Jeden Freitagmorgen beichtete Evangelia Priola nach der ersten Messe dem Signor Prevosto ihre Sünden.

»Aber was hat das damit zu tun?«, fragte der Priester.

»Sagen Sie es ihr«, meinte Mercede.

»Wie?«

»Während der Beichte«, erklärte die Kurzwarenhändlerin. »Sagen Sie ihr, dass es Ihnen jemand vertraulich gesagt hat und Sie es für angemessen halten, es ihr mitzuteilen.«

»Und warum teilen Sie es ihr nicht mit?«, erwiderte der Priester.

»Na toll! Wenn das Mädchen leugnet, dann stehe ich als Lügnerin und auch noch als Spionin dar.«

Der Geistliche wusste nicht mehr, was er machen sollte. »Aber die Beichte ist ein Sakr ...«

Mercede schnitt ihm das Wort ab. »Übermorgen ist Freitag. Einen Tag lang schiebe ich die Sache hinaus. Und dann sind Sie an der Reihe, und die Aufgabe ist erledigt.«

Der Priester traute sich nicht, ihr zu widersprechen.

»Guten Abend«, sagte Mercede, und im Handumdrehen war sie verschwunden, verschluckt vom Dunkel, das den Kirchplatz umgab.

3

Eisiges Dunkel. Der Winter hielt sich lange. Am Tag sah alles mausgrau aus.

Dem Priester taten die Hühneraugen weh. Und er aß zu viel und zu gut. Trotzdem hatte er es nun eilig, zu seiner Bohnensuppe zu kommen.

»Sie ist kalt, ich habe den Herd ausgestellt«, sagte die Haushälterin, als sie ihn endlich nach Hause kommen sah, »sonst wäre sie verkocht.«

Der Priester sah sie an und kniff die Lider zusammen. Er schien nachzudenken.

»Sie müssen sich schon an den Zeitplan halten«, sagte die Haushälterin, ebenfalls kalt. »Und was soll ich jetzt machen? Sie aufwärmen?«, fügte sie hinzu.

»Ich habe keinen Hunger«, antwortete der Priester entschlossen und ging in sein Arbeitszimmer.

An den Fensterscheiben waren Eisblumen. Der Geruch von Wirsing und Fett lag in der Luft.

Die Kurzwarenhändlerin hatte recht. Der Bürgermeister war jemand, den man mit Samthandschuhen anfassen musste.

Empfindlich.

Argwöhnisch.

Eitel.

Außerdem nachtragend.

Er war kein schlechter Mensch, aber wehe, wenn man ihn sich zum Feind machte. Er litt darunter, dass er ständig an seinem Vater, dem Cavaliere Renato Meccia, gemessen wurde.

Die Tochter kam ganz auf den Großvater. Eine starke Persönlichkeit.

Unberechenbar, temperamentvoll.

Der Priester wusste es sehr wohl. Er hatte sie getauft, ihr die Erstkommunion erteilt und sie gefirmt. Dann hatte er sie aus den Augen verloren. Sie hatte mit der Kirche nicht viel im Sinn. Zwar begleitete sie sonntags ihre angesehenen Eltern zur Messe, aber nur, um die Form zu wahren. Aus keinem anderen Grund.

Der Priester schnaubte.

Die Kurzwarenhändlerin hatte natürlich recht. Renata verfolgte mit ihrem Tun einen bestimmten Zweck. Das Mädchen führte etwas im Schilde. Und wie es schien, war das nichts Gutes.

Der Priester stand auf und ging hin und her. Ihm war kalt. Und er hatte Hunger. Wäre da nur nicht dieser Geruch …

Verstohlen blickte er durch den Flur in Richtung Küche. Unter der Tür war ein Lichtstreifen. Die Haushälterin war noch nicht zu Bett gegangen.

Er betrat die Küche und brach das Schweigen mit einem versöhnlichen: Guten Abend.

Die Haushälterin brummte eine Antwort. Aber sie stand sofort auf und wärmte die Bohnensuppe auf. Noch nie hatte sie erlebt, dass der Priester mit leerem Magen ins Bett ging.

Zwei Teller. Nach zwei Tellern war der Geistliche zufrieden.

Er sah sich mit freudigem Blick um. »Es ist noch etwas übrig«, sagte er. »Wir wärmen sie morgen wieder auf und essen den Rest.«

Die Haushälterin zuckte mit den Schultern. Warum redete er bloß im Plural, wenn er dieses Zeug doch sowieso allein aß?

4

Am Freitagmorgen kam der Priester hinter dem Altar hervor und sah sich um, wer in der Kirche war.

Evangelia Priola war nicht da.

Er seufzte erleichtert auf. Dann drehte er sich um und begann, die Messe zu lesen.

Nicht mal zur Kommunion war die Frau des Bürgermeisters in der Kirche. Umso besser, dachte der Priester.

Dem halbherzigen Versprechen, das er der Kurzwarenhändlerin gegeben hatte, konnte er sich nicht entziehen, aber weiter hinauslehnen musste er sich auch nicht. Evangelia aufzusuchen und ihr die Sache zu petzen wie ein Klatschmaul, das kam nicht in Frage.

Er segnete die Gläubigen und dazu die eisige Kälte, die der schneidende Wind, der einem ins Gesicht schlug, noch verschlimmerte, und deretwegen Evangelia offenbar lieber im Bett geblieben war.

Er begegnete ihr vor der Sakristei.

Sie war durch die Tür hereingekommen, die zum Chor führte.

»Wie kommen Sie denn hier herein?«, fragte er seufzend.

Dann sah er gleich, dass etwas nicht stimmte. Die Frau

wirkte verstört, ihre Augen waren aufgerissen, die Lippen bleich und die Haare in bedenklicher Unordnung.

Evangelia sagte, sie sei erst spät aufgewacht. Sie habe nicht während der Messe hereinkommen wollen, um das Hochamt nicht zu stören.

Lügen.

Der Priester wusste, dass die Frau log. »Wollen Sie beichten wie immer?«, fragte er.

Evangelia schüttelte den Kopf. »Nein.«

Nein? Umso besser. »Aber warum sind Sie dann hier?«

»Ich muss mit Ihnen sprechen«, sagte die Frau heiser.

Sie auch!

»Allein«, fügte Evangelia hinzu.

Der Messdiener, der einzige, verschwand auf der Stelle.

»Was ist los?«, fragte der Geistliche.

»Renata.«

Au weia!, dachte der Priester.

Dabei ahnte noch niemand die wirkliche Tragweite der ganzen Geschichte. Denn hätte Mercede gewusst, welches Drama sie mit ihrem Bekenntnis auslöste, hätte sie – ganz gegen ihre Natur – lieber den Mund gehalten …

PIPER

Andrea Vitali

Als der Signorina Tecla Manzi das Herz Jesu abhanden kam

Roman. Aus dem Italienischen von Christiane Landgrebe.
288 Seiten. Piper Taschenbuch

Friedlich träumt der kleine Ort Bellano am Comer See dem Ferienende entgegen. Auch in der Kaserne der Carabinieri richtet man sich auf einen entspannten spätsommerlichen Nachmittag. Bis eine kleine alte Frau sich resolut den Zugang zum Büro des Brigadiere erstreitet: die Signorina Tecla Manzi. Hat man ihr doch aus dem wohlgehüteten Heim das Bildchen des heiligen Herzen Jesu entwendet. Um die scheinbar senile Kundin loszuwerden, bemühen sich die Carabinieri um eilige Erfüllung der lästigen Pflicht – und stoßen dabei auf ein dunkles Geheimnis, in das so mancher »ehrbare« Bürger des Ortes verwickelt ist.
Mit charmantem Humor und einem liebevollen Blick auf die skurrilen Eigenarten seiner Landsleute erzählt Andrea Vitali eine bezaubernde Geschichte um Madonnenerscheinungen, korrupte Bankdirektoren und auferstandene Tote, wie sie italienischer nicht sein könnte.

01/1592/02/L

PIPER

Andrea Vitali
Tante Rosina und das verräterische Mieder

Roman. Aus dem Italienischen von Christiane Landgrebe.
384 Seiten. Piper Taschenbuch

Wenn ein betörendes Stückchen Stoff in die falschen Hände
gerät, kann das ungeahnte Folgen haben. Und dennoch ist
das, was in Bellano geschieht, ein ganz besonderer Fall.
Ein Bäcker, der kleine Brötchen backen muss, ein Pilot
in Frauenkleidern und ein Bürgermeister in Nöten – ein
unmoralisches Angebot lässt die Wellen am Comer See
hochschlagen und sorgt für den denkwürdigsten Skandal,
der das Örtchen Bellano je heimsuchte. Ein Feuerwerk an
südländischem Temperament und eine augenzwinkernde
Hommage an die italienische Lebensart.

»Vitali verfügt über ein einzigartiges Erzählgeschick, das
ihn zum Sprachrohr der italienischen Lebensart macht, der
turbulenten und meist komischen Geschichten zwischen
kleinen Skandalen und alltäglichen Anekdoten.«
IL MATTINO

01/1681/02/R